Metropole

MAURIZZIO ZAMUDIO

NOTA DEL AUTOR

Esta historia es una novela. Como tal, está poblada de personajes y lugares imaginarios. Sin embargo, algunas ciudades conocidas por nosotros se mencionan en estas páginas. Además, arcos enteros de las aventuras de mis personajes suceden en ellos. En ese espíritu, me gustaría disculparme con mis amigos en Macao, Hong Kong y Seúl por reorganizar sus hermosas ciudades para que se ajusten a la narrativa de mi historia, por inventar lugares que no existen o adaptar los que sí lo hacen. Esto se ha hecho con la mejor de las intenciones, porque esto es una historia, y nada más que eso.

CONTENIDOS

Dales pan y circo y nunca se rebelarán.
Juvenal

DÍA 1

1

Macao había cambiado. No era su culpa, era mía. Había estado fuera durante demasiado tiempo y esa hermosa ciudad era ahora una extraña para mí. Acostado en el sótano de una vieja y abandonada iglesia, miré fijamente la solitaria bombilla que colgaba del techo.

La estrecha cama con marco de metal en la que estaba no quería dejarme ir.

—¿Qué hora es? —pregunté.

—Ni siquiera las 6 de la tarde —respondió Tina acercándose a mí.

—¿Cuánto tiempo hemos estado aquí?

—Dos semanas.

—¿Qué? —Me senté y me apoyé contra el frío marco de la cama—. ¿Cómo es eso posible?

Ella se encogió de hombros.

—Sé que no lo sientes así, pero eso es porque has estado dormido la mayor parte del tiempo. Duro de aceptar, ¿eh?

Destellos de armas y voces confundieron mi mente.

—Estaba herido —dije.

—Relájate, Virgil. No te culpaba. Simplemente estaba estableciendo un hecho.

—Oh.

Traté de balancear mis piernas sobre el borde de la cama, pero una aguda punzada en mi hombro me detuvo. Tina me ayudó y el dolor se calmó cuando mis pies tocaron el frío suelo de concreto. Un día o dos y volvería a la normalidad. O eso pensé.

Mirando hacia abajo, noté que un par de pantalones de algodón con rayas azules y una camisa del mismo material cubrían mi cuerpo.

Estaban limpios, pero había una o dos gotas de sangre en ellos.

—Pijamas —dije mientras me frotaba las sienes, notando que alguien me había vendado la cabeza.

Mis heridas habían sido graves.

Pero eso no era lo que recordaba.

Apoyándome en Tina en busca de apoyo, di un par de pasos a través de la habitación mientras me concentraba en mi entorno. Aparte de la solitaria bombilla y las paredes de ladrillo rojo desnudo, la cama y dos sillas a juego eran las únicas cosas de importancia en ese sótano. Luego estaba la entrada. Era un marco de puerta vacío a unos 10 metros del estribo de la cama; un agujero por el que cualquiera podría entrar.

Un dolor punzante en mi cabeza hizo que las imágenes de todo lo que había ocurrido aparecieran ante mí. Allí estaban Helen Lee, el jefe Rivera, Gavin, los lunarios, Montrose, la falsa guerra en Marte; todo lo que me había traído aquí en esos 7 días que habían puesto mi vida patas arriba. Traté de concentrarme en ellos, pero otras ideas inundaron mi mente; principalmente Macao y cuánto había cambiado. Para ser honesto, no había visto mucho de eso. La mayor parte de mi tiempo en la ciudad lo había pasado en ese sótano. Hubo momentos en que salí de esa habitación y vislumbré el horizonte de Macao desde las torres de la iglesia, pero esas ocasiones habían sido pocas. O eso pensé. No podía estar seguro de nada en ese momento. Tal vez pensar en Macao era una forma de escapismo. Todo era posible.

Pero no podía quedarme así. Ya no.

—¿Dónde está Egbert? —pregunté.

—Volverá pronto.

Cerré los ojos y tomé aire.

—¿Cuándo? Mis recuerdos son un desastre, Tina. No tengo memoria de mucho de lo que nos ha ocurrido.

Ella se acercó a mí.

—Recuerdas lo que pasó en la colonia, ¿no? Lo que tienes son problemas para recordar cómo llegaste aquí.

—Sí.

—Estabas herido.

—Lo estaba, pero era una herida pequeña. ¿Por qué llevo vendajes? El cuchillo de Harpo apenas me rozó.

—Te cortó la vena cefálica. Perdiste mucha sangre y te desmayaste. ¡Tuvimos suerte de escapar de *Luna 1*!

Tenía razón. Nuestra incursión en *Luna Radio* había sido una trampa. Harpo nos había manipulado y casi se sale con la suya.

—Pero recuerdo estar en la nave de Egbert. Me estaba recuperando. Hablamos de venir aquí y comenzar una verdadera Resistencia. Eso sucedió; estoy seguro de ello.

Tina se mordió el labio.

—Necesitas descansar, Virgil. Cuando Egbert regrese, podremos hablar más.

Puso su mano sobre mi hombro y trató de llevarme de vuelta a la cama.

—¡No! —grité y la empujé—. No, Tina. No tiene sentido. Perdí mucha sangre, pero no puedo estar tan adolorido y mis recuerdos no pueden ser tan vagos. ¿Qué pasó en esa nave? ¿Y dónde está Egbert?

Me miró fijamente, luego al suelo.

—Está bien —dijo—. Algo pasó, Virgil. Algo grande. Estábamos de camino a Macao cuando una patrulla de la Metropole de alrededor de 10 naves nos emboscó.

—¿En el espacio?

—Estábamos cerca de la Tierra. No sé qué pasó. Estábamos teniendo cuidado, lo juro, pero de alguna manera la patrulla nos vio.

—¿Qué hicieron?

—¿Qué más? Era una nave para pasar contrabando. Huimos.

Dejó de hablar. Las lágrimas corrieron por sus mejillas. Tina era una mujer fuerte, pero lo que había sucedido en el espacio la había conmocionado.

—Abrieron fuego. Así como así, no hubo advertencia previa. Simplemente nos dispararon. —Trató de controlarse en medio de sus sollozos—. Todo sucedió demasiado rápido. Un momento estábamos volando hacia Asia, y al otro estábamos cayendo en picada hacia el Océano Pacífico.

—¿Cómo llegamos hasta aquí?

—Egbert. Fue todo gracias a él. Es un piloto increíble. Le dieron a nuestros motores, pero se las arregló para aterrizar en el océano no muy lejos de la costa.

—¿Dónde está entonces?

—Todo fue tan repentino. Estabas inconsciente y tuvimos que sacarte de los escombros. La nave se estaba hundiendo y tuvimos que darnos prisa. Un par de segundos después de estrellarnos, escuchamos sirenas acercándose. Pertenecían a barcos de la sección de Asia Oriental de la Metropole y se estaban acercando a nuestra posición. Egbert me ayudó a cargarte. Me dirigió a una cápsula de escape y me dijo que entrara en ella. Yo le obedecí. Luego te metió adentro conmigo y cerró la puerta.

Egbert no iba a "volver pronto" como Tina había dicho. Se había quedado atrás para comprarnos algo de tiempo.

—¿Qué le pasó?

—Lo capturaron —dijo secándose las lágrimas—. ¿Qué más pensaste que pasaría?

—¿Por qué me mentiste?

—No lo hice. Egbert volverá pronto. Vamos a rescatarlo.

Sus palabras estaban llenas de determinación. Las lágrimas se habían ido. Esta era la Tina que conocía.

Pero todavía tenía mis dudas.

—¿"Vamos"? ¿Quiénes somos los que "vamos" a rescatarlo?

—La Resistencia.

—¡Han pasado 2 semanas! —dije y traté de levantar mis manos en el aire, pero un dolor repentino me detuvo. La cogí del hombro buscando apoyo.

Ella me dejó hacerlo. Incluso cuando discutía, ella estaba allí para mí.

—De todos modos —continué—. ¿Dónde encontraste a la gente?

Había un brillo en sus ojos.

—Harpo tenía una enorme lista de contactos llena de miembros honestos de la Resistencia dispuestos a luchar por un futuro mejor. No tomaron bien su traición y ahora se han puesto de nuestro lado.

—¿Confías en ellos?

—Conozco a algunos de los líderes.

—Conocías a Harpo.

—Esto es diferente. Crecí con algunos de ellos.

Sus palabras estaban llenas de certeza. Confiaba en ella.

—Está bien, Tina. ¿Cuándo me uniré a este variopinto grupo tuyo?

Su expresión se endureció.

—No me malinterpretes, Virgil. Eres parte de nosotros, pero necesitas recuperarte.

La solté y me mantuve erguido sin ayuda.

—Vamos, Tina. Mírame. Estoy bien.

Ella me llevó de vuelta a la cama.

—Llevas vendas y tus heridas todavía sangran a veces. No podemos arriesgarnos. En tu condición serías una carga y lo sabes. Si te dejamos ir con nosotros pondrás en peligro la vida de tus compañeros. Confiamos el uno en el otro cuando atacamos y, en tu estado actual, no podemos confiar en ti.

Decía la verdad, pero me negué a rendirme. Tenía que mostrarle que estaba listo a pesar de que me dolía el cuerpo.

—¿Te gustaría salir a caminar? —me preguntó—. Será bueno para ti.

Sospeché que era una trampa, pero la curiosidad se apoderó de mí. Ignorando el punzante dolor, me apoyé en ella y salí de la habitación. Un pasillo subterráneo con unas escaleras de hormigón muy gastadas en el otro extremo nos dio la bienvenida.

Tina señaló nuestro entorno.

—¿Recuerdas esta área? La has cruzado varias veces antes durante tu convalecencia.

—Lo siento —respondí—. Sé que lo he hecho, pero no recuerdo nada.

Subiendo las escaleras, entramos en la nave de la iglesia y admiramos la arquitectura, las vidrieras y las paredes llenas de pinturas al óleo. Había un gran agujero en el techo y algunas baldosas marrones desmoronadas esparcidas por el piso agrietado. Flores púrpuras silvestres crecían entre los bancos, pero independientemente del daño, el lugar seguía siendo hermoso. Al principio, me preocupaba que alguien me viera, pero Tina me aseguró que el edificio estaba abandonado.

—Las cosas son diferentes aquí, Virgil. No tenemos ese grado de libertad que existía en la colonia. Mira esta iglesia. Ya nadie viene aquí a orar. No desde que la Metropole comenzó su ofensiva contra las llamadas creencias peligrosas.

—¿Eso significa que no les gusta la religión?

Negó con la cabeza.

—No les gustan ningún tipo de creencias: las religiones, las agendas políticas contrarias a su "*Carta para la Humanidad*", e incluso algunos tipos de filosofía; todas están prohibidas bajo las nuevas leyes. Esta iglesia pertenece a lo que ellos llaman "un pasado decadente".

—¿No hay religión? ¿Qué pasa con los orfanatos? La Iglesia Católica dirigió algunos en esta área.

—Ya no. Bajo las nuevas leyes, tuvieron que cerrar.

—¿Qué pasa con las religiones patrocinadas por el estado? Los lunarios tenían esa distinción, o al menos esa era la idea original de la Metropole. ¿No tenían varios templos aquí en la Tierra? —pregunté, recordando lo que Davide Mori nos había dicho a Julia y a mí cuando nos conocimos en *Luna 1*.

Pero Tina negó con la cabeza una vez más.

—Ya no. Esos templos están cerrados ahora. Han pasado muchas cosas en dos semanas.

Me tomó un momento comprender lo que estaba diciendo. No más libertad de religión significaba un intento directo del Estado de controlar las mentes de la gente. También significaba que no vería a ninguna de las hermanas caminando por Macao. Las cosas habían cambiado. Los niños de la calle, *envys* como yo, ya no encontrarían un lugar donde pudieran estar a salvo del loco mundo que no los aceptaba. Las hermanas nunca nos habían dejado olvidar lo que éramos, pero al menos nos dieron amor.

—¿Es por eso que la gente no se acerca a esta área? ¿Para evitar ser señalado como parte de ese pasado decadente que mencionaste?

Ella me apuntó con el dedo; su cabeza inclinada a un costado.

—Aprendes rápido —dijo.

Pero yo quería más respuestas.

—¿Cómo hemos pasado desapercibidos durante tanto tiempo? Estoy seguro de que la gente no viene, pero la Metropole debe mantener estos edificios bajo vigilancia.

—Ellos tienen tecnología y nosotros también. Las patrullas de la Metropole no entran a menos que estén seguras de que encontrarán algo que pueda ser problemático para el régimen. Ignoran los informes de personas que viven en esta área. Por lo que saben, podrían ser mendigos sin hogar que buscan refugio dentro de la iglesia.

Sabía que tenía razón. Si mi tiempo con el Departamento de Policía de *Luna 1* me había enseñado algo, era que las fuerzas de la Metropole no estaban exactamente bien pagadas y evitaban confrontaciones innecesarias.

—¿No nos están buscando?

—Sí y no, Virgil. Macao no es grande, pero no están sondeando la ciudad para encontrarnos. Están enfocando sus fuerzas en la prisión. Saben que intentaremos rescatar a Egbert.

La solté y me senté en un banco.

—Eso es lo que yo haría. No son estúpidos. En cuanto al lugar donde lo están reteniendo, ¿es la Prisión Coloane?

—Veo que recuerdas bien este lugar.

—Sí, lo hago —repliqué después de tomar aire—. Queda en la Rua de Sao Francisco Xavier, justo al final.

—Eso es correcto.

—¿Cuándo lo rescataremos?

—Estamos listos para ir mañana. ¿Crees que estarás en forma?

—Estoy bien, Tina. Confía en mí.

El repentino cambio en su actitud no me pasó desapercibido. Pero me abstuve de mencionarlo.

Ella sonrió y se alejó alegando que necesitaba hacer "algunas cosas". Fuera lo que fuera, me dio algo de tiempo a solas. Lo necesitaba. De pie en la nave, cojeé hacia el altar y miré fijamente al crucifijo. Los rayos del sol brillaban a través de un rosetón que representaba historias bíblicas e iluminaba la escena. Me vinieron a la mente la hermana Mary y la hermana Ann de mis días en el orfanato. Me habían repetido esas historias muchas veces, pero siempre había fallado en recordarlas. Una vez, cuando tenía unos 8 años, dije erróneamente que Jesús había transformado el agua en lino. Fue un error honesto; vino y lino tienen pronunciaciones similares. Me preguntaba qué había sido de las hermanas. Con las nuevas leyes seguro habían perdido el orfanato. ¿Seguirían estando en Macao? ¿Debía buscarlas? Claro que no. Después de los eventos en *Luna 1* yo era un fugitivo. Buscar a las hermanas sólo las pondría en peligro.

Pensar en el Macao de tiempos pasados me llevó a Julia. No le había preguntado a Tina sobre su cuerpo y el de Davide, pero sabía la respuesta. Probablemente descansaban en el fondo del Pacífico.

Julia merecía algo mejor.

Había sido una mujer increíble y el fondo del océano era un lugar indigno para ella. Pero no había nada que pudiera hacer. Sus restos mortales pasarían el resto de la eternidad en el fondo del Pacífico y eso era todo.

Di un paso y un dolor álgido recorrió mi pierna izquierda. En esa condición, sería inútil contra los guardias de la Prisión Coloane. Me di cuenta de que Tina me había dejado solo a propósito. Ella sabía que no sería capaz de hacerme entender. Sólo yo podía convencerme de la realidad de mi condición.

Pero yo era un hombre terco.

—Te lo demostraré —dije mordiéndome el labio.

De pie en la nave, doblé las rodillas y salté. Fue fácil, pero cuando mis pies tocaron el suelo, un ligero dolor me asaltó. Era mi pierna izquierda una vez más. Algo allí todavía necesitaba tiempo para recuperarse.

Pero eso era algo que no tenía.

Cerrando los ojos, vacié mi mente, tratando de calmar e ignorar el dolor. Di otro salto, y este pareció doler menos que el anterior. Mirando el pasillo entre las bancas, troté a través de él, aumentando mi velocidad a medida que avanzaba. Cuando frené en seco, me dolía la pierna y la espalda baja, pero era soportable. No había sangre en ninguna parte, pero mi visión estaba un poco borrosa.

—Debe ser la lesión en la cabeza debajo de los vendajes —murmuré y me senté en otro banco.

Mi pronóstico no era el que quería escuchar; estaba bien pero no totalmente recuperado. Podía saltar y correr, pero tenía que tomármelo con calma. En otras palabras, no estaba en condiciones de asaltar la Prisión Coloane.

—Tal vez en un día o dos —dije.

Pero Egbert podría no tener "un día o dos".

Tina había dicho que caminar era bueno para mí, así que decidí seguir su consejo. Al salir de la nave, encontré unas escaleras y subí a la cima de la torre de la iglesia. La nueva arquitectura art deco de Macao se veía glamorosa al atardecer con sus rascacielos llenos de luces de neón acariciando las nubes. Sin embargo, ese gigante gris que era el muro exterior que rodeaba la ciudad todavía era visible detrás de todos los colores y elegancia del centro de Macao. Sabía lo que significaba. Incrustados en ese muro había varios puestos de control, las únicas formas permitidas de entrar o salir de la ciudad. Más allá de ellos, se encontraban las *Badlands*, áreas que habían sido parte de la ciudad en tiempos pasados, pero que ya no eran habitables. Las autopistas oficiales que salían de Macao las evitaban, mientras que las pantallas de noticias al costado de estas carreteras advertían sobre los peligros de detenerse por cualquier motivo. "Para su protección", decían, pero no había ninguna amenaza. Las *Badlands* no eran radiactivas ni estaban llenas de enfermedades. Eran recordatorios de que alguien se había atrevido a oponerse a la

Metropole. El régimen odiaba eso y había prohibido a la gente visitarlas.

Era lo mismo en muchas ciudades del mundo. La razón era simple; cuando se estableció la Metropole, algunos países resistieron hasta que sus ciudades fueron bombardeadas. La narrativa oficial que se encuentra en los libros de historia negaba esto, culpando a accidentes de diversa naturaleza como la causa de las ruinas que ahora llamamos *Badlands*. Pocos creían esta historia de todo corazón, la mayoría conocía la realidad, pero el miedo a ser etiquetado como un "enemigo de la raza humana" era demasiado grande. Por lo tanto, la mayoría prefería mantener la boca cerrada.

Tomando bocanadas de aire fresco, escaneé mi entorno. Estaba en una terraza rodeada de parapetos. Detrás de mí, junto a las escaleras, había una pequeña habitación que parecía ser una especie de área de almacenamiento. En el interior, vi lo que parecía ser una mesa de noche. Al acercarme, me di cuenta de que era un viejo tocadiscos con cajones debajo.

—¿Qué tenemos aquí? —dije y me puse en cuclillas para mirarlo mejor. Me dolía la pierna, pero ignoré el dolor. Al abrir los cajones, descubrí una colección de discos en perfectas condiciones, ninguno rayado, sólo un poco polvorientos. Me recordaron a casa, a mi apartamento en *Luna 1* y a las muchas noches que había pasado sentado en mi sillón de cuero bebiendo Shiraz, escuchando un LP de Charlie Parker y disfrutando de mi tiempo de *dolce far niente*.

Me levanté y no sentí dolor. Tal vez los recuerdos agradables me adormecieron por un instante, o tal vez en realidad me estaba recuperando. Fuera lo que fuera, lo aproveché e hice el viaje de regreso al sótano.

—¿Hay un botiquín de primeros auxilios en algún lugar por aquí? —le pregunté a Tina tan pronto como llegué a mi destino.

—¿Estás bien? —respondió ella mirándome perpleja.

—Sí, sólo necesito algo del botiquín.

—Está en una caja debajo de tu cama.

—Gracias.

Seguí sus instrucciones y, unos minutos más tarde, estaba de vuelta en la torre limpiando discos con alcohol y algodón. La colección incluía montones de 45s, esos pequeños vinilos que sólo tienen una canción por lado, pero qué canciones eran. Louis Armstrong, Miles Davis, Duke Ellington, Frank Sinatra, entre otros me honraban con su presencia. Pero no fue ninguno de ellos al que elegí. El disco que limpié y puse en el tocadiscos no era otro más que Edith Piaf cantando *La Vie en Rose*.

Mientras las primeras notas sonaban a bajo volumen, miré fijamente a Macao y a la suave luz del crepúsculo que la inundaba al morir el día. Exhalando, recordé mi pasado en el orfanato, a Julia y a mí y todos nuestros momentos juntos. Ella no volvería, pero su recuerdo siempre se quedaría conmigo.

—No cambias, ¿verdad, Virgil?

Me di la vuelta buscando su voz y la vi. Allí estaba ella, de pie frente a mí, su corte bob inconfundible.

—¿Julia? Tú... ¿Qué estás haciendo aquí?

—Realmente no estoy aquí, idiota —se burló—. Estoy muerta. ¿No me digas que te olvidaste de eso?

Me reí.

Avanzó hacia el tocadiscos.

—¿Edith Piaf? Tienes buen gusto, Virgil. Siempre lo tuviste. Te concederé eso.

Sonrió y luego desapareció frente a mis ojos.

Incluso como una visión, Julia era Julia.

Había caído la noche y estaba solo escuchando *La Vie en Rose* una y otra vez. La tocaba de manera que apenas fuera perceptible, lo suficiente para que yo la disfrutara, pero no para que nadie más la escuchara. Después de todo, todavía éramos fugitivos buscados por la Metropole.

—Esa es una buena canción.

—¿Julia? —exclamé, esperando verla una vez más.

—¿Disculpa?

Era Tina.

—Oh, hola —la saludé—. ¿Qué te trae por aquí?

—Tú. No sabía que te gustaba Edith Piaf.

—Bueno, soy más que todo un amante del jazz, pero *La Vie en Rose* es una canción increíble.

—Estoy de acuerdo. Mi madre solía cantarla.

—¿En serio?

—Sí. Ella era cantante en un club cuando el mundo era lo que solía ser.

—¿Antes de la Metropole?

—No soy tan vieja.

—Ninguno de nosotros lo es. Estaba bromeando. No hay nadie vivo que recuerde lo que era el mundo en ese entonces.

—O si lo hay, entonces deben tener más de cien años.

—Sí, eso es muy cierto —repliqué asintiendo con la cabeza—. Pero volviendo a nuestra discusión musical. ¿Algún otro cantante de los viejos tiempos que tu madre amara?

Lo pensó por un momento, quizás yendo por cada recuerdo de su infancia. Finalmente, se rio entre dientes y respondió.

—Mamá amaba a Charles Aznavour.

—¿Aznavour? ¿Qué canciones?

—*La Bohème* era genial, pero ella adoraba *Et Pourtant*.

—Esas son excelentes canciones. Tu madre tenía un buen gusto —respondí mientras me volvía para mirar a Macao.

Ella sabía lo que pasaba por mi mente.

—Amas esta ciudad, ¿verdad, Virgil?

—Crecí aquí, cuando... ¿Cómo lo dijiste? Ah, sí, cuando el mundo era lo que solía ser.

—¿Cuándo creías que la Metropole era buena?

15

—En aquel entonces no me importaba la Metropole. En aquellos días, todo lo que consumía mi mente era Julia.

Mientras miraba fijamente a esa jungla artificial de neón que era Macao, todo lo demás desapareció y los recuerdos de mi pasado volvieron a mí. Había sido difícil crecer como sangre mixta, MB o *envy*, pero tener gente como Julia a mi alrededor había aliviado el dolor, aunque sólo fuera un poco. Era ilegal discriminar, pero los seres humanos siempre encuentran formas de separarse en grupos. Toda sociedad necesita un chivo expiatorio, y para la Metropole, los llamados *envys*, los hijos de padres de diferentes razas lo eran. Si había disfrutado de un nivel de vida decente en *Luna 1*, era porque era buena propaganda para el régimen.

Lo sabía ahora.

—¿Recordando el pasado? —Tina me devolvió a la realidad.

—Siempre.

—¿No puedes dejarlo ir?

—Puedo. Pero no quiero.

—Te entiendo.

—Gracias —dije, cambiando de tema.

—¿Por qué?

—Por cuidarme.

—Cualquiera lo habría hecho.

—No. Cualquiera me habría dejado morir cuando la nave de Egbert se hundió.

—Tú me salvaste primero.

—¿Cuándo?

—Cuando nos llevaste al edificio de *Luna Radio* y te enfrentaste a Harpo. Nos mostraste la verdad.

—No hice nada. Fuiste tú quien le disparó.

—Cierto — replicó y se rio entre dientes.

Permanecí en silencio por un instante, considerando bien mis siguientes palabras.

—Escucha, Tina —dije finalmente—. Acerca de Egbert; quiero salvarlo tanto como tú, pero sabes que no será fácil. —Se me trabó la lengua y sacudí la cabeza—. Lo que quiero decir es... es... ¡Maldita sea!, perdóname, las palabras no quieren salir. Lo que quiero decir es...

—No te preocupes, Virgil. Entiendo.

—¿Lo haces?

—Sí.

Me conocía tan bien. Quería disculparme por mi terquedad y ella ya lo sabía.

Pero eso no era todo lo que tenía que decirle.

—Hay una cosa más.

Se mordió los labios.

—Estás preocupado por la gente que me acompañará.

—Lo estoy.

—No te preocupes. Todos son profesionales, parte de la célula de Macao.

—No estoy cuestionando su profesionalismo. Son sus lealtades las que me preocupan. Harpo está muerto, pero sus seguidores todavía están cerca.

—Harpo era uno de los principales líderes, pero sólo tenía control directo sobre *Luna 1*. Las otras divisiones son independientes. La célula de Macao quiere ayudarnos.

—¿Cómo lo sabes?

—Porque estoy a cargo de ella.

—¿Eres mi jefa? —le pregunté con una risa sarcástica.

—No —respondió—. Pero sólo porque te invitamos a unirte a nosotros. Te veo como una especie de asesor visitante.

—¿Hay alguien por encima de ti?

—Lo sabrás cuando llegue el momento. Por ahora, recuerda que todo lo que hacemos es cumplir esa promesa que hicimos cuando huimos de la colonia. ¿Te acuerdas, Virgil? Juramos derrocar a la Metropole. Rescatar a Egbert es sólo el primer paso.

Las palabras de Tina me llenaron de determinación.

—No lo he olvidado. Rescataremos a Egbert y terminaremos lo que comenzamos en *Luna 1*. ¡Derrocaremos a la Metropole!

—¡Ese es el espíritu, Virgil! —me dijo sonriendo—. Bueno, mañana será un largo día. Deberías irte a dormir.

—Sí, pero me gustaría quedarme aquí un poco más. Macao y yo tenemos una cita y aún no ha terminado.

DÍA 2

2

La mañana siguiente llegó y me encontró en la cama. Al estar en un sótano, no había ventanas para que la luz del sol se filtrara, pero alguien encendió las luces y me despertó.

No era Tina. Ante mí estaba un joven de alrededor de unos 25 años vestido con unos jeans descoloridos y una sudadera con capucha verde. Sus rasgos indicaban que él, al igual que yo, era un *envy*.

—¿Detective Virgil?

—Exdetective —respondí sacando mis pies fuera de la cama—. Ya no trabajo para la policía de *Luna 1*. De hecho, si me tuvieran en la mira, probablemente me dispararían.

Extendió su mano.

—Un placer conocerlo, señor. Soy Alex Li.

—¿Señor? —le dije con un gesto de confusión en mi rostro—. ¿Por qué me llamas así? ¿Y por qué estás aquí?

—Él es uno de nosotros —anunció Tina entrando en la habitación.

Le hice señas para que se acercara.

—¿Puedo hablar contigo en privado?

Asintió y le indicó a Alex que esperara afuera. Él obedeció de inmediato.

—¿Qué pasa? —me preguntó acercándose a mi cama.

Me puse en pie frente a ella.

—Por favor, no me digas que vas a llevar a ese chico a la Prisión Coloane. Parece que perteneciera en una fraternidad universitaria, no en un grupo de rebeldes luchando por la libertad.

—Y tú parece que pertenecieras en un hospital, pero aquí estás.

—Estoy hablando en serio, Tina.

—Yo también. Es cierto que Alex parece joven, pero ¿siquiera sabes algo de él?

Mi silencio fue mi perdición.

—Alex creció en un orfanato y es un sangre mixta como tú —dijo—. Y "ese chico", como lo llamas, es un veterano. Ha visto acción luchando por nosotros antes.

—¿En serio? Me miró como si fuera una celebridad.

Tina golpeó el marco de mi cama con su puño.

—¡Oh, vamos! ¿Y qué? Vino aquí y probablemente se emocionó por conocerte. ¿Quién no lo haría? ¿Alguna vez has considerado cómo te ven otros en la Resistencia? Tú eres el hombre que expuso a la Metropole.

—No soy un héroe, Tina —respondí burlándome de sus palabras—. Lo sabes. Ni siquiera pude salvar al equipo que llevamos a *Luna Radio*. ¿Recuerdas a Montrose? ¿Recuerdas cómo murió? Le cortaron la garganta y le sacaron la lengua por el agujero. ¿Qué hay de James? ¿Te acuerdas de él?

Me tiró una bofetada.

Me la merecía. Mis palabras le habían traído recuerdos que probablemente quería olvidar.

—¿Qué te pasa, Virgil? ¡No eres el mismo hombre que conocí en la colonia! ¿Qué pasó con él? ¿Dónde está?

—Nunca existió, Tina. ¡Nunca! Todo lo que he sido es un detective que se acostumbró demasiado a su estilo de vida y cuyo mundo se puso patas arriba debido a un asesinato. Nunca me importó la política, pero me convertí en el chivo expiatorio del régimen y descubrí que todos los que había conocido no eran más que un montón de mentirosos.

—Me conociste a mí. Y a Julia.

Eso dolió. Mucho. Maldición.

—¿Cuándo me convertí en un héroe? —pregunté tratando de calmar las cosas sabiendo bien que había sido grosero. Quizás debería haberme disculpado con ella, pero no lo hice. Tal vez fue mi orgullo, no lo sé.

—La gente necesita símbolos, Virgil.

—Suenas como Harpo.

—¿Qué quieres decir?

—He estado malherido por 2 semanas. Antes de eso, yo era un hombre buscado en la colonia, difícilmente un héroe. Sí, mi cara estaba en las pantallas de noticias, pero para la población no soy más que un *envy* asesino. Nuestra pequeña incursión en *Luna Radio* fue un fracaso. Montrose fue asesinado y aunque escapamos, nuestro objetivo, decir la verdad a la gente, nunca se logró. Así que, dime, por favor, ¿quién me ve como un héroe?

—Los soldados de la Resistencia.

—¿Por qué lo harían? No tienen ninguna razón para ello a menos que... a menos que alguien creara una narrativa retratándome como tal. ¿Hiciste eso?

No dijo nada, pero su expresión la delató.

—Dijiste que la gente necesita símbolos. ¿Es por eso que lo hiciste? He pasado 2 semanas recuperándome, apenas consciente, moviéndome con ayuda de otros y, cuando vuelvo a mis sentidos descubro que soy una especie de mesías. ¿Qué les dijiste?

—Creo en ti, Virgil. En serio.

—¿Creer en qué?

—En el hombre puedes llegar a ser.

—Esa es una declaración bastante vaga. ¿Qué les dijiste?

—¿A quiénes?

—A la Resistencia.

—No mucho, sólo lo que sucedió en *Luna 1*. Supongo que todos necesitamos símbolos. Héroes a quienes seguir, personas que nos muestran que lo imposible es alcanzable. Yo no te convertí en un símbolo; ellos lo hicieron.

Golpeé mi puño contra el colchón.

—Bueno, diles que no soy lo que están buscando. Soy un fugitivo. Quiero pelear, pero no soy un héroe. Crear una nueva Resistencia fue idea tuya, ¿recuerdas?

—Si, lo fue. Y estabas de acuerdo con eso.

—Lo estaba y lo estoy —respondí—. Pero, por favor, no trates de convertirme en un líder. Este es tu movimiento, Tina. Tú eres la jefa, no yo. Por ahora, centrémonos en rescatar a Egbert, ¿de acuerdo?

Nuestra discusión nos mantuvo centrados el uno en el otro, ajenos al mundo exterior. Tal vez por eso ninguno de los dos sintió cuando Alex Li entró en la habitación.

—Estoy dispuesto a ayudar —se ofreció.

Mirándolo, noté que parecía mayor que el chico que había conocido momentos antes. Ahora se comportaba como un hombre. Tal vez lo había tenido difícil como Egbert y como yo.

—¿Quién eres en realidad? —le pregunté.

Tenía una sonrisa en su rostro.

—Tina debe haberle hablado de mí, al menos parcialmente. Déjeme contarle el resto —dijo mientras me indicaba que me sentara.

Íbamos a estar aquí un rato.

—Crecí en un orfanato —comenzó—. Es común para personas como yo, como usted, como nosotros. Sangre mixtas, MBs o *envys*, así es como nos llaman. En mi caso, soy chino y caucásico. Eso no suena raro, ¿verdad? —Hizo una mueca mientras decía esas palabras—. No lo es, excepto que a los genes les encanta meterse con nosotros y salí con cabello rubio, ojos verdes y rasgos asiáticos.

Lo noté en ese momento y me sentí como un idiota. ¿Por qué no había visto eso cuando me habló por primera vez hace unos momentos? ¿Estaba tan centrado en mis problemas que me había vuelto ajeno a todo lo demás?

—Me dieron una educación en el orfanato —continuó Alex—. Pero ¿quién contrataría a un *envy*? No todos somos tan afortunados como usted, detective. Usted tenía su vida resuelta.

Suspiré, reconociendo la verdad de sus palabras.

—¿Qué hiciste? —pregunté.

—Me escapé —respondió—. No poseía nada más que la ropa sobre mis hombros, así que no fue difícil. Me uní al Ejército de la Tierra pensando que vería el mundo y dejaría esta sección de Asia Oriental haciendo que el gobierno pagara el impuesto de salida por mí. Pero el cuento de hadas no tuvo un final feliz.

—¿Qué pasó?

—Lo de siempre. Como dije, no todos somos tan afortunados como usted, detective.

No me gustó su tono.

—¿Por qué me llamas detective?

—Eso es lo que usted era hace 3 semanas. ¿No es curioso cómo el tiempo cambia las cosas? Hace veintiún días, usted era el detective Virgil del Departamento de Policía de *Luna 1*. Tenía su vida y esta no incluía a ninguno de nosotros. ¿Y por qué debería hacerlo?

Traté de decir algo, pero Alex levantó la mano.

—No se preocupe, detective, no lo estoy juzgando. Simplemente estoy afirmando un hecho. Esa era su vida y tenía todo el derecho de vivirla como quisiera.

—Gracias por eso —respondí, logrando obtener una palabra en medio de su soliloquio—. De todos modos, ¿qué pasó después? En tu historia, quiero decir. Quiero saberlo.

Jugó con su cabello e hizo una mueca.

—Sí, me fui por la tangente. Mis disculpas. Como decía, no terminó bien. Soy un *envy*, así que no iba a convertirme en oficial fácilmente. Lo dejaron claro desde el principio. Yo era carne de cañón.

—¿Te dijeron eso?

—No. Pero podrían haberlo hecho. Era obvio.

Tina se apoyó contra la pared, dándonos a Alex y a mí algo de espacio. La miramos fijamente, pero ella nos indicó que continuáramos.

Me volví hacia Alex.

—Por favor, continúa.

Tosió y se aclaró la garganta.

—Un día vinieron unas personas. Estaba barriendo el piso, pero no me prestaron atención. Nadie mira al tipo que limpia, ¿verdad? Bueno, se reunieron con nuestros oficiales y escuché todo. Los visitantes eran del Departamento de Seguridad Pública y buscaban voluntarios. Nuestros oficiales dijeron que les enviarían una lista de candidatos de la base y eso fue todo.

—¿Te uniste a Seguridad Pública?

—Lo hice.

—¿Cómo?

—No estaba en esa lista si eso es lo que está pensando.

—¿Entonces?

—Cuando terminó la reunión, corrí detrás de uno de los visitantes. Parecía que era el que estaba a cargo. De pie frente a él, saludé y le dije que quería trabajar para él.

—¿Qué te dijo?

—Me preguntó cómo sabía para qué habían venido. Le confesé que estuve escuchando a escondidas. Sonrió y me dijo que necesitaba hombres como yo.

—¿Y cómo estás aquí?

—Me entrenaron para convertirme en una máquina de matar. Al principio, no me importó. Incluso lo acepté con alegría. Mi condición de *envy* no importaba allí. Todo lo que importaba era que siguiera las órdenes que me daban. Sonaba demasiado bueno para ser verdad, y lo fue. Los trabajos, las misiones que desempeñábamos, ningún ser humano debería hacer algo así. Terminé desertando, harto de todo lo que me hicieron hacer. El cuento de hadas tuvo un triste final.

—¿Hasta...?

—Hasta que conocí a la Resistencia. Estaba aquí en Asia Oriental, saltando entre Macao, Hong Kong, Shanghái, Seúl y Tokio alquilándome como sicario cuando encontré a la señorita Wang durante uno de mis trabajos. Ella cambió mi visión del mundo.

—¿Señorita Wang?

—Se refiere a Julia —interrumpió Tina.

—¿Conocías a Julia? —le pregunté a Alex. Ahora tenía un renovado interés en su historia.

—Ella todavía era parte de Seguridad Pública en ese entonces —dijo y luego dudó por un momento—. Bueno, ella nunca dejó Seguridad Pública; usted conoce su situación. De todos modos, estaba feliz de conocer a otro *envy*. Ella era especial. Creo que vio algo en mí.

—¿Qué te hace pensar eso?

—Ella me habló. Así es como lo sé. Y me habló como usted hablaría con cualquier humano común y corriente. Hablamos de la Metropole. Me hizo preguntas sobre la situación de nuestro mundo y me contó acerca de la Resistencia, de la célula en *Luna 1* y del hombre que conocemos como Harpo.

—Ella nunca confió en él por completo —le dije—. Pero ¿qué te dijo sobre él?

—Lo mencionó de pasada, diciendo que era bueno con las palabras y que sabía cómo manipular a la gente.

Me reí.

—Esas son las mismas palabras que ella me dijo después de que lo conocí. Pero te estoy interrumpiendo. Por favor, continúa.

Tomó aire y siguió con su historia.

—De todos modos, como estaba diciendo, ella lo mencionó, pero se centró más en nuestro mundo y en cómo necesitaba cambiar. "¿Qué piensas de nuestro mundo?", me preguntó.

—Esa es Julia —repliqué mientras la imagen de ella y yo conduciendo por las calles de *Luna 1* en su Mercedes azul pálido regresaba a mí.

Alex debió haberse dado cuenta de que yo estaba soñando despierto porque se apresuró a terminar su historia.

—Para hacer esto más corto, ella me convenció, y me uní a la Resistencia. Cuando vi que usted estaba aquí, supe que tenía que conocerlo. Usted es amigo de Julia.

—¿"Es"? ¿Estás hablando en presente?

—Sí —dijo—. Puede que Julia ya no esté con nosotros, pero todavía está viva para mí.

Sus palabras tocaron mi corazón. Tal vez lo había juzgado con demasiada dureza.

—Dijiste que soy amigo de Julia —respondí, tratando de recuperar la compostura—. ¿Alguna vez habló de mí?

—Si. Un poco. Principalmente sobre cómo crecieron juntos en el orfanato y sobre *A Whiter Shade of Pale*. Ella dijo que esa era su canción; la de ustedes dos.

Asentí con la cabeza.

—¿Te contó la historia detrás de esa elección?

—Una vez.

Me levanté y me dirigí hacia él. Acercándomele, extendí mi mano.

—Creo que te debo una disculpa y un apretón de manos. Y, gracias por luchar con nosotros.

—El placer es mío, señor.

—Sólo una cosa. No me llames usted, señor o detective. Virgil está bien.

—Está bien, Virgil —respondió mientras jugaba con su cabello y se alejaba.

Con él fuera del sótano, me volví hacia Tina.

—Tenías razón sobre el chico. Tiene problemas como el resto de nosotros, pero parece sincero. No confío en nadie, pero estoy dispuesto a darle una oportunidad.

—Me alegro de escuchar eso.

—Oh, una cosa más.

—¿Qué?

—Por favor, y lo digo en serio, Tina, no alimentes esa narrativa de héroe acerca de mí. No soy nada especial, sólo un soldado más en la lucha para derrocar a este régimen sin rostro.

—Está bien —respondió asintiendo—. Puedo hacer eso. Ahora, ¿quieres escuchar nuestro plan para rescatar a Egbert? Tenemos planeado atacar esta noche.

—Soy todo oídos.

3

Tina me llevó a otra habitación debajo de la iglesia abandonada en la que nos estábamos escondiendo. Mientras caminábamos hacia ella, me di cuenta de dos cosas. Primero, todo el complejo era más grande de lo que había imaginado al inicio, con sus callejones y escaleras formando un laberinto bajo las calles de Macao. En segundo lugar, las paredes en esta nueva área no eran de ladrillo o piedra. Estaban hechas de hormigón y parecían bastante nuevas.

—Cavamos bajo tierra —dijo Tina—. La Resistencia ha estado haciendo esto durante algún tiempo. Este refugio no es tan grande como el que viste en *Luna 1*, pero es lo que tenemos.

Otra bombilla colgando del techo, algunas sillas y una mesa de madera con un mapa de la Prisión Coloane sobre ella comprendían la totalidad del mobiliario de la habitación. Un hombre blanco y rubio de unos 30 años nos estaba esperando sentado en una de las sillas. Se puso de pie, un apretado suéter negro con cuello de tortuga cubría sus atléticos hombros, y se acercó a nosotros cuando nos vio entrar.

—Este es Jackson —dijo Tina—. Él estará a cargo del equipo.

—Es un honor conocerte finalmente, detective Virgil —me dijo Jackson mientras me estrechaba la mano—. Eres un héroe para muchos aquí.

—Gracias —le respondí e inmediatamente pregunté sobre el plan. Todo ese asunto de ser un héroe no era para mí.

Me ofreció un asiento antes de comenzar su explicación.

—Es un plan simple —anunció mientras señalaba el mapa—. Nos infiltraremos en la prisión a través del sistema de alcantarillado. Eso debería llevarnos hasta el patio principal. Desde allí, iremos al Bloque B, que es donde están reteniendo a Egbert. Hackearemos el sistema de seguridad de la puerta, lo liberaremos y nos iremos de la misma manera que entramos.

Parecía un buen plan, pero había algo que me preocupaba.

—¿Cómo sabes que Egbert está en el Bloque B?

—Tenemos informantes en todas partes, detective. No nos subestimes.

Estaba a punto de responder cuando Alex Li entró corriendo en la habitación, su cara pálida como un fantasma.

—¡Vengan conmigo! —exclamó—. ¡Tienen que venir conmigo!

Tina y yo corrimos tras él. Nos llevó a la nave, y luego a la torre de la iglesia.

—Miren eso —dijo mientras señalaba hacia el horizonte de la ciudad, donde, como de costumbre, las pantallas de noticias que dominaban todos los territorios de la Metropole estaban haciendo su trabajo de alimentar a la población con lo que el régimen quería que creyeran que era noticia.

Esta vez, sin embargo, lo que mostraron fue un golpe directo dirigido a nosotros. Las palabras 'En vivo' en la esquina superior derecha de la pantalla indicaban que las imágenes que estábamos viendo eran reales. Y mostraban el patio de la Prisión Coloane.

Me quedé en estado de shock, sin creer lo que estaba presenciando. La pantalla mostraba a un grupo de soldados arrastrando a Egbert desde las entrañas de la penitenciaría hasta el patio. Estaba esposado y llevaba un traje de prisionero color verde pálido, el estándar para reos considerados peligrosos en la Metropole. Su rostro magullado e hinchado mostraba que lo habían torturado. Pero conociendo a Egbert, no había dicho nada.

Los soldados lo condujeron a una plataforma donde le ataron una soga alrededor del cuello. Un juez leyó los cargos: Terrorismo, rebelión, enemigo de la raza humana; la perfecta trinidad. El veredicto llegó poco después: culpable y condenado a muerte en la horca. No se demoraron mucho más pues el verdugo tiró de una palanca y, una fracción de segundo después, el cuerpo de Egbert colgaba sin vida de la soga.

Me aferré a los parapetos que rodeaban la terraza. Las lágrimas corrían por mi rostro mientras bajaba la cabeza.

—Malditos sean —susurré—. Malditos sean.

Reprodujeron las imágenes una y otra vez, pero para los ciudadanos habituales de la Metropole en todo el mundo, nada había cambiado. Todavía iban a trabajar, comían con amigos y disfrutaban de la vida. ¿A alguien le importaban las noticias? No les afectaba, entonces, ¿por qué se molestarían?

Me volví hacia Tina y Alex. Ella trató de decir algo, pero una sirena hizo que sus palabras se tornaran inaudibles. Su expresión cambió de inmediato y me arrastró escaleras abajo.

—¡Nos encontraron! —exclamó cuando llegamos a la nave—. ¡Esos bastardos nos encontraron! ¡Rápido, tenemos que irnos!

—¿A dónde? —le pregunté, pero ella me ignoró.

—¡Solo síguela! —me gritó Alex empujándome.

Tina corrió hacia el sótano, Alex y yo unos pasos detrás. Un grupo de soldados de la Resistencia apareció allí, armados con rifles y pistolas. Sus rostros me parecían familiares, pero sólo reconocí a Jackson. Culpé al tiempo que había estado en cama inconsciente.

—Tienes que escapar, Tina —gritó Jackson dando un paso adelante—. ¡Vete! Nosotros los detendremos en la puerta.

Pero ella sacudió la cabeza y, sacando su arma, la amartilló.

—Me quedo. Podemos irnos juntos más tarde. Ahora, Alex tiene su pistola, pero Virgil no. ¡Que alguien le dé un arma!

Una pistola voló hacia mí. La agarré y revisé el cargador. Tenía diecisiete balas, no lo suficiente para luchar, pero lo suficiente como para huir.

Levanté la cabeza y vi a Jackson parado frente a mí. Estaba señalando a Tina.

—Llévatela, detective —me dijo—. No podemos perderla. Llévate a Alex contigo y sácala de aquí.

—Jackson —dijo Tina, pero lo entendió. Corrió hacia él y le dio un abrazo—. Cuídate —le dijo y luego se volvió hacia los demás—. No se atrevan a morir —les ordenó antes de que desaparecieran por el pasillo y subieran a la nave.

La célula de la Resistencia en Macao iba a sacrificarse en una última defensa suicida dentro de una iglesia abandonada. ¿Heroico? Sí. Pero ¿valía la pena?

—¡Síganme! —gritó Tina y llegamos a mi habitación—. Ayúdenme —dijo, y Alex y yo empujamos mi cama, revelando un acceso al desagüe. Quitando la tapa, descendimos a las entrañas de las alcantarillas de Macao.

—¡Por aquí! —ordenó Tina mientras cogía y encendía una linterna que colgaba de la pared—. ¡Rápido!

Habían planeado la ruta de escape con anticipación.

Vadeamos las aguas en nuestro intento de escapar de la Metropole con la linterna de Tina como nuestra única guía.

—Jackson y los soldados —dije—. ¿Qué pasará con ellos?

—¡Nos están ganando algo de tiempo! —gritó Tina.

—¿Ganando tiempo? —le respondí—. Tina, ¿los enviaste a morir? —Los fantasmas del asalto a *Luna Radio* todavía me perseguían.

—¡Cállate, Virgil! Solo sígueme, ¿de acuerdo?

—Pero Tina...

Traté de decir algo, pero sentí el cañón de una pistola apoyándose en mi espalda.

Era Alex Li.

—Perdóname, Virgil, pero por favor camina. No hay tiempo.

—¡Eso es innecesario! —gritó Tina cuando se dio cuenta de lo que estaba pasando.

Alex volvió a guardar su arma en su funda.

—Lo siento —dijo—. No sabía qué hacer.

—¡Solo caminen! ¡Síganme! —exclamó Tina—. Les daré todas las explicaciones que quieran una vez que estemos a salvo, ¿de acuerdo?

—Está bien —dije, pero mis palabras fueron interrumpidas por un fuerte estruendo que resonó por la alcantarilla. Todo el lugar tembló y casi caigo de cuerpo entero en las aguas del desagüe.

—¿Qué fue eso? —pregunté, recuperando la compostura.

—La iglesia —respondió Tina—. La volamos.

—¿Hiciste qué?

—Plantamos explosivos en caso de que alguna vez nos encontraran —dijo mientras avanzaba—. Nuestros hombres tenían órdenes de disparar un par de rondas y luego volar todo el lugar. Usarán las nubes de polvo y la confusión general para escapar.

—No los enviaste a su muerte.

—Por supuesto que no, Virgil. ¿Qué clase de líder sería yo si hiciera eso?

—Dudé de ti, Tina. Perdóname.

—Cállate y sigue moviéndote. ¡Todavía no hemos escapado!

4

Vadeamos las turbias aguas del sistema de alcantarillado de Macao. En algunos momentos la suciedad nos llegaba hasta las rodillas, mientras que en otros, el agua nos llegaba hasta la altura del pecho. Respirando por la boca para evitar el hedor que inundaba el lugar, seguimos adelante. El túnel se hacía más pequeño en algunas secciones; parecía como si fuéramos cadáveres atrapados en sus tumbas. Cerré los ojos cuando esos pensamientos me asaltaron, preguntándome si alguna vez encontraríamos una salida y volveríamos al mundo de los vivos.

Necesitaba escapar de ese lugar y mis instintos de detective vinieron al rescate. Había muchas preguntas que necesitaban respuestas. Por ejemplo, ¿cómo nos había encontrado la Metropole? Habían atacado con precisión quirúrgica. ¿Cómo sabían dónde estábamos? ¿Había un traidor entre los nuestros?

—Virgil —exclamó Tina, y abrí los ojos. Allí estaba, de pie frente a mí, su linterna iluminando unos escalones de piedra.

—Cuidado, son resbaladizos —dijo mientras nos guiaba a través de ellos.

Llegamos a una plataforma seca, pero no pudimos ver mucho hasta que Tina corrió hacia una pared, accionó un interruptor y otra solitaria bombilla que colgaba del techo iluminó la escena. Agradecidos por la luz, exploramos nuestros alrededores, dándonos cuenta de que la plataforma en la que estábamos daba al río de aguas residuales del que acabábamos de escapar. Al alejarme de ellas, noté un grupo de casilleros de metal apoyados contra una pared. Un metro a su derecha, una manguera verde de jardín colgaba de un anillo de madera. Junto a ella, una escalera de metal conducía a la superficie.

Era nuestra salida.

—Nos turnaremos y usaremos la manguera para lavarnos. Es la única manera de deshacerse del hedor —dijo Tina—. Sé que no tenemos privacidad aquí, pero así son las cosas. ¿Entendido?'

Asentimos.

—Después de eso, cámbiense —continuó—. Hay toallas y ropa en los casilleros. No elijan nada demasiado elegante. La salida conduce a un callejón en los muelles de Macao. Nos mezclaremos con la gente mientras buscamos una manera de salir de la ciudad.

El agua en el río de suciedad del que acabábamos de escapar estaba fría, pero la que salía de la manguera estaba helada. Me hizo rechinar los dientes, pero seguí adelante. Cerrando los ojos, froté cada parte de mi cuerpo, tratando de eliminar el hedor que se había aferrado a mí. Finalmente, fui por una toalla, y luego, por algo de ropa.

Me puse una camisa deportiva y un par de caquis; no eran mi estilo, pero eran lo que tenía disponible. Alex fue por un combo básico de jeans y camiseta, mientras que Tina eligió un par de pantalones capri y una blusa.

Agregamos chaquetas a nuestros atuendos para poder ocultar nuestras armas. Alex y yo llevábamos mezclilla azul, mientras que Tina se puso una bomber marrón.

—Está bien, es hora de irse —dijo ella y subió por la escalera hacia el callejón.

Me volví hacia Alex.

—¿No tiene miedo de que alguien nos vea salir de la alcantarilla?

—No —respondió—. Ese callejón está abandonado. Nadie va allí. En el peor de los casos, encontraremos un vagabundo o dos. No te preocupes. Es seguro.

Sus palabras me relajaron y, cogiendo la fría escalera de metal, salí de la alcantarilla.

Un momento después, los tres caminábamos por los muelles de Macao.

Mucho había cambiado desde la última vez que había estado allí. El gobierno local, bajo los auspicios de la Metropole, había invertido mucho en la creación de un área comercial alrededor de los muelles. Un letrero cercano decía que se habían inspirado en el Bund de Shanghái. Tenía un ambiente similar, con letreros de neón, edificios art deco y multitudes de personas que entraban y salían de tiendas, restaurantes y uno o dos pubs de mala muerte.

Estos últimos demostraron ser el tipo de lugares que buscábamos.

El edificio que elegimos había visto días mejores. Era una antigua reliquia de la época en que los portugueses gobernaban Macao. Por lo que a mí respectaba, el lugar debía o ser preservado por su valor histórico, o ser demolido por ser un peligro para la seguridad de las personas. Podía colapsar en cualquier momento, pero su oscuro interior con pisos de madera crujientes y paredes de yeso desmoronándose era justo lo que necesitábamos para desaparecer durante algunas horas.

Estaba lleno de contrabandistas, tríadas y otras personas de la misma calaña. Su presencia garantizaba nuestra seguridad, ya que las tropas de la Metropole tendían a evitarlos.

Avanzando por el interior del dilapidado local, encontramos una mesa en una esquina lejana.

—¿Cuál es el plan? —pregunté tan pronto como nos sentamos.

—Primero, deberíamos ir al bar y pedir algunas bebidas, aunque sólo sea para no llamar la atención —respondió Tina.

Alex se ofreció como voluntario para ir por ellas.

—Ustedes dos están en su lista de fugitivos. Los reconocerán de inmediato —dijo mientras se levantaba para caminar hacia el bar.

—Eso es cierto —repliqué deteniéndolo—. Pero en este lugar de dudosa reputación nadie se tomará la molestia de mirarnos. Quédate sentado, yo iré.

Regresé con 3 cervezas. Tina no pudo evitar comentar al respecto.

—Pensé que preferías el vino —dijo no sin cierto sarcasmo en su voz.

—Tienes razón —respondí poniendo mi vaso sobre la mesa—. Lo prefiero. Para ser honesto, odio la cerveza. Soy de la creencia de que parece orina, huele a orina y probablemente también sepa a orina. Pero pedir un Shiraz o un Malbec aquí atraería demasiada atención.

—Si, claro. Como tú digas.

Me senté a su lado.

—¿Y ahora qué? — le pregunté.

—Ahora tenemos que encontrar la forma de abordar el ferry.

—¿A dónde vamos?

—Al otro lado del Estuario del Río de las Perlas hacia Hong Kong —dijo mientras tomaba un sorbo de cerveza.

—¿Por qué?

—Hay alguien con quien tenemos que hablar allí.

Deslicé mi dedo a lo largo de la parte superior de mi vaso.

—¿Me vas a decir quién es esa persona, Tina?

—Un profesor en la Universidad de Asia Oriental.

—¿Otro profesor?

—Esta vez no es Harpo, Virgil. Eso lo sabes.

—Lo creeré cuando lo vea. De todos modos, ¿cómo abordamos el ferry?

—No es tan difícil como parece —interrumpió Alex—. Macao y Hong Kong son parte de la sección de Asia Oriental, por lo que no es necesario pagar un impuesto de salida para viajar de una ciudad a otra. Eso significa que hay menos medidas de seguridad que eludir.

El argumento de Alex no me convenció.

—Si, pero todavía es alrededor de una hora encerrados en un ferry sin posibilidad de escape —dije—. Si la Metropole nos intercepta en el medio de la travesía, seríamos un blanco fácil.

—¿Qué propones entonces, Virgil? —preguntó Tina, exigiéndome una respuesta.

—Hablemos con los pescadores y marineros locales. Han cruzado de un lado a otro durante generaciones. Puede que tome más de una hora, pero probablemente será más seguro.

Alex tosió, reclamando atención.

—Podría conocer a alguien. Si tenemos suerte, todavía estará por estos lares.

—Ponte en contacto con él de inmediato —le dijo Tina.

Obedeciendo, Alex se levantó y dejó su vaso sobre la mesa.

—Volveré enseguida. ¿Dónde nos reunimos más tarde?

—Este lugar es tan bueno como cualquier otro.

—Está bien —respondió y abriéndose paso entre la clientela del pub, atravesó la entrada principal y desapareció.

Tina terminó su cerveza de un trago.

—Tenías razón —dijo secándose los labios—. Sabe horrible.

—¿Qué hacemos ahora? —Estaba un poco indeciso—. Esperar aquí podría no ser conveniente. Movámonos y volvamos más tarde.

—¿Volver cuándo? Alex podría tardar 15 minutos o 5 horas. No lo sabemos.

—¿Puedes llamarlo?

—La Metropole podría escuchar nuestra conversación. No podemos arriesgarnos a eso. Esto tiene que hacerse como en los viejos tiempos.

—Entonces cambiemos de mesa. Tal vez a alguna otra cerca de aquí.

—Despertaremos más sospechas haciendo eso que quedándonos sentados aquí, Virgil. Pidamos más bebidas, tal vez algo de comida y quedémonos escondidos aquí a plena vista.

Me rendí y acepté su plan. Tina tenía razón. Sentados en un dilapidado pub en el medio de los muelles de Macao, no éramos de importancia para nadie. Lo último que la mayoría de la gente aquí quería era tener agentes de la sección de Asia Oriental de la Metropole pasando y haciendo demasiadas preguntas. En cierto modo, este lugar me recordó al Distrito Este de *Luna 1* y a la noche que pasé en un motel de mala reputación. «Julia», pensé, recordando que había sido esa noche cuando ella había vuelto a entrar en mi vida después de todos esos años de ausencia.

Miré a Tina y le pedí más información.

—¿Qué pasó con los otros miembros de la Resistencia en la iglesia? ¿Se pondrán en contacto contigo?

Ella jugaba con una moneda entre sus dedos.

—Lo harán. Pero siendo honesta, no espero que lo hagan hoy.

—¿Por qué?

—Porque tienen sus órdenes e instrucciones.

—¿Y cuáles son?

—Haces demasiadas preguntas.

—Me estás escondiendo demasiadas cosas. ¿No somos aliados?

—Lo somos.

—Entonces deberías decirme más —exclamé mientras le daba un puñetazo a la mesa—. Por ejemplo, ¿quién es esta persona que necesitas conocer en Hong Kong?

—Ya te lo dije, un profesor de la Universidad de Asia Oriental.

—Sabes a lo que me refiero, Tina. ¿Cuál es su papel en la Resistencia?

Vaciló, jugó con la moneda entre sus dedos, me miró fijamente y luego bajó la mirada.

—Háblame, Tina. ¿Por qué estás siendo tan reservada?

Pero ella siguió sin decir nada.

—Me dijiste que no era el mismo hombre que conociste en *Luna 1*, pero lo mismo ocurre contigo —le increpé—. No eres la misma mujer que conocí en la colonia. ¿Qué pasó con la Tina que me ayudó a capturar a Montrose después del tiroteo en el *Café 48*? ¿Dónde está ella?

—Las cosas han cambiado.

—¿Qué ha cambiado? Sólo han pasado 2 semanas. Y la mayor parte de ese tiempo he estado inconsciente o apenas respondía. No he podido hacerte nada. ¿Por qué el repentino cambio de actitud?

—No puedo hablar de eso.

—¿Por qué? Me dijiste que eras la jefa de la célula de Macao.

—Lo soy, pero hay reglas, Virgil. Reglas que tengo que seguir.

—Harpo no siguió ninguna regla.

Dejó de jugar con la moneda y la estrelló contra la mesa.

—Confía en mí, ¿de acuerdo? Eso es todo lo que puedo decirte por ahora. Confía en mí, ¿ok?

—No puedo. Ojalá pudiera, pero necesito respuestas.

Miró a mi costado, sabiendo que llevaba una 9 milímetros conmigo.

Lo noté.

—No sacaré mi arma, Tina. Tú también llevas una y eres mucho mejor tiradora que yo. ¿Qué dices si resolvemos esto como adultos?

Tomó aire y centró su mirada en mí.

—Eso está mucho mejor —dije—. Ahora, no puedes decirme nada, pero tu expresión me hará saber si tengo razón. Te voy a decir lo que creo que está sucediendo y tu cara me dará las respuestas, ¿de acuerdo?

Ella ni se inmutó.

—Eres la jefa de la célula de Macao —comencé—. Pero hay alguien por encima de ti.

Sus labios se crisparon. Fue por una fracción de segundo, pero se movieron.

—Así que tengo razón —dije antes de seguir teorizando—. Entonces, si no eres la líder principal, ¿quién lo es? —La miré fijamente a los ojos, tratando de leer mis respuestas en ellos—. Tú estabas a cargo aquí. Eso es obvio; todos te obedecían. Así que la persona a la que respondes no está en Macao. No puede estarlo. ¡Está... en Hong Kong! ¡La persona a la que respondes es el profesor de la Universidad de Asia Oriental!

Las pupilas de Tina se expandieron por un segundo. ¡Mi teoría era correcta!

—Esa debe ser la razón por la que tenemos que ir a verlo. Necesitas que te de instrucciones.

Se movió en su asiento antes de responderme.

—Está bien, acertaste.

—¿Por qué me lo escondiste? —le pregunté.

—Obedezco órdenes.

—Pensé que habíamos superado eso. Si obedecieras órdenes, te habrías puesto del lado de Harpo.

—Lo que él estaba haciendo era perverso.

—Pero confiabas en él.

—Lo hacía hasta que descubrí la verdad.

—¿Confías en este hombre en Hong Kong?

Ella vaciló por un instante.

—Ah. Hay algo más allí. Confías en él porque ustedes dos se conocen de antes. Tal vez, ¿son más que amigos? —insinué.

Me abofeteó por segunda vez ese día. Estaba en racha.

—Mis disculpas. Me lo merecía.

—Merecías eso y más.

—Tienes razón. Pero no quiero secretos entre nosotros, Tina. Puedo trabajar contigo si eres abierta conmigo.

Cogió su moneda y se la guardó.

—Está bien, Virgil. ¿Pero serás también completamente honesto conmigo?

—Si. Debemos confiar el uno en el otro si vamos a luchar contra la Metropole. Si no lo hacemos, entonces ya estamos derrotados.

5

Alex Li regresó al pub y caminó por encima del crujiente piso de madera en dirección a nuestra mesa. Evitó a un grupo de marineros peleando por una partida de dardos, a un grupo de borrachos cantando viejas canciones y a algunas tríadas jugando mahjong.

—Está hecho —dijo una vez que llegó donde nosotros—. Algunos pescadores navegarán a Hong Kong esta noche. Podemos ir con ellos.

—¿Y quién es ese contacto con el que hablaste? —preguntó Tina mientras cogía una tetera y servía un poco de té.

—Alguien que conozco.

—Necesitaremos saber más que eso. ¿No lo crees así, Virgil?

Asentí con la cabeza mientras bebía un poco de té.

Alex miró al techo, como si de alguna manera eso hiciera desaparecer las preguntas. Al ver que no funcionaba, se sentó y habló.

—Está bien. No es lo que llamarían un contacto limpio o legal.

—Quiere decir que estás hablando con mafiosos. ¿Estás haciendo un trato con las tríadas?

—¿Qué más puedo hacer, Tina? —exclamó levantando las manos en desesperación—. ¿Quieren salir de Macao sin alertar a nadie? Entonces esto es lo que hacen. Vienen conmigo como polizones en un barco de pescadores. Ellos hacen esto todos los días; sobornan al agente de la Metropole aquí en Macao y luego al de Hong Kong para que no revisen su carga. Así es como el mundo siempre ha funcionado. Sobornar a funcionarios ha sido común en todas partes, no sólo aquí. Hacen lo mismo en Europa o América. ¡Lean su historia!

Detecté rastros de Davide Mori en Alex; un Mori más joven y quizás más infantil, pero una versión de él de todas formas. Sin embargo, eso no lo convertía en mi enemigo. Estos últimos días me habían enseñado mucho. Hace tres semanas había descartado las filosofías y la visión del mundo de Mori, pensando en él como alguien que distorsionaba verdades para que se ajustasen a su agenda, incluso catalogándolo como mi némesis. Julia me había enseñado a entenderlo mejor, aunque no estuviera totalmente de acuerdo con él. Lamentablemente, sólo había logrado eso después de que él y Julia murieran a bordo de la nave de Egbert.

Alex merecía una oportunidad. El chico tenía buenas intenciones.

—No te estamos juzgando —le dije—. Lo único que exigimos es que seas honesto con nosotros. Como le decía a Tina, estamos en el mismo barco. Si queremos derrotar a nuestro enemigo, no puede haber ningún secreto entre nosotros.

—Está bien —respondió—. Puedo vivir con eso.

Tina se le acercó.

—Cuéntanos tu plan —le dijo.

—Es fácil. Sólo hagan lo que dije antes. Vamos a los muelles y nos pasan de contrabando a Hong Kong dentro de las cajas donde llevan su carga.

—Eso es demasiado fácil —repliqué sacudiendo la cabeza—. Hay algo que no nos estás diciendo.

Hizo una mueca mientras jugaba con su cabello.

—Está bien. Es posible que tengamos problemas para permanecer dentro las cajas con la carga.

—¿Por qué? ¿Qué llevan a Hong Kong?

—Bueno, son pescadores.

—Maldición.

Tina bebió su té y cogió una servilleta.

—¿Podremos salir de las cajas una vez que estemos en mar abierto? —preguntó.

—No —respondió Alex negando con la cabeza—. Podría haber una redada de la Metropole en cualquier momento. Aunque tienen un acuerdo tácito de no molestar a los contrabandistas, la Guardia Costera de Asia Oriental realiza redadas sólo para decir que están trabajando. Son sólo de rutina y no buscan nada en particular, pero harán cumplir la ley si los contrabandistas son lo suficientemente tontos como para dejar algo a la vista.

—Parece que no tenemos otra opción —dijo Tina mientras se limpiaba los labios—. Dime, ¿cuánto dura el viaje?

—Toda la noche —respondió Alex—. Este no es el ferry. Estamos usando un viejo velero. Es una antigüedad, pero las velas son silenciosas, o eso dice el Sr. Wong.

—¿El señor Wong? —preguntamos al unísono.

—Lo conocerán esta noche.

6

Esa noche seguimos a Alex a una sección semiaislada de los muelles de Macao, lejos de las bulliciosas multitudes que vagaban por las áreas más modernas, parecidas a centros comerciales. Esta era la zona de los pescadores. Era un mundo completamente diferente, con el olor a pescado y al llamado tofu apestoso llenando el aire, y las voces de la gente quejándose en cantonés sobre su suerte en el mahjong escuchadas en todas partes. El sol se había puesto y una luna llena iluminaba el cielo. A veces, un par de nubes la cubrían, oscureciendo la tierra debajo, excepto por las titilantes luces fluorescentes presentes en algunos barcos. A medida que avanzábamos por el muelle, pisamos tablas de madera podrida que conectaban antiguos juncos. Crujían al hacer contacto con nuestros zapatos, mientras el agua chapoteaba contra los costados de los barcos, meciéndolos suavemente. Era como algo salido de una vieja película, algo reminiscente del llamando cine *noir* del siglo 20, de la clásica escena donde un detective se encuentra con su contacto al amparo de la oscuridad para obtener algo de información.

La ironía de la similitud no se me escapó. Excepto que me estaba reuniendo con el contacto de Alex, pero no para intercambiar información. Estábamos buscando una manera de salir de Macao. Aun así, las similitudes eran asombrosas.

Cruzamos más tablas de madera y llegamos a un velero endeble atado cerca del final de la fila. Era una especie de junco modificado hecho de madera, pero con partes de acero. Sus pasamanos podridos, pintura descascarada y pisos oxidados daban la impresión de que saldría despedido del agua si una fuerte ráfaga de viento lo golpeaba, mucho menos un tifón. Allí, en una cubierta llena de olor a pescado, estaba un hombre asiático de unos 50 años. Era flaco, con cabello blanco y la cara marcada de viruela. Llevaba un mono azul con mangas arremangadas, revelando un reloj dorado y algunos tatuajes que no podía distinguir bien.

Alex hizo las presentaciones.

—Tina, Virgil, este es el señor Wong.

Nos dio la bienvenida, describiéndose como "un hombre de negocios chino que se había hecho a sí mismo". Luego, se volvió hacia Alex y le habló en cantonés.

—¿Son estos los extranjeros de los que hablaste?

—Sí —le respondió este—. Estos son los que mencioné.

—Está bien —dijo, usando mandarín esta vez.

No pude evitar notar que, aunque el Sr. Wong había dicho que era chino, su acento cuando hablaba cantonés o mandarín decía lo contrario. Ambas no eran mis lenguas maternas, pero las había aprendido al crecer en Macao. Mi instinto de policía me decía que tuviera cuidado, pero estábamos lidiando con las tríadas. Comportamientos turbios como estos eran de esperarse.

Se acercó a nosotros para mirarnos mejor, luego se dio la vuelta y gritó algunas órdenes. Cinco hombres, todos asiáticos, vestidos exactamente de la misma manera que su jefe, aparecieron en cubierta y nos indicaron que los siguiéramos.

Obedecimos y, bajando unas escaleras, llegamos a la mitad de la cubierta, una parte del barco invisible desde donde estábamos antes. Este diseño no había sido dejado al azar. La cubierta central había sido diseñada para transportar la mercancía del barco y estaba oculta a propósito. Allí, apiladas en filas de 10, se encontraban alrededor de 50 cajas de madera encadenadas al suelo. El Sr. Wong dio más órdenes y uno de sus hombres cogió una barra de metal y, usándola como palanca, abrió algunas de ellas mostrándonos su carga.

Reconocí la sustancia en polvo envuelta en cinta adhesiva escondida entre el pescado. Era polvo lunar.

—Sé que apesta un poco, pero estarán a salvo allí —dijo el Sr. Wong como si la droga en su cargamento no existiese—. Estas cajas miden aproximadamente 1 metro de alto, largo y ancho. Estoy seguro de que cabrán bien en ellas. Trasladaremos nuestra carga a otras cajas para que puedan viajar con cierto grado de comodidad —concluyó y ordenó a sus hombres que prepararan cajas separadas para cada uno de nosotros.

Entramos en las cajas y nos escondimos entre el pescado. No había agua, sólo *lo yu*, la palabra cantonesa para lubina.

—Hay agujeros en los costados para que respiren —dijo Wong justo antes de que sus hombres clavaran unas tapas de madera sobre nosotros, encerrándonos.

No recuerdo mucho de lo que sucedió después. El barco se movía con las olas, y creo que eso hizo que me quedara dormido. No sé si a Tina o a Alex les pasó lo mismo. Lo que sí recuerdo es despertarme en medio de la noche y escuchar algunas voces. Había algo de movimiento en la cubierta, una linterna brillando aquí y allá, y un megáfono pronunciando algunas palabras. Mis instintos me dijeron que debía ser una redada de la Metropole, pero mantuve la calma dentro de mi caja. No había nada más que pudiera hacer. Pues incluso si escapara de esa maldita prisión de madera, probablemente terminaría siendo capturado. Mi mejor opción era quedarme dentro y seguir con el plan.

Pero las cosas no transcurrieron tan tranquilas como pensé que lo harían. Atrapado dentro de mi caja no podía ver nada, pero escuché algunos disparos y el sonido de alguien cayendo en la cubierta. Moviéndome, me acerqué a uno de los agujeros de respiración y miré hacia afuera.

Un reflector brillaba desde un barco patrullero de la Metropole iluminando la escena. Los pescadores y la Guardia Costera de Asia Oriental estaban parados en la cubierta de nuestro barco, mirando el cuerpo de un hombre muerto que yacía junto a ellos.

Su uniforme, una camisa azul claro con charreteras doradas, lo delató. Pertenecía al grupo de búsqueda que nos había abordado.

Alex estaba a su lado, con una pistola en la mano, una sonrisa cruel en su rostro y un fino rastro de humo saliendo del cañón de su arma.

El Sr. Wong apareció y habló con un oficial de la Guardia Costera que parecía ser el que estaba a cargo. Intercambiaron algunas palabras y luego, una grúa del barco patrullero bajó y tomó una de las cajas que llevábamos.

—Para usted por el tiempo que le hemos hecho perder —dijo Wong y el oficial de la Metropole se dio la vuelta, indicando a su tripulación que regresara a su barco.

Momentos más tarde, una vez más éramos libres para navegar a lo largo del Estuario del Río de las Perlas mientras el cuerpo del hombre muerto encontraba su lugar de descanso eterno bajo las aguas.

DÍA 3

.

7

Llegamos a Hong Kong en las primeras horas de la mañana. Atrapado en mi caja, sentí la luz del sol entrando por los agujeros, mientras el graznido de las gaviotas llenaba el aire. El sonido de pasos me alertó; los recuerdos de la noche anterior aún frescos en mi mente. Pero la voz del Sr. Wong alivió mi ansiedad cuando le escuché gritar órdenes a sus hombres.

—Liberen a nuestros invitados —dijo.

Después de horas atrapados en ese espacio reducido, respirando aire viciado, nuestra recién ganada libertad se sintió como un regalo de los cielos. Me derrumbé en la cubierta y traté de levantarme, pero mis piernas cedieron.

—Dale unos minutos —dijo Alex mientras se desplomaba en el suelo junto a mí—. Es normal.

No dije nada, mis pensamientos consumidos por los eventos que habían transcurrido durante la noche.

A Tina tampoco parecía importarle su temporal discapacidad.

—Lo logramos —nos dijo—. Estamos en Hong Kong.

¿Sabía ella lo que Alex había hecho? ¿Lo estaba ignorando? No lo sabía y no pregunté, eligiendo en su lugar hablar con Alex cuando fuera el momento adecuado.

Mi decisión era una excusa para evitar enfrentar el problema y lo sabía.

Uno de los pescadores pasó a mi lado. Señalé hacia la orilla y le pregunté dónde estábamos.

—Nuestro trabajo era traerlos aquí y dejarlos a salvo en tierra —respondió—. Pero supongo que decirte dónde estás es algo que puedo hacer por educación —Tosió, tratando de darle algo de importancia adicional a sus siguientes palabras—. Estás en la Bahía de Aberdeen.

—¿En la Isla de Hong Kong?

Me miró como si fuera estúpido. Sabía que era una pregunta tonta, pero culpaba a las circunstancias. Horas dentro de una caja rodeado de pescado pueden hacerle eso a uno.

—Gracias —le dije, agitando mi mano como despedida.

—No me agradezcas aun —respondió—. Todavía necesitas cambiarte. Ese es el último favor que haremos por ustedes. Después de eso, deberán desembarcar.

Me había olvidado de nuestra ropa. Después de una noche entera atrapados dentro de las cajas, apestaban y estaban más allá de toda salvación. La conversación con el pescador me lo recordó y me hizo sentir arcadas. Afortunadamente, también me informó que el Sr. Wong había preparado algunas mudas para nosotros.

—No son nada del otro mundo, sólo ropa sencilla con chaquetas ligeras para esconder sus armas —me dijo.

Una vez que nuestras piernas se recuperaron, los marineros nos llevaron a una habitación cerca de la cubierta. Dentro había un par de cubos de agua, y en una silla, la ropa que nos habían prometido.

—Hay un poco de jabón al lado de uno de los cubos —dijo un marinero—. Úsenlo para deshacerse del hedor del pescado. Luego, cámbiense y váyanse. Eso es todo lo que haremos por ustedes.

No había privacidad, pero después de lo que experimentamos en las alcantarillas de Macao, este era un hotel 5 estrellas. Después de lavarnos y vestirnos, volvimos a cubierta. Cuando los marineros nos vieron, bajaron la pasarela y, luego de despedirnos de ellos, descendimos a la ciudad.

Hong Kong era impresionante, una mezcla de lo antiguo y lo nuevo. En el horizonte vimos rascacielos copados de oficinas y apartamentos, llenos de todo lo que la tecnología moderna le permite tener a la humanidad. No había muro en la isla de Hong Kong; era innecesario. Todas las playas y puertos estaban fuertemente patrullados junto con los puentes que conectaban la isla con los Nuevos Territorios. Sin embargo, los contrabandistas como Wong no tenían que preocuparse por esas patrullas. El dinero en efectivo o los productos que intercambiaban manos ilegalmente normalmente se encargaban de ellos.

Si bien la isla no tenía muro, no ocurría lo mismo con los Nuevos Territorios. Su antigua frontera con el continente era ahora la ubicación de esa monstruosidad de color gris. ¿La razón? A la Metropole le gustaba mantener todas sus ciudades rodeadas para evitar el movimiento ilegal de viajeros y arrestar a los que se atrevieran a cruzar fronteras sin los permisos apropiados. El muro también era un recordatorio constante de la protección que la Metropole brindaba a sus ciudadanos. Pero para mí, los muros que rodeaban las diferentes ciudades de la Tierra no eran más que cercas, como las que los pastores construyen para mantener a sus ovejas bajo control.

Allí estaba yo, llamando ovejas a la gente. Eso era algo que Julia hacía. Y ahora, yo también lo hacía. ¿Cuánto me había influenciado ella? Eso era algo que nunca sabría.

Mientras continuaba contemplando el horizonte de Hong Kong, noté pocos edificios art deco. Esto era inusual para una ciudad de la Metropole. En cambio, la gran mayoría de los rascacielos eran de un estilo más moderno, algunos cubiertos de vidrio que ascendía hasta sus cimas, con líneas de tren elevadas conectándolos. Luego estaba *The Peak*, el símbolo de la élite. Finalmente, más cerca de nosotros, los restaurantes flotantes, algunos construidos sobre juncos de madera, ofrecían a los cansados viajeros una comida rápida.

—¿Deberíamos comer algo? —preguntó Alex.

No le respondí, todavía conmocionado por su comportamiento durante la noche.

Pero Tina pensaba de manera diferente.

—Normalmente diría que no tenemos tiempo, pero algo de comida sería bueno —nos dijo—. Comamos algo.

Los aromas de carne de cerdo agridulce, bolas de pescado y *ngau lam mein* llenaban el aire mientras nos acercábamos a los restaurantes flotantes. Al entrar en uno de ellos, nos sentamos en una barra y pedimos 3 tazones de fideos. El encargado nos felicitó por ser sus primeros clientes del día. Luego, dándose la vuelta, gritó algunas órdenes a la cocina y, unos minutos más tarde, nuestra comida estaba frente a nosotros.

Alex agarró unos palillos y se llenó la boca de fideos.

—Esta no es verdadera cocina de Hong Kong —dijo mientras los tragaba—. Estos son fideos normales que puedes conseguir en cualquier lugar de Asia. No son *ngau lam mein*.

—Lo sé. No especificamos qué tipo de fideos queríamos —respondí y me di la vuelta.

Sentí una mano en mi hombro. Era Alex.

—¿Qué pasa? —preguntó—. ¿Se trata de lo que hice anoche? ¿Se trata del guardia muerto de la Metropole?

Dejé caer mis palillos en el tazón.

—Sí, pero ¿cómo...?

—¿Cómo supe que me viste? —Había una expresión un tanto engreída en él mientras pronunciaba esas palabras—. Disparé algunos tiros. No hay forma de que no me hayas escuchado —dijo mientras se llenaba la boca con más fideos.

Me volví hacia Tina, pero ella parecía estar en otro mundo, dejándonos solos a Alex y a mí para que arregláramos las cosas.

—Tenía que hacerlo —continuó Alex—. El guardia abrió mi caja y me vio dentro. Me llevé el dedo a los labios, indicándole que se callara, pero sacó su arma. Fue una decisión tomada en una fracción de segundo. No estoy orgulloso de lo que hice, pero no tenía alternativa.

—¿No tenías alternativa? ¡Al dispararle nos pusiste a todos en peligro!

—Cálmate, Virgil —replicó llevándose el dedo a los labios—. Estamos en público. No hay nadie alrededor, pero, aun así, nunca se sabe quién puede estar escuchándonos.

Levanté la cabeza y vi a una pareja joven entrar en el restaurante. Habían llegado demasiado tarde para escuchar lo que habíamos dicho, pero sabía que no debía volver a cometer el mismo error.

Alex tenía razón. Respiré y exhalé y traté de relajarme.

—Sucede todo el tiempo —continuó—. Siempre hay algún recluta joven que quiere impresionar a los superiores y no presta atención a sus órdenes. Puedo asegurarte de que la Guardia Costera nos iba a dejar pasar hasta que ese chico abrió mi caja. Pero personas como Wong están preparadas para situaciones como esa. Por eso les dio una caja. Ese polvo lunar se venderá por muchos créditos. Es suficiente para mantenerlos callados.

El utilitarismo de Alex me sorprendió, pero tuve que admitir que no dejaba de, a su modo, tener razón.

Sin embargo, todavía había una cosa que me molestaba.

—Dime, ¿por qué el señor Wong parecía tan dispuesto a ayudarnos? No cobró por traernos de contrabando hasta aquí, estaba dispuesto a sacrificar parte de su carga para dejarnos entrar en las cajas, e incluso sobornó a la Guardia Costera por nosotros. ¿Qué ganaba él con todo esto?

—Nada —respondió Alex mientras engullía otro bocado de fideos—. No ganaba nada. Nos ayudó como un favor especial hacia mí.

—¿De dónde lo conoces?

—Yo era de Seguridad Pública. No puedes hacer un trabajo como ese sin conocer uno o dos personajes del submundo. Estoy seguro de que también conocías a algunas personas similares como detective en *Luna 1*.

El rostro de Cartwright vino a mí y me pregunté qué habría sido de él.

Alex me devolvió a la realidad.

—Digamos que salvé la vida del señor Wong hace algún tiempo. Me debe y mucho.

—Está bien —dije, aceptando su explicación.

Me volví hacia Tina, que estaba devorando sus fideos, evidencia de que estaba hambrienta.

—¿Qué hacemos después de comer? —le pregunté

—Ir a la Universidad de Asia Oriental —me respondió.

—¿Y hacer qué? ¿Preguntar por ese profesor que estás buscando?

—Sí.

—¿Y crees que nos dejarán entrar tan fácilmente? Somos criminales buscados, Tina. Tú y yo hemos estado en su lista de fugitivos durante semanas y Alex probablemente acaba de tener su nombre agregado a ella después de nuestro escape de Macao.

—No saben que estamos aquí, Virgil —dijo dejando los palillos—. Ese era el objetivo de escapar de Macao sin ser detectados. Les llevamos ventaja. Si vamos al campus de la universidad, podemos encontrar al profesor Man y escuchar lo que tiene que decir.

—¿El profesor Man?

—Sí, Virgil. El profesor Man Wencheng, el mayor experto en historia y política de la Universidad de Asia Oriental.

—Esa es una combinación peligrosa.

—Todavía no lo has conocido. ¿Por qué la antipatía?

—Porque el último profesor que conocí trató de manipularme. Y cuando eso no salió de acuerdo con su plan, intentó asesinarme.

—Te puedo asegurar que David no es Harpo.

—¿David?

—Ese es su alias.

Levanté las manos en un gesto de desesperación e intenté cambiar de tema.

—¿Alguna vez has estado en Asia, Tina? —dije finalmente

—Conocí a David en la colonia si eso es lo que estás preguntando —respondió ella tomando mis palabras de manera personal y sin entender mi intención.

—¿Me estás diciendo que ese hombre estuvo en *Luna 1*?

—¿Conoces alguna otra colonia?

Alex sorbió lo último de sus fideos y se volvió hacia nosotros.

—Denme un segundo. Ya regreso. Necesito una rápida visita a los servicios —dijo, y levantándose, se alejó.

Tina cogió sus palillos, pero los dejó de nuevo segundos después. Era obvio que algo rondaba por su mente

—Escucha, —me dijo finalmente—. Se trata de Alex.

—¿Qué hay con él?

—Los dejé a ustedes dos hablar para que arreglaran sus problemas. Es obvio que lo que sucedió anoche te sorprendió. Todo lo que voy a hacer es pedirte que lo entiendas. Ha tenido una vida dura, pero te lo juro, es un buen chico. Solo dale una oportunidad.

—Actuó como un psicópata.

—¿Qué más esperas de alguien que se entrenó para ser de Seguridad Pública? No les enseñan sobre el amor y la amistad allí. Les enseñan a usar sus más primitivos instintos animales para culminar sus misiones con éxito. Alex escapó porque no quería convertirse en un animal. No quería convertirse en una bestia.

—No quería convertirse en un sabueso de la Metropole —murmuré, y el recuerdo de Davide Mori vino a mí.

—¿Qué dijiste? —me preguntó Tina devolviéndome a la realidad.

—Ah, nada.

—Como quieras.

Bajé la cabeza y me concentré en mi tazón. Mientras sorbía algunos fideos, decidí dejar pasar los eventos de esa noche. De vuelta en Macao, le había dicho a Tina que le daría una oportunidad a Alex. Esta era mi chance de demostrar que mis palabras habían sido sinceras. Confiaba en Tina y ella confiaba en Alex, en la célula de Macao y en el profesor Man. Sabía que necesitaría todo su apoyo si iba a sobrevivir. Con esos pensamientos en mente, cogí mis palillos y devoré lo último de mis fideos.

8

Salimos del restaurante y nos alejamos de los juncos y barcos de la bahía. Pisando tierra firme, llegamos a una avenida llena de edificios en ruinas. Traté de tomar un taxi, pero Tina me detuvo.

—No —dijo—. La Metropole no sabe que estamos aquí, pero no nos confiemos.

—¿Tienes una idea mejor?

No respondió, sólo nos hizo señas a Alex y a mí para que la siguiéramos. Terminamos en un aparcamiento cercano, con una valla de alambre alta y oxidada que lo rodeaba. Un letrero de neón que decía "Alquiler de coches" colgaba cerca de la entrada.

La operación fue simple. Nos acercamos a una mujer dentro de una pequeña cabina, elegimos un automóvil y le dimos algunos créditos. Nos entregó un juego de llaves y señaló a una vieja camioneta marrón.

—Tráiganla de vuelta antes del mediodía en la fecha indicada —dijo y eso fue todo. No se intercambiaron nombres, ni se verificaron identificaciones. Esto era el anonimato en su máxima expresión.

Tina cogió las llaves y se sentó detrás del volante. Alex me ofreció el asiento del copiloto, pero lo rechacé.

—Iré atrás —le dije y, abriendo la puerta, tomé mi lugar.

Mientras el coche rodaba por las calles de Hong Kong, me recosté contra la ventana y repasé en silencio lo que sabía sobre la historia de la ciudad. La isla siempre había sido un lugar estratégico. No en vano los británicos la pidieron después de la Primera Guerra del Opio. ¿La razón? Su ubicación. Un viejo libro de texto que leí cuando era niño en Macao la describía como una pequeña mariposa que custodiaba la entrada al Este de Asia. Mirando el mapa, nunca había podido ver la mariposa, pero la frase siempre me había parecido poética.

Y fue al interior de ese supuesto pedazo de tierra con forma de insecto que nos aventuramos a bordo de una vieja camioneta alquilada en una tienda de dudosa reputación en Aberdeen. Echaba de menos mi Alfa Romeo, su radio, mi tarjeta de memoria con mi música favorita, todo el estilo de vida que solía tener. Todo era un recuerdo lejano ahora, parte de una vida diferente, de un Virgil diferente. Ahora, el hombre que miraba en el espejo cada mañana era un hombre buscado, perseguido por un gobierno para el que había trabajado, todo porque había insistido en hacer lo correcto.

Repetía esas líneas dentro de mi cabeza una y otra vez, pero después de 3 semanas, había dejado de creer en ellas. ¿Qué había logrado mi pequeña rebelión? Nada. La Metropole todavía seguía en el poder y no estábamos más cerca de derrocarla que cuando Egbert, Tina y yo tomamos la decisión de hacerlo durante nuestro escape a la Tierra. ¿Fue todo por nada? Probablemente. Mi única certeza era que la muerte me perseguía, llevándose consigo a todos los que me importaban. Julia, Gavin, Montrose, Egbert; todos estaban muertos. ¿El equipo que se infiltró en *Luna Radio*? También muertos. Incluso Davide Mori había muerto. Y de alguna manera, sentimos que escapar de *Luna 1* había sido un gran logro. Por lo que sabía, de todas las personas involucradas en los sucesos posteriores al asesinato de Helen Lee cerca del Mar de la Tranquilidad, sólo Tina y yo seguíamos vivos.

Era como si todo hubiera salido mal desde el momento en que decidimos derrocar a la Metropole. Nos emboscaron en el espacio después de tomar esa decisión, no antes. Y ahora, estaba dentro de un automóvil camino a encontrarme con otro profesor que aparentemente tenía las respuestas a todas mis preguntas. ¿Cuándo empecé a creer en los mesías?

—Llegamos —dijo Tina mientras conducía hacia un estacionamiento.

Bostecé y miré a mi alrededor, notando una abundancia de arbustos y árboles orquídea de Hong Kong en medio de las filas de espacios del estacionamiento. Más allá de ellos había varios edificios que supuse pertenecían a las diferentes facultades de la universidad.

—¿Cuál estamos buscando? —pregunté.

—La facultad de humanidades —respondió Tina.

—No me sorprende.

No lo estaba disfrutando y se notaba. ¿Había dejado de creer en nuestra causa? ¿Había habido alguna vez una causa? No lo sabía.

Los pensamientos arremolinándose en mi cabeza me distraían, haciéndome caminar detrás de Tina como un autómata, siguiendo sus pasos sin pensar en absoluto a dónde iba. Si Tina hubiera saltado de cabeza en un volcán, probablemente la habría seguido sin pensar mucho en ello.

Volviendo a mis sentidos, noté que estábamos subiendo unas escaleras metálicas pegadas al costado de uno de esos edificios que había visto desde el aparcamiento. Cuanto más alto íbamos, más bella se veía Hong Kong a la luz del sol.

Tina se detuvo cuando llegó al quinto piso. Girando a la izquierda, entró en un pasillo y pasó por algunas puertas.

—Aquí estamos —dijo de pie junto a una de ellas.

—¿Esta es su oficina? —pregunté.

Ella asintió y llamó a la puerta.

—Entre, está abierto —dijo una voz que Tina identificó como la del profesor Man.

Obedecimos y entramos en una pequeña habitación con pisos alfombrados. Una enorme ventana a prueba de sonidos dominaba la pared del fondo. Debajo de ella, había un viejo escritorio de madera con una laptop de última generación encima. Más cerca de nosotros, un sofá de cuero harapiento yacía a la derecha, debajo de un mapa de Asia oriental que cubría toda la pared encima de este. La laptop era la única máquina de aspecto moderno en ese lugar. Todo lo demás era vintage, incluida una vieja radio tocando *Eyes Without a Face* de Billy Idol.

A Julia le hubiera encantado esa canción.

—¿Té? —preguntó la misma voz que nos había invitado a entrar. Venía de una puerta abierta a la izquierda del escritorio. No había notado esa habitación antes, pero lo hacía ahora.

Si esperaba que el profesor Man fuera como Harpo, estaba totalmente equivocado, al menos físicamente. La persona que salió de esa pequeña habitación que usaba como cocina era un hombre asiático, guapo y atlético de unos 35 años que se parecía más a un modelo de revista que a un profesor. La camisa, los pantalones ajustados que le llegaban hasta los tobillos y el cárdigan largo que llevaba sólo contribuyeron a consolidar esa impresión.

—¿A todos les gusta el Wulong? —dijo mientras sostenía una tetera en una mano y algunas tazas en la otra.

—David, qué bueno verte —saludó Tina acercándose a él—. ¿Cuánto tiempo ha pasado? ¿Un par de años?

Él sonrió e hizo señas para que nos sentáramos en su viejo sofá de cuero mientras apagaba el radio. Sacando una silla de detrás de su escritorio, la colocó frente a nosotros e hizo lo mismo.

—¿Alguien de la célula de Macao se ha puesto en contacto con ustedes? —preguntó yendo directamente al punto.

—Todavía no, David —replicó Tina vacilando—. Sólo han pasado horas desde el ataque. Sin embargo, probablemente escaparon. Creo que...

—Entonces, no sabes si están vivos o muertos.

Tina tragó saliva y no respondió.

¿Y este era el hombre que admiraba? Me resultaba difícil de creer.

—No nos han presentado adecuadamente —dijo el profesor saltando de su asiento y acercándose a mí—. Man Wencheng, pero por favor, llámame David.

—Virgil, encantado de conocerte —le dije, estrechando su mano más por cortesía que por otra cosa. Sin embargo, el momento no duró mucho pues el profesor se acercó a Alex, saludándolo y estrechándole la mano sólo para volver con Tina una vez más.

—Lo que sucedió en Macao no fue tu culpa —dijo—. Fue un ataque repentino. No estábamos preparados para ello. Estoy seguro de que los miembros de la célula se pondrán en contacto contigo tarde o temprano. ¿Quién sabe? Es posible que ya estén en el refugio aquí en Hong Kong.

Sus palabras tuvieron un efecto inmediato en ella. La expresión de Tina parecía tranquila y descansada, como si el destino de sus camaradas ya no fuera un problema que la molestara.

—Tienes razón, David —respondió después de suspirar y relajarse en su asiento—. No había pensado en eso. Esperaremos. Pero ¿qué crees que deberíamos hacer hasta entonces?

Levantó los brazos y nos mostró la tetera y las tazas.

—Primero, por favor beban un poco de este té. Es Wulong. Estoy seguro de que no han probado nada tan bueno como esto.

No estaba mintiendo, el té era bueno, pero no tenía buenos recuerdos de compartir una bebida caliente con un profesor.

—Siento algo de antipatía en ti, Virgil —me dijo Man luego de mirarme fijamente—. ¿Te he hecho algo? No nos hemos conocido antes, ¿verdad?

—No —respondí dejando mi taza en el suelo—. Pero no tengo buenos recuerdos de profesores universitarios liderando grupos de resistencia que luchan por la libertad.

—Ah —replicó antes de dirigirse a Tina y a Alex—. ¿Nos darían algo de tiempo? Creo que el detective y yo necesitamos intercambiar algunas palabras.

Tina asintió y arrastró a Alex fuera de la oficina, dejándonos a mí y al profesor solos. ¿Qué estaba planeando este hombre? ¿Me iba a interrogar? Mis instintos de detective me dijeron que algo parecido se avecinaba.

—¿Por qué hiciste eso? —pregunté tan pronto como Tina y Alex se fueron—. ¿Vas a hacer que esperen afuera?

—Hay una pequeña sala de estar al final del pasillo. Tiene algunos sofás, sillas, una tele. Estarán bien. Además, nadie va allí. No hay riesgo de que alguien los vea.

—Pensé que Tina era la persona con la que querías hablar. Después de todo, ella estaba a cargo de la célula de Macao.

Man se sentó en su silla, sirvió más té y tomó un sorbo.

—¿Dónde están mis modales? —dijo sin tener en cuenta mis últimas palabras—. Dime, detective, ¿te gusta la música?

El repentino cambio de tema me tomó desprevenido, pero escucharlo dirigirse a mí por mi título despertó mi curiosidad.

—¿Por qué me llamas así? —pregunté.

—Porque eso es lo que eras hasta hace 3 semanas. No puedes cambiar tu esencia. Puede que ya no estés en la nómina del gobierno, pero eres lo que eres.

Me mordí el labio y no respondí.

Se rio entre dientes.

—No has respondido a mi pregunta, detective. ¿Te gusta la música? —insistió.

—¿Qué tiene eso que ver con todo lo que está pasando?

—¿Te gusta?

—Está bien —dije levantando las manos— Sí. Sí me gusta. Pero ¿qué tipo de pregunta es esa? A todos les gusta. Tal vez no del mismo tipo, pero a todo el mundo le gusta la música.

Caminó hacia su escritorio y sacó una tarjeta de memoria.

—Déjame compartir algo contigo —anunció—. Espero que te guste.

Insertó la tarjeta en su computadora y el suave sonido de las teclas del piano inundó la habitación.

—¿Qué es eso? —pregunté un poco disgustado.

—*Preludio en mi menor* —respondió—. *Opus 28, No. 4.*

—¿Chopin?

—Veo que conoces de música.

—¿Por qué me estás tocando esto?

—¿Qué opinas de esta pieza?

—Es buena, pero ¿no crees que hay cosas más importantes que discutir? Tina y Alex están esperando afuera.

—Ah, sí —pareció recordar—. Y me preguntaste si Tina era la persona con la que quería hablar. La respuesta a eso es sí, pero también quiero hablar contigo.

Me había escuchado la primera vez, pero eligió hablar de música. Man estaba a cargo de la conversación.

—Siento curiosidad acerca de ti —continuó—. Harpo no era un idiota. ¿Por qué habló contigo? ¿Qué vio en ti?

—¿No es eso obvio? —respondí—. Vio a un tonto que podía manipular.

—No confías en mí, ¿verdad?

—¿Puedes culparme por no hacerlo?

—En absoluto. Haría lo mismo si fuera tú. Pero ¿puedo darte un consejo?

Me encogí de hombros.

—Supongo que eso significa que sí —dijo.

—Como quieras.

Sonrió y se recostó en su silla mientras el *Preludio* de Chopin seguía sonando.

—¿Sabes por qué elegí esta pieza para piano?

—No sé ni me interesa. ¿Es esta una especie de lección que estás tratando de enseñarme? No soy tu alumno. Di lo que tengas que decirme y no me molestes más.

Juntó las manos y se inclinó hacia mí.

—No nos hemos visto antes, pero he hecho mi tarea y leído todo lo que la Resistencia tiene sobre ti. No diré que te conozco, pero basándome en mi investigación, diré que has cambiado. Mucho. No eres el mismo hombre que fue llamado para investigar un asesinato cerca del Mar de la Tranquilidad hace 3 semanas.

—¿Y qué tiene que ver esta música con todo eso?

—Toqué esta pieza porque pensé que empatizarías con Chopin.

—¿Cómo?

—Escribió *smorzando* en la partitura de este *Preludio*. ¿Sabes lo que eso significa?

Sacudí la cabeza.

—Estar muriendo lentamente. Eso es lo que significa, detective. Estaba en un monasterio en Mallorca y escribió esta pieza para mostrar cómo se sentía.

—¿Y?

—Y ese eres tú ahora mismo.

Lo miré fijamente.

—Así te sientes, ¿no? —preguntó.

Tiré un puñetazo contra el brazo del sofá.

—¡No me conoces! —exclamé—. ¿Quién te crees que eres? ¡No eres psicólogo! ¡Déjame en paz!

—Lo que dices es verdad —dijo reclinándose hacia atrás—. No te conozco y no tengo un título en ningún tipo de psicoterapia. Pero sé lo que has hecho. Sé de Harpo y de tu viaje al lado oscuro de la luna; de tu amigo Cartwright que, por lo que sé, debe estar en su apartamento en *Luna 1* inhalando un poco de polvo lunar. Y, lo que es más importante, sé sobre tu plan con el capitán Montrose para infiltrarse en *Luna Radio*.

—Me he estado recuperando durante 2 semanas. Tuviste tiempo para investigar. Tú mismo lo dijiste. Por lo a mi concierne, Tina podría haberte dado la información con anterioridad.

—Eso es irrelevante —replicó—. Lo que verdaderamente importa aquí es lo que ha sido de ti.

—Oh sí, claro. ¿Y qué ha sido de mí?

—¿Puedes oírte a ti mismo? Oh sí, como quieras, no sé ni me interesa; no hablabas así hace 3 semanas, ¿verdad?

Traté de decir algo, pero mis labios permanecieron cerrados. Todo mi entrenamiento de detective en técnicas de interrogación y cómo resistirlas estaba resultando inútil. Man me hacía sentir como si no tuviera defensas.

—Entiendo —dijo—. Te culpas a ti mismo por lo que pasó, ¿no? Extrañas tu antigua vida y cuestionas cada elección que has hecho desde ese día en que te llamaron al trabajo para investigar el asesinato de Helen Lee.

Man tenía alguna clase de don. O tal vez mi condición era común y era yo el que pensaba que era única.

—Virgil —dijo—. Está bien sentir culpa. Es natural. Eso sólo te hace humano.

Sacudí la cabeza. ¿Qué estaba haciendo? Aquí estaba, sentado con alguien que acababa de conocer, dejando que me interrogara y abriera mis más profundas heridas emocionales. No era natural, pero de alguna manera, quería que lo hiciera. David había calmado las preocupaciones de Tina con sus palabras. ¿Estaba haciendo lo mismo conmigo? ¿Qué clase de hombre era él?

Todo lo que sabía era que me estaba escuchando. Mostró empatía, y eso me desarmó.

—Maté a mi mejor amigo —dije bajando la cabeza.

—¿El señor Jacobs? —Man sabía acerca de Gavin—.
Fue una situación de matar o morir.

—¡Tenía el seguro de su arma puesto! —exclamé mientras las lágrimas corrían por mi rostro—. ¡Gavin no iba a
disparar!

—Y te culpas a ti mismo.

—Le disparé.

—Y llevaste a Montrose, Tina y su escuadrón a una
trampa. También dejaste que un trastornado agente de la
Metropole le disparara a la mujer que amabas, ¿verdad? Su
nombre era Julia, ¿correcto? Julia Abreu Wang.

—¡Maldito seas! —grité y salté del sofá, arremetiendo
contra el cuello de Man. Perdió el equilibrio y ambos caímos
al suelo. Mirando a mi alrededor, vi su cuerpo y me arrastré
hacia él—. ¡Maldito seas! —repetí mientras apretaba su cuello con mis manos.

Se quedó allí sin ofrecer resistencia alguna, asfixiándose
lentamente hasta morir. ¿Quería que lo matara? No lo sabía.

—¡Maldición! —grité y lo dejé ir. Al levantarse, se llevó
la mano al cuello y tosió. Luego, cogiendo su taza, bebió
más Wulong.

—Eso se sintió bien, ¿no? —dijo una vez que recuperó
la voz.

Me quedé mirando mis manos preguntándome qué acababa de hacer.

—Yo... yo lo siento —dije entre balbuceos—. Ese no era
yo. Lo siento.

—Eras tú —replicó luego de tomar otro sobro de té—.
Ese eras tú, absolutamente. Es la versión de ti que tu subconsciente mantiene enjaulado dentro. Simplemente lo liberé por un instante.

—¿Por qué?

—Tienes que lidiar con los problemas que te atormentan
desde *Luna 1*, detective. La rabia parecía ser una forma adecuada de hacerlo.

—¿No tenías miedo? ¡Podría haberte matado!

—Lo dudo —respondió mientras me mostraba la pistola Taser que tenía en el bolsillo de su cárdigan.

—¿Estabas apuntándome todo el tiempo?

—Por supuesto. Me gusta arriesgarme, pero no soy un idiota.

—Me siento mejor —dije mientras me recostaba en el sofá—. Tus métodos son poco ortodoxos, pero supongo que funcionan.

—Todavía no estás curado —replicó sentándose en su silla—. Te he hecho enfrentar los demonios que te atormentan, pero eso está lejos de curarte. Sólo tú puedes hacer eso. Pero debes saber que siempre estoy aquí para ayudar. Si sientes la necesidad de hablar con alguien, siempre puedes contar conmigo.

—¿Acaso no eres un historiador y analista político?

—Sí. Y ya hemos establecido que no tengo un título en ningún tipo de psicoterapia. Pero también puedo ayudar a la gente, ¿no?

—¿No es eso ilegal?

—Depende de tu definición de ilegal. De la forma en que lo veo, sólo estoy hablando contigo. Además, detective, sabes quiénes somos. No nos importan las leyes de la Metrópole.

Tenía razón. Mi pregunta había sido tonta.

—¿Debería llamar a Tina y a Alex y decirles que vuelvan?

—Todavía no. Hay algo más que quiero discutir contigo.

—¿Qué cosa?

—La Resistencia.

No dije nada. La pregunta en mi cabeza era simple «¿Por qué?»

Pero él parecía leer mi mente.

—Porque creo que puedes ser vital para alcanzar nuestros objetivos. Pero necesito a tu yo habitual, no a esta versión herida que veo frente a mí.

—Dijiste que aún no estaba curado —repliqué.

—Lo hice.

—Y dijiste que me ayudarías.

—Eso es cierto. Y lo digo en serio.

—¿Cómo harás eso?

Man se inclinó hacia adelante, moviendo la cabeza y examinando mi rostro.

—He hecho lo que he podido hoy —dijo—. Pero escapar de este agujero en el que te has metido, eso depende de ti. No soy un médico especializado en condiciones mentales, así que no sé si lo que tienes se puede arreglar simplemente con darte ánimo y una palmadita en la espalda o si necesitas tomar algún medicamento. Eso está más allá de mis capacidades. Todo lo que puedo ofrecer es un oído para escucharte cada vez que me necesites.

—Eso me basta y me sobra.

—Me hace feliz escuchar eso —dijo e inmediatamente después, tosió. Era obvio que quería cambiar de tema.

—Entonces, la Resistencia —le dije haciéndole saber que estaba bien seguir adelante.

—Como dije —prosiguió luego de toser nuevamente y aclarar su garganta—, creo que puedes ser de importancia para nosotros, pero la pregunta es, ¿quieres ser parte de nuestro grupo?

—Tina me dijo que soy como un asesor visitante —respondí relajándome en mi asiento.

—Sí. Soy consciente de eso —replicó en un tono que mostraba que no estaba contento.

Lo noté.

—Quieres que trabaje contigo —le dije—. Pero no quiero estar debajo de ti. Yo trabajo solo.

—Tuviste un compañero en *Luna 1*.

—Y lo maté.

—También tuviste a Julia.

— Y ella murió por mi culpa.

—Todavía te estás culpando a ti mismo.

Levanté las manos.

—¿Y qué quieres que haga? —exclamé.

No dijo nada, sólo se puso de pie y me miró.

—¿Más té? —ofreció mientras entraba en la cocina y ponía agua en la tetera. Estaba a punto de decir algo, pero él no iba a aceptar un no por respuesta. Su pregunta era él siendo educado. Iba a tomar té, quisiera o no.

Regresó con la tetera y sirvió más Wulong.

—Última taza —dijo—. Uno nunca debe abusar de este tipo de té.

Bebimos y permanecimos en silencio por un instante. Podía sentirlo analizando cada parte de mí. Mis instintos de detective me decían que estuviera alerta, pero tenía un aura, un carisma que te hacía querer confiar en él. Segundos antes, había aceptado su ayuda y le había dicho que me bastaba y me sobraba a pesar de que mis instintos me decían lo contrario. ¿Quién era este hombre con una habilidad tan innata que influía en los demás?

Todavía estaba reflexionando en esto cuando sus palabras me devolvieron a la realidad.

—Dijiste que no confiabas en mí, detective y lo entiendo. Reaccionaría de la misma manera si estuviera en tu posición. Pero necesito que al menos creas que no soy como Harpo. Si no, no podremos trabajar juntos.

—Parece que hemos llegado a un callejón sin salida —respondí mientras cruzaba las piernas.

—Sí —replicó—. Lo hemos hecho. A menos que yo también me abra contigo.

—Eso sería un buen comienzo, profesor.

—Por favor, llámame David. Y pregúntame cualquier cosa. Trataré de responder lo mejor que pueda.

No perdí tiempo y le hice la misma pregunta que le había hecho a Harpo hace un par de semanas.

—¿Quién reemplazará a la Metropole una vez que nos deshagamos de ella? ¿Tú?

Pero Man reaccionó de manera diferente. A diferencia de Harpo, solo se encogió de hombros.

—No lo sé —dijo—. Estoy liderando una revolución. Para ser honesto contigo, no he pensado tan lejos. Pero puedo decirte algo. Cualquiera que sea el sistema que elijamos también tendrá sus defectos y no será perfecto. Eso te lo puedo prometer.

—Harpo habló de un gobierno provisional.

—Si, puedo verlo diciendo eso. Pero tengo que ser sincero contigo. No tengo la menor idea de lo que sucederá si derrocamos a la Metropole. Todo lo que sé es que tendremos problemas, detective. La humanidad está contaminada. Somos seres imperfectos. Seguramente no creerás que podamos crear una sociedad perfecta. Eso no es más que arrogancia.

—Entonces, ¿por qué luchar contra la Metropole? El sistema no es perfecto, pero funciona.

—Lo hace. Lo admito. Pero ¿a qué costo? No hay libertades. La libertad no es más que una sombra de lo que debería ser. No estoy diciendo que seremos mejores, pero podemos intentarlo. Y prefiero intentar y perder antes que no intentarlo en absoluto.

Man tenía razón y yo tenía que reconocerlo.

—Está bien —le dije—. Creo que puedo intentar trabajar contigo. Sin embargo, primero necesito resolver algunos problemas personales.

—¿Tales cómo?

—Todo lo que te diré es que están relacionados con el caso que estaba investigando.

—Ah —dijo—. Helen Lee. Probablemente quieras hablar con su padre, pero me temo que eso no será posible.

—¿Por qué?

—Dos razones: Primero, porque vive en Seúl y no hay forma de que puedas llegar hasta allí en tus circunstancias. No sin nuestra ayuda. Segundo, porque el representante Lee se suicidó anoche. Fue a su mansión en Gangnam y se voló los sesos con su Beretta.

—¿Qué? —exclamé saltando de mi asiento.

—Esa es la historia oficial. Está en todas las pantallas de noticias. Dicen que no pudo soportar el dolor de perder a su hija y decidió terminar con su vida. Incluso dejó una nota que decía "Ya voy, Helen". Todo un cliché si me preguntas.

—No les crees.

—No. Y tú tampoco.

—¿Cuál es tu hipótesis?

Tomó un largo sorbo antes de colocar su taza en el suelo junto a su silla. Estaba vacía.

—Creo que enviaron a alguien a por él. Estabas allí, en *Luna 1*, cuando intentaron pasar la muerte de Helen como un suicidio y cerrar el caso. Cuando te capturaron, cambiaron su historia, esta vez culpándote por ello. Culpa al sangre mixta, al *envy*, ¿verdad? Era una táctica creíble, la cortina de humo perfecta. Pero entonces Harpo te rescató, todo bajo auspicios de la Metropole, para Dios sabe qué propósito. Sin embargo, descubriste la verdad, te deshiciste de él y huiste de regreso a la Tierra. Eso fue demasiado para que Lee escapara ileso, ¿no crees?

—Entonces, ¿lo mataron?

—Diría que lo hicieron como precaución. No podían arriesgarse a que llegaras a él. Al igual que el capitán Montrose, los Representantes de la Tierra son reemplazables.

Era demasiada información para digerir, pero tenía que seguir adelante. Sólo entonces sentía que los demonios atormentándome me dejaban en paz.

—¿Qué hacemos ahora? —pregunté.

Un golpe en la puerta nos interrumpió. Giré la cabeza hacia ella y vi a Tina y a Alex. Estaban jadeando, prueba de que habían regresado corriendo a la oficina de Man.

¿Qué había pasado?

9

—La célula de Macao —dijo Tina—. Han hecho contacto.

—¿Dónde están? —exclamó Man saltando de su silla.

—Kowloon —dijo Alex—. El Parque de la Ciudad Amurallada.

—Qué bueno —respondió el profesor—. Vayan a buscarlos. Ayúdenlos en lo que necesiten. Nos reuniremos de nuevo en mi apartamento esta noche.

—¿Y dónde queda exactamente? —pregunté.

—Tina sabe la dirección —respondió Man mientras se daba la vuelta y desaparecía en la cocina.

Nos disponíamos a irnos, pero la voz del profesor nos llamó de vuelta.

—Tomen el auto —dijo—. Las llaves están en mi escritorio. Ah, y no lo rayen.

Tina se mordió el labio.

—Gracias, pero tenemos nuestro propio vehículo.

La respuesta hizo que David saliera de la cocina.

—¿En serio? ¿Lo alquilaron? ¿De dónde?

—Aberdeen.

—Probablemente sea de una tienda perteneciente a las tríadas —dijo mientras entornaba los ojos en un gesto burlón.

—¿Tienes miedo de que estén chequeando cada uno de nuestros movimientos?

—No, Tina. Lo que temo es que su auto sea basura. Háganse un favor y tomen el mío.

Tima tomó las llaves y salimos de la oficina. El semblante de Alex mostraba que no le había gustado el comentario de David sobre la mafia, pero permaneció en silencio.

Unos minutos más tarde estábamos parados en el aparcamiento de la universidad.

—¿Sabes cuál es el auto que buscamos, Tina?

—A David le encantan los coches clásicos —me respondió—. Pero no traería uno de esos al trabajo.

—¿Qué estamos buscando entonces?

—Ya veremos —dijo y presionó el botón de alarma en las llaves del auto. Tres filas más abajo, un Toyota respondió con un *bip-bip* y supimos que teníamos nuestro vehículo.

—Probablemente hay miles así en Hong Kong —dijo Alex.

—Eso es bueno para nosotros —respondió Tina—. Vamos.

Condujimos hacia Kowloon. A lo largo del camino vi muchos autos como el que estábamos usando. «Hay seguridad en los números», pensé haciendo eco de ese documental que me hicieron ver cuando era un niño en el orfanato de Macao, esperando que el viejo adagio demostrara ser correcto una vez más.

Hasta ahora estaba funcionando.

Nunca había estado en Kowloon antes, pero sabía un poco al respecto. Nada de eso, sin embargo, era información útil para nuestra misión. Sabía que era un área urbana densamente poblada y que su nombre significaba 9 dragones, haciendo referencia a 8 montañas y a un emperador chino. «No es útil en absoluto», pensé mientras las calles de Hong Kong pasaban ante mis ojos.

También sabía un poco sobre el Parque de la Ciudad Amurallada, o simplemente, la Ciudad Amurallada, como se había llamado en tiempos pasados. No siempre había sido una exuberante área verde. Originalmente había sido un fuerte militar durante la dinastía Qing que más tarde se convirtió en una guarida para las tríadas locales que se aprovechaban de la prostitución, el juego y las drogas. En otras palabras, era tierra de nadie.

Si todavía existiera como lo hizo en aquellos tiempos, habría entendido el usarlo como refugio. En aquel entonces, ni siquiera la policía se atrevía a entrar allí. Sin embargo, la antigua Ciudad Amurallada ya no existía. La demolieron en la última década del siglo 20 y en su lugar se encontraba el moderno Parque de la Ciudad Amurallada de Kowloon. Era una hermosa área histórica, diseñada como un jardín Jiangnan que hacía eco de los primeros días de la dinastía Qing, pero no veía cómo los sobrevivientes de la célula de Macao podían esconderse allí.

—Probablemente se esconderán a plena vista —dijo Tina girando el volante, de alguna manera leyendo mi mente—. Si ves a alguno de ellos, no hagas nada, simplemente sigue caminando. Tienen instrucciones de reunirse en el Yamen.

Alex y yo asentimos. Tina estaba a cargo.

Giré mi cabeza y dejé de mirar por la ventana. Hong Kong era agradable, pero también quería ver dentro del vehículo. Tina estaba a mi lado, conduciendo. Alex se había sentado atrás, con la cabeza apoyada contra su asiento. Para la Metropole éramos terroristas buscados, pero para los que pasaban junto a nosotros, no éramos más que un grupo de amigos que iban a alguna parte. No sabían nuestro destino ni lo que haríamos una vez que llegáramos allí. El mundo que nos rodeaba era ajeno a todo excepto a ellos mismos.

Tina dijo algo y Alex se rio. No lo escuché, pero en ese momento, parecían un par de amigos que habían salido y pasaban un buen rato. Mi mente imaginó ese instante de felicidad en medio de toda la muerte y destrucción por la que habíamos pasado. ¿Sobreviviría alguno de ellos? Ya había perdido tantos amigos. ¿Sobreviviría yo? Ni siquiera sabía si quería.

—Tienes que dejar de culparte a ti mismo, Virgil.

Reconocí la voz de inmediato. Era Julia. Me di la vuelta buscándola, pero no encontré a nadie.

—No estoy aquí, tonto. Estás en un coche con Tina y Alex.

—¿Tina y Alex? ¿Cómo sabes sus nombres? Nunca los has conocido.

—No lo he hecho, pero no hay reglas en las visiones.

Ella tenía razón.

Estaba de pie en mi apartamento en *Luna 1* y Julia estaba conmigo. Nunca habíamos estado allí juntos, pero como ella dijo, no hay reglas en las visiones.

—Estoy en el Toyota de David y Tina está conduciendo a Kowloon, ¿verdad?

—Lo estás —respondió ella—. Pero también estás aquí. Quédate conmigo.

No deseaba nada más.

—Pero sólo por un tiempo —agregó—. Después tienes que volver a Hong Kong.

Entré en mi cocina y saqué una botella de vino. Era mi Shiraz favorito, esa importación cara de los valles de América del Sur. El vino que señaló mi perdición; el que estaba bebiendo antes de que me llamaran de la oficina.

—¿Por qué me haces esto, Julia?

—No estoy haciendo nada, Virgil. Si recuerdas correctamente, estoy muerta, pero sigues llamándome.

—Te extraño.

—Y yo también te extraño, pero esto no es saludable. Lo sabes. Déjanos descansar.

—¿Déjanos?

Escuché otra voz detrás de mí.

—Ella se refiere a mí, detective.

Sabía quién era. Dándome la vuelta me encontré cara a cara con Davide Mori.

—Lo que sucedió no fue tu culpa —dijo—. Te culpé por ello, pero sabes la verdad. Me lo dijiste; fue un accidente. Elegí mi destino en esa nave espacial. No sigas mi camino.

—¿Por qué me dices esto? Me odiabas.

—No estábamos en el mismo equipo, eso es todo. Nunca hubo odio. Pero ahora, eres el único de nosotros que queda. Y hay algo que puedes hacer.

—¿Qué cosa?

Se pusieron uno al lado del otro. Estaban parados juntos en mi cocina.

—Puedes ser una voz para los sangre mixta. Si la Resistencia gana, ¿se preocuparán por personas como nosotros?

—¿Por qué yo?

—No tienes que ser tú —dijo Davide—. Podría ser cualquier otra persona. No hay mesías ni elegidos. Deja eso para libros y películas. Pero tú eres el que conocemos y eres una opción tan buena como cualquier otra.

—Davide tiene razón, Virgil —agregó Julia acercándoseme—. No congeniábamos normalmente, pero lo hacemos en este caso.

Me volví hacia la botella de vino que tenía en la mano. Ya no estaba allí.

—No son reales —dije—. Davide y tú, Julia; no son reales.

—Sí —respondió ella—. Lo sabes. Nos viste morir. No estamos en tu apartamento en *Luna 1*. Estamos muertos, nuestros cuerpos en las profundidades del Pacífico, y tú, estás dentro del Toyota del profesor Man yendo a Kowloon.

—¿Man? ¡David! ¿Debo confiar en él?

Mori se rio de mí.

—Estás buscando validación. Julia tiene razón. No somos reales. Tan sólo somos productos de tu imaginación. Esta versión de nosotros que ves está hecha por ti, detective.

Es tu cerebro tratando de decirte la verdad. Has sabido que hacer todo el tiempo.

—¿Y qué es eso?

—¿Debemos decírtelo?

—Sí, por favor. —Estaba rogando.

—No confíes en nadie —dijo Julia—. Man parece tener buenos motivos, pero también Harpo parecía tenerlos. No confíes en nadie hasta que te hayan demostrado su valía, e incluso entonces, anda con cuidado.

Ella tenía razón. Me había abierto a David y eso era peligroso. Culpé a su carisma y poderes de persuasión, pero como detective entrenado en las artes de la interrogación debería haber sido capaz de contrarrestar sus habilidades. Tal vez el profesor era demasiado bueno, o tal vez yo quería confiar en él. ¿Cuál de las dos era?

Mis ojos se abrieron. Julia y Davide se habían ido. Tina conducía y Alex estaba sentado detrás de ella.

—¿Dónde estamos? —pregunté.

—Te quedaste dormido —respondió Tina—. No te preocupes. Ya casi llegamos.

Cinco minutos más tarde, entramos en un aparcamiento y dejamos el Toyota bajo la sombra de algunos árboles orquídea de Hong Kong. Continuando a pie, entramos en el Parque de la Ciudad Amurallada de Kowloon. Era enorme. Su diseño original ya era gigante, pero con el paso de los años había seguido expandiéndose. Sin embargo, el Yamen todavía estaba en su centro, aunque con algunas modificaciones. El edificio seguía en pie como lo había estado durante siglos, pero un escenario se erguía frente a él con un piano a un lado. Parecía que ofrecían espectáculos musicales varias veces durante el día.

Tina, Alex y yo pasamos por el edificio, caminado por encima del piso de piedras que conformaba el área frente a él. Nos dirigimos hacia unos árboles de orquídeas y nos escondimos del sol bajo su sombra. Hombres, mujeres y niños nos rodearon y, después de un momento, nos separamos y nos perdimos entre la multitud de personas que visitaban el parque.

—Presten atención —dijo Tina antes de separarnos—. Si ven a alguno de los nuestros actúen normalmente. Ellos harán lo mismo.

Caminé alrededor del Yamen, admirando la arquitectura, cuando una cara familiar con cabello rubio pasó junto a mí. «¿Jackson?» pensé, recordando al líder del grupo que ofreció esa resistencia desesperada cuando las fuerzas de la Metropole asaltaron la iglesia en Macao. ¿Podría ser él?

Tenía mis dudas. El hombre ni siquiera se había inmutado. Sabía que me había visto, pero no obtuve ninguna reacción de él. «Debe ser parte de su entrenamiento», pensé mientras recordaba las palabras de Tina. "Actúen normalmente", había dicho. Seguí caminando y, mirando a mi alrededor, vi una multitud formándose alrededor del escenario.

«Hay seguridad en los números», pensé, y caminé hacia ellos.

Tina se paró detrás de mí.

—¿Viste a Jackson? —susurró, y yo asentí—. Bien —dijo—. Sé que no fui la única.

—¿Y ahora qué?

—Ahora tenemos que encontrar un lugar para hablar.

—¿Dónde será eso?

Miró a su alrededor.

—¿Qué hora es?

Un reloj de sol cercano me dio la respuesta.

—Casi las 3 de la tarde —respondí.

—Bien.

Quería preguntarle por qué la hora era tan importante, pero recibí mi respuesta unos minutos más tarde. Exactamente a las 3pm, un hombre se acercó a la plataforma frente al Yamen y se sentó al piano. Mientras tocaba, una mujer se paró junto a un micrófono y cantó algunas viejas canciones pop cantonesas.

—Así que es por esto por lo que la multitud se reunió —dije.

—Música en vivo —respondió Tina— Justo lo que necesitábamos.

Más personas acudieron al escenario, atraídas por el espectáculo. Alex se colocó a mi costado y esperó. Me di la vuelta y noté que Tina ya no estaba allí. Estaba entre la gente, caminando hacia Jackson. Se vieron, intercambiaron algunas palabras y luego se separaron.

Eso fue todo.

Ella volvió a mí y Jackson siguió su propio camino.

—Vamos —dijo, y Alex y yo la seguimos.

De vuelta en el coche le pregunté qué había pasado. Ella mantuvo sus ojos en el camino mientras respondía.

—Usamos la música como una distracción para intercambiar algunas palabras entre nosotros —dijo—. Jackson me explicó que el resto de la célula estaba alrededor del área. Estuvimos de acuerdo en que era demasiado peligroso para ellos venir con nosotros, así que le dije que nos reuniríamos más tarde en el apartamento de David.

—¿El resto de la célula? ¿Cuántos sobrevivieron?

—Cinco de ellos. Sé que no es mucho, pero es más de lo que esperábamos.

—Maldita sea la Metropole —exclamé—. ¿Y ahora qué?

—Ahora volveremos a la universidad. David necesita su coche.

Permanecí en silencio durante el resto del viaje.

10

Man era dueño de un pent-house en el piso 14 de un edificio en *The Peak*. Llegar allí no fue difícil, pero nuestro coche de alquiler era un directo contraste con el lujo que rodeaba uno de los barrios más ricos de Hong Kong.

—¿Cómo puede costearse un apartamento en esta área? —pregunté.

—David no es sólo un profesor —respondió Tina—. También tiene otras inversiones que le dan buenos réditos.

—Quieres decir que es millonario.

—Se podría decir eso.

Aparcamos el coche al otro lado de la calle y seguimos a Tina hacia la torre de marfil que estaba frente a nosotros. Un hombre vestido con uniforme de botones nos recibió en la entrada.

—Man Wencheng —dijo Tina y el hombre entendió de inmediato. Presionando un botón, abrió la puerta y nos dejó ingresar a un vestíbulo con techos altos, pisos de mármol y paredes de madera. Dos estatuas de bronce de lo que parecían ser dioses griegos se erguían en el medio. Tras una inspección más cercana, noté un pequeño letrero frente a ellas que decía que eran Castor y Pollux, los gemelos que conforman la constelación de Géminis. A mi derecha, había un mostrador de recepción, pero estaba vacío. Detrás de él, colgaba el retrato de un emperador chino que identifiqué como

Kangxi, el tercer gobernante de la dinastía Qing. Todo estaba hecho de los mejores materiales y, sin embargo, nadie estaba allí para disfrutarlo.

La aparente falta de seguridad me sorprendió. Iba a mencionarlo, pero Tina se me adelantó.

—Hay cámaras por todas partes. Nos toman fotos y escanean nuestros cuerpos en busca de armas ocultas y Dios sabe qué más. Todo es tecnología de primera línea.

—Pero llevamos armas —dijo Alex.

—Y estoy segura de que lo saben —respondió Tina—. Pero David debe haberle dicho a los de seguridad que no se preocupen por eso.

Alex parecía sorprendido, pero no dijo nada más y nos dirigimos hacia el ascensor.

Tina presionó un botón y una vez que entramos, continuó explicando.

—Pero no se preocupen. Esa información no va a ninguna parte. Las personas que viven aquí son parte del 1% de la sociedad y no les gusta que sus datos se compartan con otros. Eso incluye a la policía y a las autoridades de la Metrópole. Estoy segura que ustedes saben que hay algunas personas para quienes la ley es sólo una sugerencia.

—¿Es por eso que David vive aquí? ¿Para que pueda reunirse con personas como nosotros y no preocuparse de que haya registros de quienes entran o salen?

—No, Virgil —respondió Tina tras chasquear la lengua—. David pertenece a una de las familias más ricas de Hong Kong. Simplemente resulta que también es parte de nuestro movimiento. Lo que mencionaste es cierto, pero no fue por eso por lo que compró este apartamento.

Las puertas se abrieron y entramos en una amplia sala de estar con techos altos y una pared de vidrio que ofrecía una vista increíble del horizonte de Hong Kong. Un grupo de sofás y una mesa de té se encontraban en el centro, mientras que una cocina equipada con los últimos lujos ocupaba el otro lado de la habitación. Alex, que había estado prácticamente en silencio hasta ese momento, no pudo evitar pronunciar un comentario sarcástico.

—Así que así es como vive el 1% de la sociedad. Increíble.

El profesor Man estaba sentado en el brazo de un sofá. Levantándose, nos recibió en su casa.

—¿Cómo están? Un placer tenerlos aquí. Por favor, tomen asiento —dijo.

—Así que el ascensor conecta directamente con tu piso.

—Sí, detective —respondió Man mientras chasqueaba los dedos—. Pero tiene un seguro, por lo que el botón sólo funciona si yo lo permito.

Nos sentamos y notamos que habíamos llegado tarde a la fiesta. Jackson y otras dos personas, un hombre de cabello oscuro y una mujer rubia con un corte bob, ya estaban allí.

—Jackson —dijo Tina y corrió hacia él.

Él la abrazó.

—Estoy muy contento de que hayas escapado de Macao —le dijo—. No sabes lo felices que estábamos cuando te vimos en el parque hoy. —Giró la cabeza y me miró fijamente—. Detective, supongo que debería hacer algunas presentaciones. Después de todo, estuviste inconsciente la mayor parte de nuestro tiempo en Macao. —Señaló hacia sus compañeros—. Estos son Shannon y Steven. También formaban parte de la célula de Macao.

Alex corrió hacia ellos, feliz de reunirse con sus amigos. Me quedé en mi sitio y sonreí. Mi mente repetía todos nuestros nombres; Shannon, Steven, Jackson, Tina, David, Alex y Virgil, 7 personas diferentes de 7 rincones diferentes del planeta, todos unidos por una causa común.

Pensar en ello me hizo reír.

—¿Dónde están los otros dos? —pregunté recordando que había 5 sobrevivientes del ataque a la iglesia.

—De vuelta en un barco en la bahía de Aberdeen —respondió Jackson—. Tienen algunas heridas menores, así que pensamos que sería mejor que se quedaran atrás. No se preocupe, detective, los conocerá muy pronto.

—Estoy seguro de que lo haré. Pero primero, me gustaría aprovechar esta oportunidad para agradecerles a todos por cuidarme cuando estuve herido. No lo habría logrado sin ustedes.

—Bueno, creo que ya tuvimos suficiente de saludos —dijo el profesor Man mientras ocupaba un lugar central—. Por favor, si todos pueden acercarse a mí en esta parte de la sala. Siéntense en los sofás o en los brazos de estos, no importa. Sólo pónganse cómodos. Creo que es hora de que les diga por qué les he pedido que se reúnan conmigo aquí.

Obedecimos y tomamos asiento. Jackson fue el único que decidió no hacerlo, permaneciendo de pie cerca a todos, apoyado contra una columna.

David se aclaró la garganta antes de continuar.

—Hemos estado en guerra con la Metropole durante bastante tiempo —dijo—, pero no hemos logrado nada importante contra ellos. Como ya saben, eso ha sido principalmente el resultado de tener traidores dentro de nuestra organización. Pero ahora, las cosas son diferentes. Ahora, es hora de que ataquemos y lo hagamos con fuerza.

Jackson dejó su columna y caminó hacia el centro, con las luces fluorescentes colgando del alto techo del apartamento apuntando directamente hacia él.

—¿Y qué propones que hagamos? Tengo un equipo pequeño y no hay mucho que podamos hacer en nuestra condición actual —argumentó.

Man apoyó su mano sobre el hombro de Jackson.

—Dime, ¿quién dirige la Metropole? Tenemos un gobierno, pero ¿quién es el jefe de todo? —Estaba hablando con Jackson, pero la pregunta iba dirigida a todos.

—El Parlamento de la Tierra —respondí—. Ellos manejan todo. Pero ¿por qué preguntas eso? ¿Estás proponiendo que ataquemos su cuartel general?

—Sí. Esa es la idea —dijo Man chasqueando los dedos—. Hasta ahora, todo lo que hemos podido hacer es lanzar ataques aleatorios contra soldados y algunos funcionarios menores del gobierno. No hemos estado en condiciones de hacer mucho más. Eso, hasta ahora.

—¿Y por qué? —preguntó Tina—. ¿Qué ha pasado ahora que cambia las cosas? ¿Está esto relacionado con los eventos que nos acaecieron a Virgil y a mí en la colonia?

—Sí, eso es absolutamente correcto —sentenció Man y se volvió hacia todos—. Hace tres semanas, el asesinato de Helen Lee conmocionó a la colonia. Virgil, aquí con nosotros, era el detective a cargo del caso hasta que decidió desobedecer las órdenes e investigar. Fue entonces cuando te incriminaron, ¿verdad, Virgil?

Asentí con la cabeza.

—No se detuvieron allí —continuó Man—. Todos los que estaban conectados con lo que le sucedió a Helen Lee se convirtieron en objetivos. Y como le dije a Virgil cuando nos reunimos hoy más temprano, los asesinatos no se limitaron solamente a *Luna 1*. Anoche, el representante Lee fue encontrado muerto en su mansión de Gangnam. Las pantallas de noticias lo reportaron como un suicidio, pero tenemos razones para sospechar que fue un asesinato.

—¿Y en qué nos beneficia eso? —preguntó Jackson.

Man caminó hacia la pared de cristal. Hong Kong se veía hermosa desde allí.

—Lee tuvo dos hijos —dijo el profesor—; Helen, que fue asesinada hace tres semanas en las afueras de la colonia y un hombre caucásico adoptado cuyo nombre desconocemos. Lee nunca se preocupó por él, pero sus conexiones le dieron al joven un trabajo en *Luna 1*. Si alguna vez han escuchado la única estación de radio de la colonia, deben estar familiarizados con el capitán Montrose.

Las expresiones de todos indicaban que reconocían el nombre.

—David, ¿podrías por favor exponer tu punto de una vez? —interrumpió Tina poniéndose en pie—. Todo lo que has estado haciendo es repetir la historia que todos conocemos. Ya se lo he contado a todos en Macao.

Man miró a Hong Kong y exhaló.

—Disculpa, Tina. Sé que todos deben estar familiarizados con la historia, pero lo único que quiero es estar seguro. ¿Alguien tiene algún problema con eso?

Sus palabras fueron suaves, pero era obvio que estaba imponiendo su voluntad.

Al ver que nadie decía nada, continuó.

—Asesinaron a Montrose dentro de *Luna Radio*, durante la redada que Virgil y Tina llevaron a cabo allí. Sin embargo, la gente aquí y en la colonia no sabe nada de eso. La Metropole eligió rápidamente a alguien más para hacerse cargo del personaje del capitán Montrose y creen que ese es el final del asunto. Atrapar a Virgil y a Tina es sólo un tema secundario para ellos.

Me levanté de mi asiento y caminé hacia David.

—Ya contaste lo que pasó. ¿Y ahora qué?

—Ahora les digo lo que haremos al respecto.

—Está bien. Habla —le dije y, dándome la vuelta, miré hacia los altos techos de la, en su mayoría, blanca sala.

—Soy minimalista cuando se trata de decoración del hogar —dijo Man poniéndose a mi lado—. Es tan diferente del trabajo. Admito que mi oficina en la universidad es un desastre.

—No tenemos tiempo que perder —respondí—. ¿Nos vas a decir cuál es tu gran plan?

Se aflojó el cuello y caminó hacia el centro de la sala. Frente a nosotros, bajó la mirada, como un artista justo antes de empezar su espectáculo, sintiendo a la multitud. Levantándola, hizo contacto visual con cada uno de nosotros.

—No podemos derrotar a la Metropole —sentenció—. Es imposible. Son una organización enorme y nosotros no somos más que una banda de 7 personas; 9 si cuentan a los 2 que Jackson tiene a bordo del barco en la bahía de Aberdeen. Eso no es un ejército.

—Entonces, ¿qué propones? —preguntó Tina.

Man se lamió los labios. Estaba disfrutando el momento.

—No podemos ganar si vamos a la guerra contra ellos —prosiguió—. Es por eso que no sugeriré eso. No lanzaremos ningún ataque militar ni realizaremos ninguna operación prolongada. Lo que haremos será atacar clínicamente; dos veces para ser exactos. Creo que, si hacemos eso, derrocaremos a este gobierno.

—¿Dos veces? —le pregunté mientras caminaba hacia él—. ¿Quieres decirnos dónde?

—Seúl y la Isla de Mu.

No podía creer lo que estaba escuchando. Atacar Seúl era factible, pero la Isla de Mu era un suicidio. Man estaba hablando de atacar lo que quizás era el complejo hecho por el hombre mejor defendido del mundo.

Cuando se estableció la Metropole, hubo muchas discusiones sobre dónde debería estar su sede. Los representantes de cada sección sugirieron ciudades dentro de sus propias circunscripciones, pero terminaron decidiendo que, para no discriminar a nadie, el nuevo gobierno tendría su sede en una ubicación completamente nueva.

Ese lugar era la Isla de Mu, una plataforma artificial en medio del Océano Pacífico, llamada así por el continente perdido del mismo nombre de la mitología del siglo 19. Sin embargo, a diferencia de su homónimo, la isla moderna era una fortaleza diseñada para repeler cualquier asalto contra ella.

Y ahora David quería que la atacáramos.

A Tina no le gustó la idea.

—Atacar Mu es un suicidio —dijo—. Pero, de todos modos, ¿qué esperas que hagamos allí?

Man sonrió.

—Vayamos paso a paso. En primer lugar, debemos hablar de Seúl. Parece que el representante Lee guardó copias de cada documento que pasó por su escritorio en algún lugar de su mansión. Esa podría ser la razón por la que las autoridades están saqueando el lugar mientras hablamos. Pero incluso si encuentran lo que están buscando, nosotros también lo haremos.

Tina no pudo evitar soltar una carcajada.

—¿Quieres decirnos cómo?

—Mi contacto en Seúl me dijo que Lee guardaba todo en un disco duro escondido dentro de una bóveda en su mansión. Sin embargo, también guardó una copia de seguridad, una especie de unidad gemela dentro de una de las paredes de la mansión. Todo lo que Lee ponía en la primera unidad se copiaba inmediatamente a la segunda a través de la transmisión inalámbrica. Era un proceso automático. Dejaremos que la Metropole tome el original, y luego, entraremos en la mansión de Lee y tomaremos el disco gemelo.

—¿Para qué?

—Para hacer lo que tú y Virgil no pudieron hacer en *Luna Radio*. Con la información de Lee, expondremos a la Metropole, empezando con la falsa guerra en Marte.

Regresé al sofá y me senté junto a Alex.

—¿Cómo sabes que esa información está allí? —le pregunté a Man.

—Por ti, detective —respondió—. Recuerda, he tenido tiempo de revisar todo lo que tú y Tina hicieron en *Luna 1*.

¿No te dijo Montrose que aprendió mucho mirando los documentos que encontró dentro de la mansión de Lee?

—Sí. Pero el que me habló de la falsa guerra en Marte no fue Montrose. Fue Davide Mori.

—Pero Montrose sabía la verdad. Él quería ayudarte. Sé que esta no es exactamente información precisa, pero cualquier cosa que encontremos en el disco duro de Lee nos será útil.

—Has dicho que atacaremos dos veces —le increpé, necesitando saber más—. Una vez en Seúl y otra en Mu. ¿Por qué estamos atacando Seúl? ¿No puede la Resistencia allí encargarse de eso?

Man lanzó otra sonrisa sarcástica y me señaló con el dedo.

—Eres la última persona que esperaba que hiciera esa pregunta, detective. Después de todo lo que has pasado sabes que no podemos confiar en nadie. Harpo fingió ser un gran líder, pero era un traidor. Conozco a algunos de nuestros agentes en Corea, pero no puedo confiar en todos los miembros de la Resistencia allí. No los conozco. Pero conozco a todos aquí, en esta sala. Puedo confiar en ustedes.

Tina y yo habíamos hablado la mayor parte del tiempo, mientras que el resto estaba sentado escuchando como si sus mentes estuvieran decididas a hacer lo que nosotros eligiéramos. Tenía sentido. En cierto modo, eran soldados rasos, mientras que David y Tina eran oficiales al mando.

Luego estaba yo, la pieza extraña en esta jerarquía.

—Creo que es hora de que les cuente sobre nuestra operación en Seúl —anunció Man—. Se pausó e hizo contacto visual con cada uno de nosotros, siguiendo cada regla en el manual del orador efectivo. Tosió y continuó. —Sólo dos personas irán a Corea. El resto se quedará en Hong Kong hasta que regresen. Entonces, todos navegaremos hacia la Isla de Mu para nuestro ataque final a la Metrópole.

—Me gustaría ofrecerme de voluntaria —dijo Tina, pero David se negó.

—No —le dijo—. No irás. Alex y el detective serán los que viajen a Seúl.

—¿Por qué?

—Porque después de que la Metropole termine de saquear el lugar, los únicos que entrarán allí serán los trabajadores del equipo de demolición. No debería tener que decir que, de todos nosotros, sólo el detective, Alex y yo podríamos pasar por coreanos. Además, a partir de la información que he recopilado sobre ellos, también hablan el idioma con fluidez.

Pero Tina no estaba dispuesta a aceptar la derrota.

—Podríamos fingir ser trabajadores extranjeros —dijo.

—Demasiado complicado —respondió Man—. Vamos a mantenerlo simple. Así que Virgil y Alex son los elegidos.

—¿Qué hacemos entonces?

—Esperamos hasta que regresen. Una vez que estén de vuelta aquí con la información, la usaremos para transmitir la verdad a toda la población de nuestro planeta. Es por eso que atacaremos Mu. Como saben, esa isla no es sólo la sede de la Metropole. También es el hogar de su Sistema de Transmisión Global o STG para abreviar. Si podemos llegar allí, podemos transmitir la verdad a todos.

—¿Será eso suficiente? —pregunté.

—Creo que lo será —respondió David.

—Está bien. ¿Cuándo salimos para Seúl?

—Hay un avión esperándolos a ustedes dos en Kai Tak.

DÍA 4

11

El vuelo a Seúl duró poco más de 3 horas vía jet privado. David nos dijo antes de partir que, aunque Kai Tak estaba oficialmente abandonado, los ricos todavía lo usaban para sus viajes. Sin embargo, no sólo fuimos recibidos por lujosos aviones privados cuando entramos en el antiguo aeropuerto. Había muchas aeronaves de carga y trabajadores que las abarrotaban con una gran cantidad de mercancías, algunas de origen dudoso.

Mientras Alex y yo caminábamos por la pista hacia nuestro avión, vimos a un grupo de hombres con monos azules empujando un carro cargado con sacos de lo que parecía algún tipo de polvo. Lo llevaban hacia un gran avión situado a unos 50 metros de nosotros. Mientras lo empujaban, una de las ruedas se soltó, haciendo que toda la carga cayera al suelo. Los sacos se abrieron, esparciendo el polvo por todo el lugar, levantando nubes sobre el asfalto. Uno de los hombres se cubrió la cara, tratando de ocultar el cigarrillo que estaba fumando, pero fue inútil. El polvo se prendió y el carro explotó con un fuerte estruendo.

Los escombros volaron por todas partes y cuando todo terminó, Alex y yo escrudiñamos la escena. El hombre con el cigarrillo yacía en el suelo, con el mono carbonizado por la explosión. Sus compañeros parecían estar bien. Uno de ellos se le acercó y sacudió la cabeza cuando se dio cuenta de que estaba muerto. Un supervisor corrió hacia ellos y les gritó voz en cuello.

—¡Les he dicho un millón de veces que no fumen aquí! ¡Hay letreros por todas partes que dicen eso por el amor de Dios! ¿Qué estaba pensando este desgraciado? ¿Por qué ninguno de ustedes lo detuvo? ¿Y estaban cargando esto tan cerca del jet del profesor Man? ¿Qué le voy a decir?

Nadie dijo nada. Quería quedarme y averiguar más, pero Alex me tiró del hombro.

—Tenemos que irnos —dijo.

Me rendí y lo seguí al avión. Ingresamos a una amplia cabina con luces fluorescentes iluminándola. Nos sentamos en asientos de cuero que parecían más sillones mientras el personal del avión nos servía bebidas no alcohólicas y un pequeño aperitivo.

Pero no me había olvidado de lo que acababa de ver. Una vez que estuvimos en el aire, interrogué a Alex.

—¿De qué se trataba todo eso?

—¿Qué quieres decir?

—Ya sabes, la explosión en Kai Tak. ¿Qué pasó? ¿Está relacionado con nosotros? ¿Por qué mencionó el supervisor a David?

—No preguntes a menos que realmente quieras saber —me respondió Alex con una risa burlona.

—Vamos, Alex. Has estado en la Resistencia el tiempo suficiente para saber más sobre ellos que yo. Necesito que me lo digas.

No dijo nada, pero no evadió mi mirada.

Lo tomé como una señal para continuar.

—Empecemos desde antes de la explosión. Dime, ¿cómo paga la Resistencia todo esto?

—¿Todo esto? ¿Qué quieres decir?

—¡Vamos, Alex! —exclamé dándole un puñetazo a mi asiento—. Dijiste que me lo dirías. No te hagas el tonto conmigo. Sabes lo que quiero decir con "todo esto"; el avión, Kai Tak, volarnos a Seúl sin alertar a las autoridades de la Metrópole. ¿Cómo se financian todas estas cosas?

—David proviene de una de las familias más ricas de Hong Kong.

Estaba repitiendo lo que Tina había dicho, pero yo sabía que había más.

El detective en mí exigía que continuara interrogándolo.

—Sí, pero eso no es suficiente —repliqué—. Para hacer todo lo que está haciendo, necesita contactos en el gobierno.

Alex cerró los ojos y suspiró.

—Está bien —me dijo—. Seré un poco más abierto contigo. Dime, ¿sabes cómo ganar dinero rápido hoy en día?

—No tengo ni idea. Los únicos dos trabajos que he tenido fueron el ejército y luego detective en el Departamento de Policía de *Luna 1*. En ambos casos, recogía mi cheque de paga todos los meses y, aunque tenía algunas inversiones, no era rico y no iba a serlo pronto.

—Tenías un buen nivel de vida.

—Si, pero eso es porque trabajaba para el gobierno.

—Bueno, un grupo como la Resistencia necesita financiamiento y, por mucho que David nos apoye, no gastará todo el dinero de su familia en nosotros. Por lo tanto, necesitamos encontrar formas de obtener los fondos que tan desesperadamente necesitamos.

—Sospechaba que Harpo era un traficante de polvo lunar en *Luna 1*.

—Probablemente lo era. No me sorprendería si así fue como financió a la Resistencia en la colonia.

—¿Podría alguno de los aviones que vimos en Kai Tak estar haciendo lo mismo?

—¿Tráfico de drogas? Probablemente. El que tenía la carga que explotó definitivamente lo hacía.

Lo cogí del brazo.

—¿Polvo lunar?

—Sí —me respondió liberándose de mí—. No hay otra droga más rentable que esa.

—¿Por qué explotó? He lidiado con polvo lunar en muchos casos mientras estaba en la fuerza y nunca lo he visto hacer eso.

—Ah, no lo sabes. Aquí es diferente. Allá arriba, en la colonia, viven bajo una cúpula y ese pedazo de vidrio es lo único que los separa de una muerte segura.

—Lo sé. ¿Qué tiene eso que ver con la explosión?

—Los traficantes de drogas no son estúpidos, Virgil. El polvo lunar es inflamable e inestable por naturaleza, pero el que se envía a *Luna 1* tiene un retardante agregado. Es inofensivo si lo inhalas y todavía prende para que puedas fumarlo, pero no explota cuando entra en contacto con otros componentes. De esa manera, la bonita cúpula de cristal que tienen allá no corre el riesgo de hacerse mil pedazos sobre los residentes de la colonia en ningún momento del futuro cercano.

—¿Qué pasa con el que venden aquí en la Tierra?

—Eso es algo completamente diferente. Los traficantes de drogas son tacaños, así que el que tenemos aquí no tiene ese retardante. Pero eso tampoco significa que sea inseguro. Lo han estudiado y han concluido que el polvo lunar sólo explota si se prende después de entrar en contacto con el petróleo o sus derivados. Eso es probablemente lo que sucedió en Kai Tak. Podría haber habido algo de gasolina o queroseno en el asfalto que hizo explotar el polvo lunar cuando entró en contacto con el cigarrillo encendido.

—¿Entonces Kai Tak está dirigido por traficantes de drogas? ¿Traficantes de drogas que conocen a David?

—Hay diferentes tipos de ricos, Virgil —dijo Alex levantando la cabeza—. Algunos obtienen su dinero de negocios turbios como ese.

—¿Estamos siendo financiados por ese tipo de negocios?

—No me sorprendería si así fuera. Pero eso no interesa. No me digas que esperas que hagamos lo correcto sólo porque luchamos por la libertad. Queremos un mundo mejor, pero a veces, el fin justifica los medios.

Recordaba haber leído *El Príncipe* de Maquiavelo en *Luna 1*. El libro estaba en la lista negra, pero mi copia era evidencia obtenida en una redada contra contrabandistas. Simplemente nunca la entregué.

—Sí, no somos mejores que ellos —respondí—. Todo lo que somos son dos grupos de personas, cada uno luchando porque creen que su camino es el correcto. La Metropole esclaviza a su población, pero la mayoría ni siquiera se da cuenta de eso. Muchos tienen buenos niveles de vida y están dispuestos a sacrificar su libertad a cambio de eso.

Entonces, ¿por qué peleamos? —preguntó Alex.

—A veces ni siquiera lo sé.

—Y, sin embargo, quieres seguir adelante con el plan.

—Si. Pero principalmente porque creo que es posible un mundo mejor para personas como nosotros.

—¿Personas como nosotros? ¿Te refieres a los *envys*?

Alex sabía por dónde quería llevar la conversación.

—Sí —dije arriesgándome—. Tuve una gran vida en *Luna 1*, pero estas últimas semanas me han enseñado que no era más que una cortina de humo. Gente como Julia, Davide o yo tuvimos que vender nuestras almas a la Metropole para vivir una vida de propaganda. Éramos sólo ejemplos simbólicos para que dijeran que existía la igualdad.

Pero Alex no mordió el anzuelo.

—Me gusta pensar que lograremos un mundo mejor si luchamos —dijo—. No será perfecto, pero será mejor. Y estaremos allí para asegurarnos de que así sea.

Me había dicho cosas sobre la Resistencia, pero aún no confiaba en mí, rechazando mi intento de ponerlo de mi lado. Tenía trabajo que hacer.

Pero tendría que esperar. Nuestra misión en Seúl venía primero.

—Espero que tengas razón —respondí—. Con toda mi alma, espero que tengas razón.

12

Aterrizamos en Incheon y no pasamos por la aduana. Las personas que venían en jets privados no se mezclaban con el resto de las ovejas. En cambio, dos oficiales de la Metropole esperaban en la puerta, dando la bienvenida a todos aquellos que, como nosotros, tenían esos privilegios que sólo el dinero puede comprar. No se molestaron en revisar nuestros documentos. Su misión era sonreír y señalarnos el camino a una terminal exclusiva reservada para los ricos.

—Es diferente cuando tienes dinero —dijo Alex mientras caminábamos por una gran sala de espera llena de sillones de cuero—. Nunca he experimentado esto antes, pero he oído hablar de ello.

—Supongo que todos los gobiernos son corruptos —respondí—. Reclaman igualdad, pero están felices de hacer diferencias para aquellos que pueden pagar más.

—Algunos llamarían a eso capitalismo.

—Y algunos lo llamarían pertenecer al partido. Izquierda o derecha, todo es lo mismo, Alex. Los extremos nunca son buenos.

No teníamos equipaje, pero vimos a varios trabajadores del aeropuerto esperando con maletas a un lado. A diferencia de la gente común, los ricos no esperaban alrededor de una cinta transportadora por sus maletas. En cambio, los trabajadores las recogían y las tenían listas para cuando ellos entraran en la terminal.

Girando a la izquierda, vimos una escalera mecánica que se dirigía hacia abajo. Un letrero en la parte superior anunciaba que conducía a los trenes que salían del aeropuerto. Caminamos en esa dirección y descendimos un par de pisos hacia un túnel. Flechas brillantes a los costados nos mostraron el camino. Varios metros más adelante, este se partió en dos. Otra flecha, también brillante, apuntaba a la derecha. Un letrero en la parte superior decía que ese camino conducía a los trenes privados de primera clase que tomaban los ricos. Fuimos en la dirección opuesta, al tren que usaba el resto de la gente.

—¿Por qué hay un túnel que conduce al tren de clase económica? —preguntó Alex.

—Probablemente sea para los trabajadores —respondí—. No creo que puedan permitirse usar el otro tren para ir a casa cuando termina su turno.

—Ah. Tienes razón.

Llegamos a una estación repleta hasta más no poder. A diferencia de la zona para ricos, que estaba en su mayoría desierta, esta estaba llena de gente esperando encontrar un lugar en el próximo tren, ya sea sentada o de pie. Mirando la pantalla con los horarios de salidas y llegadas, vimos que el tren frente a nosotros estaba a punto de partir hacia Seúl.

—Hay seguridad en los números —dije mientras lo abordábamos y Alex estuvo de acuerdo conmigo.

El viaje fue mayormente subterráneo, evitando los puestos de control en las murallas que rodeaban Incheon y Seúl. En el pasado, Incheon había sido un suburbio de la capital coreana, pero ahora, gran parte del área entre ambas era parte de las *Badlands*, y tenía muros construidos a su alrededor. Tenía sentido. La Metropole no quería que nadie viera ruinas de tiempos pasados. ¿Por qué mostrarían pruebas claras de su crueldad? No encajaba con su narrativa, por lo que actuaban como si nunca hubiera sucedido. Sin embargo, a nadie parecía importarle. Las personas tienden a centrarse en asuntos más mundanos y evitan los temas controversiales de todos modos.

El tren aceleró siguiendo los rieles y, una hora más tarde, llegamos a la estación de Seúl. Allí, recordamos las instrucciones de David y tomamos un taxi a Itaewon, una zona conocida por su vida nocturna.

—Los taxistas no les prestarán importancia —había dicho.

Y tenía razón. Había una tarifa fija para el viaje y, después de que le entregamos al conductor la cantidad requerida de créditos, no nos molestó durante el resto de este.

Todavía era temprano en la mañana, aproximadamente una hora antes del amanecer, cuando llegamos a Itaewon y, aunque los letreros de neón en los edificios estaban apagados, las pantallas de noticias que dominaban el horizonte de la ciudad no lo estaban. Pero esto no significaba que los edificios estuvieran cerrados. Multitudes de personas fluían desde las principales avenidas, la mayoría de ellos jóvenes de 18 o 19 o de principios de sus 20s vestidos a la última moda que se habían ido de fiesta toda la noche.

Recordé las instrucciones de David.

—Encuentren una tienda llamada *Korean Handicrafts* y pregunten por el Sr. Kim. Es mi contacto en Seúl. Él les dirá qué hacer después.

Teníamos la dirección, pero nos bajamos del taxi antes de llegar a ella.

—Hay seguridad en los números —repetí como un mantra mientras guiaba a Alex por entre la multitud de Itaewon. Después de preguntar por los alrededores, encontramos el lugar y, al entrar, seguimos nuestras instrucciones.

El hombre detrás del mostrador de lo que parecía una tienda tradicional coreana estaba en la parte final de sus 20s, llevaba un hanbok y parecía una celebridad.

—¿Señor Kim? —preguntó extrañado—. Ese es un apellido bastante común por aquí. ¿No tienen un nombre de pila?

—No, eso es todo lo que puedo decirte —respondí encogiéndome de hombros.

Nos sonrió.

—Ustedes son la gente de David, ¿verdad? —Nos estrechó la mano y nos invitó a la trastienda. Lo seguimos a una sala de estar de tamaño mediano amueblada con sofás y una pequeña mesa. Nos dijo que nos sentáramos y obedecimos—. Pueden llamarme Francesco. No me gusta el "señor Kim". Me hace parecer mayor.

—¿Francesco? —pregunté.

—Es mi nombre bautismal. Soy católico. Teniendo en cuenta nuestra línea de trabajo, es preferible a usar mi nombre real.

—¿Incluso entre aliados?

—Especialmente entre aliados.

Sus palabras me hicieron darme cuenta de que no sabía si los nombres que tenía para las personas que había conocido eran reales. Harpo usó un alias, ¿por qué Tina, Jackson o incluso Alex no harían lo mismo? No podía culparlos por ello. Era una medida de seguridad.

Al menos sabía que David era realmente Man Wencheng. ¿O lo era?

—¿Cuáles son nuestras instrucciones? —pregunté dejando de lado mis dudas por un momento.

Kim se sentó antes de empezar a hablar.

—Se quedarán aquí hasta la noche. Luego, se vestirán como trabajadores de construcción y los llevaremos a la mansión del representante Lee en una camioneta disfrazada para que parezca ser de las que transportan obreros. Una vez allí, tendrán una hora para encontrar el disco gemelo y llevárselo con ustedes. Cuando eso esté hecho, la camioneta los traerá de vuelta aquí. Volverán a ponerse sus ropas y, a partir de ese momento, cada cual baila con su pañuelo.

—¿No nos proporcionarás un transporte de regreso al aeropuerto?

—No. Ese es su problema.

—Pensé que eras el contacto de David.

—Lo soy. Pero eso es todo lo que hago. Le doy información; nada más.

—Entonces, ¿puedes decirnos qué pared de la mansión es la que buscamos? ¿Dónde está exactamente el disco gemelo?

Kim negó con la cabeza.

—No tengo esa información, pero si me pides que adivine, entonces diré que debería ser una pared dentro del estudio de Lee. Mantuvo el original allí, por lo que la unidad gemela debería estar cerca. De lo contrario, no podrían transmitir los datos de un disco a otro.

—Está bien. ¿Cómo lo sacamos? ¿Tenemos alguna herramienta para romper el muro?

—Encontrarán lo que necesiten dentro de la mansión. Un equipo de construcción ha estado allí desde ayer. Han dejado sus herramientas.

—Supongo que se habrán ido para cuando entremos.

—De eso pueden estar seguros. No se preocupen.

—Parece que sabes mucho. ¿Quién te da toda esta información?

Kim hizo una mueca.

—Sabes que no puedo decirte eso.

13

Nos quedamos dentro de la tienda hasta la noche. Cuando el sol se puso sobre Seúl, nos pusimos unos monos de construcción azules y abordamos una camioneta que nos esperaba afuera.

Un hombre de unos 40 años estaba sentado al volante.

—Este es mi chofer —dijo Francesco mientras lo señalaba—. Los llevará a la casa de Lee y los traerá de vuelta.

—¿Y tú? —pregunté.

—Me quedaré aquí. Lo siento, amigos míos, pero tengo un negocio que dirigir —respondió y cerró la puerta de la camioneta.

El viaje de Itaewon a Gangnam no fue largo, pero la falta de ventanas en la parte trasera del vehículo no nos dejó ver mucho de Seúl. Sólo el parabrisas nos permitió vislumbrar las concurridas calles.

—Se parece a *Luna 1* —dije pensando en el pasado.

—¿En serio? —respondió Alex—. Pensé que la falta de atmósfera hacía que la vida en la colonia fuera diferente.

—Es cierto —dije asintiendo con la cabeza—. Pero una vez que cae la noche aquí en la Tierra, la oscuridad lo cubre todo, haciéndolo similar a la colonia. Entonces no importa si tienes una atmósfera o no. Mira los letreros de neón en todas las tiendas. Es lo mismo en todas partes. Los humanos siendo humanos.

—¿Qué más te recuerda a la colonia?

—Las pantallas de noticias. Están en todas partes.

—Es cierto —respondió Alex, pero no dijo nada más.

La camioneta se detuvo en un semáforo en rojo e innumerables personas cruzaron frente a nosotros. Allí estaban, jóvenes dispuestos a ir a la discoteca más cercana en busca de alcohol y música, sin saber que, a metros de ellos, dentro de una furgoneta, estaban sentados dos hombres empeñados en destruir el mundo que conocían.

Una pantalla de noticias me llamó la atención. No era propaganda de la Metropole, sino información sobre la nueva película de Amanda Ferguson, *The Green Turban*. Recordé cómo había hecho planes para ir a verla, pero nunca tuve la oportunidad.

Los cielos estaban negros cuando llegamos a la mansión de Lee. Al salir de la camioneta, caminamos hacia la puerta y nos encontramos con dos policías. Sus insignias los identificaban como los oficiales Choi y Park. Nos pidieron nuestros papeles y les dimos unas identificaciones falsas que Francesco nos había dado antes de irnos.

—¿Por qué vienen aquí a esta hora? —preguntó Choi.

—Somos del equipo de demolición —le respondí con una sonrisa—. Nos dijeron que viniéramos a escanear esta mansión para ubicar los mejores lugares donde colocar los explosivos para demolerla.

—¿Tan tarde en la noche?

—Se suponía que íbamos a venir mañana por la mañana, pero ahora se nos hizo algo de tiempo. No se preocupe, oficial, no nos llevará más de una hora.

—¿Habrá algún ruido molesto? Este es un barrio de clase alta y la gente podría quejarse.

—Habrá algo de ruido, oficial. No le mentiré. Pero le puedo asegurar que será mínimo. Además, con una propiedad tan grande, no creo que nadie afuera escuche nada.

Choi vaciló, pero Park cogió nuestras identificaciones falsas y, devolviéndonoslas, nos dejó entrar.

—Hagan lo que tengan que hacer. Pero no tarden mucho. Dijiste una hora, esperamos que se hayan ido para entonces.

Les dimos las gracias y entramos en la propiedad.

Al pasar la puerta principal, encontramos una escalera de piedra que nos llevaba a un jardín de césped que rodeaba la mansión. Mientras caminábamos a través de este, lejos de los oficiales de policía, Alex se volvió hacia mí.

—Eso fue irónico, ¿no crees?

—¿Qué quieres decir?

—Es gracioso, de hecho. En la mañana evitamos la aduana porque llegamos en un jet privado. Probablemente pensaron que éramos ricos y no querían arriesgarse a molestarnos. Ahora, somos simples trabajadores de construcción y todavía seguimos saltándonos cordones sin ningún problema.

—Es sólo esa necesidad tan humana de evitarse problemas —respondí—. Como dijiste, por la mañana no querían molestar a los ricos y, en este caso, no quieren molestarse al revisar nuestra información.

Se encogió de hombros y seguimos caminando.

Llegamos a la puerta de la mansión y la encontramos abierta. Una vez dentro, vimos que estábamos en un amplio salón con suelos de madera y paredes de mármol blanco.

—¿Cómo escondió Lee un disco duro aquí? —dije pensando en voz alta.

Había una puerta doble de vidrio que daba acceso al jardín, pero nos alejamos de ella dirigiéndonos hacia el interior de la mansión.

—¿Sabes dónde está el estudio de Lee? —preguntó Alex.

—Ni idea —respondí.

Me sugirió que nos separáramos y buscáramos cada uno por su lado, pero me negué.

—De ninguna manera —dije—. La casa es demasiado grande y tenemos que estar cerca en caso de que algo suceda. Nos quedaremos juntos.

—Como quieras —respondió y se quedó a mi lado.

Llegué a una escalera que conducía al segundo piso.

—Lee probablemente tenía su habitación allí arriba —dije, señalando al lugar indicado—. Tal vez su estudio está por allí cerca. Eso tendrá sentido, ¿no?

Alex no dijo nada, pero me indicó que subiera.

Llegamos al segundo piso y encontramos un pasillo con una puerta de madera en su otro extremo.

—Podría ser el dormitorio principal.

—Sí —respondió Alex—. Pero hay otras 4 puertas en este pasillo antes de llegar a la que estás señalando. ¿No deberíamos revisarlas primero?

—Ignorémoslas por ahora —dije y corrí hacia la que había elegido.

Mi corazonada resultó correcta. Una cama *king-size* indicaba que estábamos en el dormitorio principal.

Alex parecía impresionado por el lujo.

—¿Me estás diciendo que aquí es donde Lee dormía? Se ve bastante cómodo.

—Sí —respondí—. Pero no perdamos tiempo y volvamos al corredor. Y esta vez, tú elegirás la puerta.

—Está bien —dijo y, pasando corriendo junto a mí, entró por la primera puerta a su derecha.

Tuvimos suerte. Era el estudio de Lee.

No quedaba nada de interés; sólo un escritorio que mostraba el lugar donde había estado su computadora, la madera de un tono marrón más oscuro debido a que no había estado expuesta a la luz solar.

—Se llevaron todo —exclamó Alex angustiado—. ¿Qué vamos a hacer?

—Todo esto lo esperábamos —respondí—. Han tenido un día entero para hacer todo lo que quisieran. Pero parece que ya se llevaron el disco duro. Está bien. De esa manera pensarán que tienen lo que necesitan y no volverán.

—Tienes razón, Virgil —suspiró. Mis palabras lo habían calmado—. Es bueno que se hayan llevado el disco. Pero ¿dónde está el nuestro?

—Eso es lo que tenemos que averiguar —le dije mientras revisaba un reloj redondo y anticuado que colgaba de la pared—. Pero es mejor que nos apresuremos. Parece que tenemos 30 minutos antes de que nuestros amigos de afuera comiencen a hacer preguntas.

—Vi algunas herramientas en la sala de estar cuando entramos. ¿Debería bajar y traerlas? Es posible que tengamos que romper algunos muros.

—Puede que no necesitemos hacer eso —respondí mientras pasaba mis manos por las paredes golpeándolas con los nudillos y escuchando el sonido que hacían.

—¿Qué estás haciendo?

—Escucha.

—¿Qué cosa?

—El sonido. Si Lee escondió un disco duro dentro de la pared, estoy seguro de que lo hizo después de construir la mansión. Y este no podría estar dentro de concreto o mármol. Las señales inalámbricas que copian datos de una unidad a otra deben poder pasar. Además, la máquina necesita respirar o de lo contrario se sobrecalentará y se romperá.

—¿Qué estás insinuando, Virgil?

—Que Lee hizo un agujero en una pared, colocó el disco duro allí, y luego tapó la pared de nuevo. Sólo que este nuevo muro no era de concreto. Probablemente se trate de algo así como paneles de yeso.

—¿No lo haría eso más fácil de encontrar para la Metropole?

—Sí; si lo estuvieran buscando. Pero encontraron el disco duro original. Piensan que su trabajo está hecho.

Mi corazonada era correcta. Cuando golpeé la parte inferior de la pared a la izquierda del escritorio de Lee, escuché el característico sonido hueco que hace el yeso.

—Ah, bingo. Alex, ¿harías los honores?

—Espera, volveré enseguida.

Salió corriendo de la habitación y bajó las escaleras para buscar un mazo. Cinco minutos más tarde, estábamos cubiertos de polvo y escombros de yeso, sentados en el piso del estudio de Lee sosteniendo una delgada caja negra del tamaño de mi mano.

Era la unidad gemela.

—Un exabyte de espacio —dije—. Me pregunto, ¿con qué llenó Lee esta preciosura?

Alex esbozó una sonrisa, pero no dijo nada. Parecía satisfecho con nuestro éxito.

Me levanté y miré el reloj.

—No nos queda mucho tiempo. Salgamos de aquí antes de que nuestros amigos de abajo vengan a buscarnos.

Escondí el disco duro dentro de mi mono y bajé las escaleras con Alex cerca.

—Ponte delante de mí —le dije—. Está oscuro afuera y es posible que no lo noten, pero si me cubres, será más fácil.

—¿Crees que nos detengan un rato abajo?

—No lo sé. Salgamos, saludemos y deseémosles buenas noches mientras regresamos a la camioneta. Si nos detienen, hablemos un poco y luego sigamos nuestro camino. Estos son oficiales de policía, no agentes de alto rango de la Metropole. Estoy seguro de que no quieren estar allí y de que no están activamente buscando miembros de la Resistencia.

Hicimos lo que propuse y bajamos las escaleras desde el jardín hacia la puerta principal. Tan pronto como salimos a la calle, los oficiales de policía vinieron a nuestro encuentro.

—¿Terminaron? —preguntó Choi.

—Sí. Todo está listo —respondí—. Un equipo vendrá mañana y se encargará de la demolición. Ahora, si nos disculpan, tenemos que irnos. Buenas noches.

—Esperen.

Nos detuvimos en seco.

—¿Sí? —exclamamos al unísono.

—Sabes —me dijo Park acercándose a nosotros—. Estaba pensando en lo que dijiste. Nos dijiste que eran parte del equipo de demolición y que iban a escanear la mansión para colocar explosivos en ella.

Me encogí de hombros mientras le daba lo que probablemente fue la sonrisa más falsa que le he dado a nadie.

—Sí. Eso fue lo que hicimos.

Pero Park no se tragaba mi acto.

—¿En serio? —dijo—. Porque, como te dijo mi compañero, este es un barrio de clase alta. Al principio, no lo pensé así, pero ahora me doy cuenta de que la gente aquí nunca estaría de acuerdo con ningún tipo de explosión cerca de ellos.

Alex entró en pánico y dio un paso atrás. Choi lo notó y se acercó a él.

Miré fijamente a la luna llena cabalgando por encima de las nubes y entendí que la farsa había terminado.

Park estaba a mi lado.

—Necesitaré ver tus papeles —me dijo.

—Claro —respondí mientras metía mi mano dentro del mono.

Sacó su arma.

—No hagas nada estúpido —me advirtió.

—Relájese, oficial —le sonreí—. Todo lo que estoy haciendo es sacar mis documentos.

Un par de metros a mi izquierda, Alex estaba pasando por el mismo procedimiento.

Le entregué a Park la identificación falsa que había visto antes. Guardó su arma mientras me quitaba el documento. Después de examinarlo, se lo guardó en el bolsillo.

—Voy a tener que revisarla con la computadora dentro de nuestra patrulla; la tuya y la de tu amigo. Quédate aquí con mi compañero. No tardaré mucho.

Fue hacia Choi y tomó la identificación de Alex. Entonces, lo vi alejarse y supe que no encontraría nada en la computadora. Mirando a Alex, noté que Choi tenía su arma apuntándole.

—Sólo es una precaución —me dijo el policía cuando me vio mirándolo fijamente.

Me acerqué a Alex. Mientras tanto, algunos metros calle abajo, vi a Park acercarse a su vehículo. Era sólo cuestión de segundos antes de que descubrieran nuestro engaño.

—No nos vamos a ninguna parte, oficial —le dije a Choi mientras daba algunos pasos hacia él.

—¡Quédate en tu lugar y no te muevas! —respondió.

Levanté las manos.

—No queremos hacerle daño, oficial. Sólo somos hombres honestos tratando de hacer nuestro trabajo. Entiende, ¿verdad? Somos como usted.

Me apuntó con su arma. Su dedo estaba en el gatillo.

—¡Quédate en tu lugar! No te lo advertiré de nuevo.

Las farolas proyectaban sombras sobre nosotros. A lo lejos, Park estaba sentado introduciendo nuestros datos falsos en la computadora de la patrulla. Normalmente habría escaneado las identificaciones, pero como eran falsas, la máquina no las reconocía. Eso nos dio un par de segundos adicionales.

Choi se paró frente a nosotros; su arma apuntaba a mi cabeza. Un carro tocó su bocina en la distancia y él miró hacia otro lado por un segundo. Aprovechando la oportunidad, me abalancé sobre él y lo golpeé en el plexo solar.

Cayó al suelo y Alex se lanzó sobre él, inmovilizándolo a la fuerza mientras yo cogía su arma.

En la patrulla, Park reaccionó, pero ya era demasiado tarde.

—Detente ahí mismo —le dije mientras le apuntaba—. Saca tu arma, suéltala y ven aquí.

Obedeció y levantó las manos. Dio un paso hacia nosotros, y luego, sintiendo que la noche podría ofrecerle algún abrigo, dio media vuelta y corrió calle abajo.

Apreté el gatillo y Park se desplomó a unos 50 metros de nosotros. Algunos perros ladraron en la distancia mientras yo corría hacia él para constatar la gravedad de sus heridas.

La bala lo había alcanzado en la nuca. Estaba muerto.

Maldije en voz baja y corrí hacia el patrullero, recogí nuestras identificaciones falsas y luego volví con Alex. Tenía a Choi inmovilizado en el suelo. Vi la misma sonrisa cruel en su rostro que cuando había ejecutado al guardia. Estaba disfrutando de su posición de poder y estaba listo para romperle el cuello a su presa de ser necesario. Pero algo lo contuvo.

Sus puños se relajaron y se calmó. Tina tenía razón, no quería convertirse en un animal. Estaba encerrando a su bestia interior dentro de una jaula en lo más profundo de su propio ser. Mirándome, sacudió la cabeza.

—¿Qué vamos a hacer ahora, Virgil? Él vio lo que hicimos. ¡No podemos dejarlo vivo!

Guardé el arma y enterré mi cara en mis manos. Alex repitió su pregunta, pero yo no quería escuchar.

—¡Virgil!

—¿Qué?

—¿Qué hacemos? Si alguien escuchó el disparo, probablemente llamará a la policía y estarán aquí en cualquier momento.

Miré al cielo nocturno, como si la respuesta a todos mis problemas estuviera allí.

—Vamos a llevarlo con nosotros —dije.

—¿Qué? No podemos llevarlo de vuelta a la base.

—Si se queda aquí hablará. Golpéalo en la nuca y vamos.

Alex obedeció y arrastramos el cuerpo inconsciente de Choi de regreso a la camioneta. El chofer nos miró como si no hubiera sido testigo de toda la ordalía.

—No lo subirán a mi auto —dijo—. Eso no fue lo que acordamos.

Salté al asiento del pasajero y lo cogí por el cuello.

—¿Y qué quieres que hagamos? ¿Le meto un balazo? Vamos a llevarlo de vuelta con Francesco y dejar que él decida. Él es tu jefe, ¿no?

Empujándome a un lado, sacó una pistola de dentro de su mono y apretó el gatillo dos veces. Lo agarré del brazo, tratando de detenerlo, pero ya era demasiado tarde. Ambas balas golpearon a Choi en el pecho y el policía cayó en los brazos de Alex.

Estaba muerto.

—¿Por qué hiciste eso? —grité, pero el chofer me ignoró.

—Déjalo —dijo dirigiéndose a Alex—. Déjalo y sube a la camioneta. ¡Vamos!

Obedecimos, yo principalmente por instinto, y nuestro vehículo se alejó, perdiéndose en el camino a Itaewon.

El chofer prendió un escáner policial.

—Escuchen —dijo—. Acaban de llegar a la casa de Lee. Buscarán a los culpables. Afortunadamente, escapamos a tiempo.

No dije nada, pero seguía sacudiendo la cabeza, sin creer lo que había presenciado. ¿Era este el camino que había elegido cuando decidí seguir a Tina? Sí, había matado a Park, pero eso había sido necesario, ¿no? No era ni remotamente similar a lo que el chofer le había hecho a Choi. Las cosas eran muy diferentes a las de hace 3 semanas en *Luna 1*. ¿Qué había cambiado?

Llegamos a la tienda de Francesco y una vez que estuvimos en su sala, le conté lo que había hecho el chofer. Pero él solo se encogió de hombros y desestimó mis quejas diciéndome que me sentara.

—¿Qué quieres decir con eso? —le espeté— ¡Un hombre acaba de ser asesinado a sangre fría!

—¿Y qué quieres que haga? —me respondió— ¿Llorar por él? No me digas que esperabas que esta guerra continuara sin bajas. Sí, estamos en guerra. ¿O qué, pensaste que la Metropole simplemente se rendiría porque tenemos alguna evidencia de sus cochinadas? La gente muere en las guerras. ¡O aceptas eso o te vas de aquí!

No me pude contener y solté un puñetazo contra la pared.

—La gente muere, Francesco, pero ¿debemos rebajarnos a su nivel? ¿Debemos actuar como la Metropole? Y si es así, ¿cómo somos mejores que ellos?

Pero él se burló de mí.

—Si piensas de esa manera, entonces eres demasiado ingenuo —me dijo—. Vuelve con David y dile que renuncias. Sólo agradece que los hayamos salvado.

—¿Nos salvaron?

El chofer había permanecido en silencio desde nuestra llegada a la tienda de Francesco, pero ahora, dio un paso y se paró frente a mí.

—Podría haberles disparado a ambos policías tan pronto como los detuvieron —me dijo—. Pero esperé a ver si lograban resolver la situación pacíficamente. Cuando me di cuenta de que no sería así, decidí involucrarme.

—Le disparaste a un hombre inconsciente —le espeté.

—Y tú le disparaste a alguien que estaba huyendo —replicó—. Hicimos lo que teníamos que hacer.

Levanté la mano apuntándole con el dedo, pero las palabras que quería decir no salieron.

Me había atrapado.

—Este comportamiento tuyo —me dijo Francesco poniéndose entre nosotros—. Es sólo tú tratando de desviar tu culpa, ¿no? No tenemos lugar para el sentimentalismo aquí. Como te dije, vuelve con David y dile que renuncias si no puedes lidiar con esto. ¿Entendido?

Balbuceé, pero Alex vino a mi rescate. Estaba sentado en uno de los sofás, y levantándose, se acercó a Francesco.

—Supongo que vemos las cosas de diferente manera —dijo—. Pero lo que está hecho, hecho está. Ahora, vayamos cada uno por nuestro camino, ¿de acuerdo?

—¿Ir cada uno por su camino? —exclamó Francesco en tono burlón—. Sí, pero todavía no. Después de lo que sucedió, no puedo dejarlos ir sin garantizar su seguridad. Su ropa está en ese sofá. Vístanse y luego los llevaremos a Incheon. Vinieron en un jet privado, ¿verdad?

—Lo hicimos —dijo Alex.

—Entonces los llevaremos de vuelta al avión.

—¿Cómo? Para llegar a la autopista que rodea las *Badlands* hay que cruzar los puestos de control en el muro aquí en Seúl. Y una vez que llegas a Incheon, tienes que hacer lo mismo de nuevo.

—No necesitamos pasar por los puestos de control —respondió Francesco—. Iremos por debajo de ellos.

Se volvió hacia el chofer y le ordenó que condujera la camioneta fuera de las murallas de la ciudad.

—Consigue algo de mercancía y di que estás haciendo una entrega. Espéranos en el lugar de siempre —le indicó antes de volverse hacia nosotros—. Tomaremos algunos túneles que datan de la Guerra de Corea —nos dijo—. Nos sacarán de Seúl. Subirán a la camioneta y mi chofer los llevará a Incheon. Una vez allí, les mostrará otros túneles para que puedan ingresar a la ciudad. La Metropole cree que los han destruido todos, pero hemos reconstruido algunos de ellos. Ahora, muévanse. ¡Vamos!

DÍA 5

14

Salir de Corea no había sido difícil. De hecho, había sido fácil; demasiado fácil. Seguir a Francesco a través de los túneles había transcurrido sin mayores contratiempos. Dejándonos al cuidado del chofer, se había dado la vuelta para volver a su tienda, no sin antes señalar una pantalla de noticias cercana.

—Miren —nos dijo—. La policía ya está buscando a los culpables de "Los Asesinatos de Gangnam". Parece que así han bautizado a su pequeño incidente. Pero no se preocupen, lo harán entre los barrios populares, no entre los privilegiados. Dos hombres que abordan un jet privado no estarán en su radar.

Sus palabras resultaron ser proféticas.

Llegamos a Hong Kong después de la medianoche. Al aterrizar en Kai Tak, noté que el aeropuerto nunca cerraba. Los trabajadores con monos azules todavía seguían llenando las bodegas de varios aviones de carga con una gran cantidad de productos. Sabía que algunos de ellos no eran legales, pero Alex, tal vez recordando la conversación que tuvimos en el vuelo a Seúl, tuvo que señalármelo.

—Es polvo lunar, Virgil. No todos los aviones que salen de Kai Tak lo transportan, pero todos los que ves ahora mismo lo están haciendo.

—Volvamos al apartamento de David —respondí—. Podemos hablar de esto más tarde.

—Como quieras.

Al salir del aeropuerto, encontramos a Steven esperando junto al Toyota de David. Nos había dejado cuando partimos y, aunque no esperábamos que estuviera allí, no nos sorprendió verlo.

El viaje de regreso a *The Peak* transcurrió sin incidentes. Nadie dijo una palabra y Steven ni siquiera encendió la radio. Hong Kong y sus rascacielos pasaron frente a nosotros sin que nos preocupáramos por ellos. Qué diferente era eso de los paseos que solía tomar en mi Alfa-Romeo mientras escuchaba a Glenn Miller o Charlie Parker en *Luna 1*. La música era una parte importante de mi vida y un viaje silencioso en automóvil era algo extraño para mí.

El Toyota llegó al edificio de David y se detuvo. Steven presionó un botón en el tablero y el piso frente a nosotros se abrió revelando una rampa. Era la entrada al aparcamiento. Steven tomó el volante y, presionando el acelerador, nos introdujo en sus profundidades.

Sabíamos qué hacer a continuación. Dejando el coche, marchamos hacia un ascensor y, momentos después, llegamos al pent-house de David. El profesor todavía estaba despierto, esperándonos en su sala de estar.

—Escuché sobre Seúl —dijo—. Un asunto espantoso si me permiten decirlo. Horrible. Absolutamente horrible.

—¿Quién te lo dijo? —respondí—. ¿Francesco?

—Sí. Fue él. Estamos en constante comunicación.

—¿Y te dijo por qué su chofer asesinó a un oficial de policía a sangre fría?

—Lo hizo —replicó el profesor—. También me dijo que su chofer no fue el único que disparó y mató a un miembro del Departamento de Policía de Seúl. Eres tan culpable como él, ¿no es así, detective? Dime, ¿por qué lo hiciste?

—¡Eso fue diferente! —exclamé. Era obvio que todavía no había superado todo el incidente.

Pero David sacudió la cabeza.

—Sabes que no fue así. Era exactamente la misma situación. Lo que está pasando contigo, detective, es que las implicaciones morales de estas acciones están luchando dentro de ti. Pero lo entiendo. Todavía te sientes culpable por lo que sucedió en la colonia, ¿no? —Puso su mano sobre mi hombro y me miró fijamente—. No hiciste nada malo. Recuerda eso. Había que hacerlo. Si hubieras dejado vivir a alguno de esos oficiales, los habrían identificado y sus caras estarían ahora por toda la sección de Asia Oriental.

Sus palabras me tranquilizaron por un instante, pero sacudiendo la cabeza, decidí rebelarme.

—¿Qué diferencia hace eso? Yo ya soy buscado por ellos, David. Tina y yo ya estamos en su lista.

—Pero Alex podría no estarlo —dijo mientras lo señalaba—. ¿Ibas a arriesgarte a revelar su identidad? Ahora, responde a mi pregunta, ¿por qué lo hiciste?

Me ataranté por un momento tratando de encontrar las palabras correctas. Pero fue inútil.

—Estaba huyendo —dije al fin—. El oficial de policía estaba huyendo.

—Hiciste lo que tenías que hacer —replicó David—. El chofer de Francesco hizo lo que tenía que hacer. Todos nosotros hemos hecho sacrificios por el bien de la libertad.

Me hundí en un sofá, pero no estaba listo para aceptar la derrota.

—¿Y tú? —grité—. ¿Qué sacrificio has hecho tú?

Man nos miró a los tres y me dirigió una mueca de hastío.

—Si sólo lo supieras —susurró mientras se quitaba la camisa, revelando un físico atlético—. Mírame —dijo y señaló hacia la parte inferior de su abdomen—. ¿Lo ves?

Y allí, cerca de la parte derecha de su cadera, yacía un número arraigado en su carne.

Me levanté y, acercándome a él, lo leí en voz alta.

—24601.

Era un número perteneciente al sistema penitenciario de la Metropole. El 2 al inicio indicaba que se trataba de un preso político, enviado a la cárcel por delitos como violar constantemente las reglas de idioma o alentar el comportamiento ilegal.

—¿A dónde te enviaron? —pregunté.

—Al Agujero Negro —respondió.

—¿Tú… tú estuviste en el Agujero Negro? —exclamaron Alex y Steven entre balbuceos.

Tenían motivos para sorprenderse. Sólo los peores criminales eran enviados allí. Nadie sabía exactamente dónde quedaba, pero todos sabían que no había retorno posible. Oficialmente sólo se habían reportado 2 casos de personas que habían logrado salir. Ambos habían sido enviados a campos de reeducación perdidos en los Himalayas.

David cogió su camisa y se cubrió el torso.

—Era el infierno en la tierra. Pasé 5 años en ese lugar olvidado por Dios y no hubo un sólo día en que no pensara en terminar con todo y suicidarme. —Caminó hacia la cocina, cogió una botella de vino, la descorchó y bebió directamente de ella—. Probablemente sepan que mi familia es una de las más ricas de Hong Kong. Entonces, podrían preguntarse, ¿por qué estaba yo en el Agujero Negro? ¿Y cómo volví a la civilización?

Tomó la botella con él mientras caminaba de regreso a los sofás y se hundió en uno de ellos. Alex, Steven y yo también nos sentamos y escuchamos su historia.

—Mi familia era propietaria de uno de los mayores negocios de transporte marítimo en Asia. Nuestra base de operaciones estaba aquí, en Hong Kong. Hemos estado en este negocio durante generaciones, desde que uno de mis antepasados, hijo de un colono escocés y una madre china, empezó todo en los primeros días de la era británica. Pasaron los años y Hong Kong cambió de manos a medida que las dinastías y los gobiernos iban y venían, pero nosotros seguimos siendo los mismos, siempre al timón de nuestro imperio naviero. Ya saben, aquellos con dinero se alinean con los poderes del momento. Así es como sobrevives.

Tomó otro trago de la botella y continuó.

—Luego vino la Metropole. Cuando unificaron el planeta y eliminaron todas las diferencias, todos pensaron que la utopía había llegado. La humanidad finalmente había dejado de lado todo lo que la dividía y viviría como una sola raza. Pero la gente fue estúpida al confiar en el gobierno. Bueno, ese es un tema para otro día. No les voy a dar una clase de historia de lo que sucedió en aquellos primeros días.

Dejó la botella y nos miró fijamente.

—Después llegó el momento en que nací. Siendo hijo único, mi padre esperaba que me hiciera cargo del negocio familiar. Pero este no me interesaba; la historia sí. Culpo a mi madre por eso. —Se rio por un momento, luego continuó—. Ella me crio enseñándome historia como una especie de cuento de los de antes de dormir. Cuando tenía 10 años, me aburrí de los videojuegos y comencé a leer todos los libros de historia que pude encontrar. Los emperadores, generales y héroes de antaño fueron mis primeros amigos. Cuando le dije a mi padre que quería ser historiador, se rio de mí.

—Pero eso no te detuvo, ¿verdad?

Me estaba adelantando a la historia.

—No. No lo hizo —dijo David esbozando una sonrisa socarrona—. Pero pagué las consecuencias.

—¿Te echaron de la familia? —preguntó Alex.

—No —respondió el profesor—. Mi madre se encargó de que no lo hicieran. Pero tal vez deberían haberlo hecho. Quizás eso habría sido mejor. Mi padre pensó que mi amor por la historia era una fase y que eventualmente me encargaría de nuestra empresa. Cuando no me detuve hasta obtener mi doctorado, dijo que era bueno que mostrara un deseo de aprender más, porque eso sería útil en los negocios. Se engañaba a si mismo y no quería ver la verdad.

Se levantó y una vez más caminó hacia la cocina.

—¿Dónde están mis modales? Veo que vamos a estar aquí largo rato. Una revolución sin una bebida es una revolución que no vale la pena tener. ¿A alguno de ustedes le apetece una copa?

El alcohol lo había calmado. Lo que comenzó como una confrontación sobre quién se había sacrificado más por una causa que no entendíamos completamente, se había convertido en un momento de unión entre nosotros.

—Yo quisiera una —dijo Alex.

—Yo también —añadió Steven.

Man me miró fijamente.

—¿Y tú, detective?

Me relamí los labios.

—¿Tienes Shiraz?

—Claro que sí.

15

Man regresó y nos sirvió a cada uno de nosotros una bebida.

—Ahí tienen; disfruten —dijo.

Bebí mi copa e inmediatamente me sentí transportado a América del Sur. El Shiraz que me había servido era de la más alta calidad.

Se sentó y continuó su historia.

—A mi padre no le gustó cuando me convertí en profesor. Dijo que era una profesión peligrosa y tenía razón. Pero yo estaba enamorado de la idea de difundir el conocimiento, de dar a conocer a las generaciones más jóvenes esos amigos que había hecho de niño. Fui estúpido y me metí en problemas durante mi primer año.

Bebió toda su copa y bajó la cabeza. Vi lágrimas caer de sus ojos, y me di cuenta de que nos había ofrecido bebidas para hacer frente a lo que iba a decir a continuación.

—Nunca me dijeron cuál era mi crimen, pero ¿acaso importa? Cualquier cosa puede ser considerada ilegal hoy en día. Una palabra o expresión incorrecta, llorar por algo o no hacerlo; cualquier cosa puede hacerte sospechoso al régimen. Vinieron por mí de noche, como suelen hacerlo. Supongo que es más fácil hacerte desaparecer de esa manera. Mi padre no sabía lo que estaba pasando. Mi madre trató de razonar con ellos, pero no se puede razonar con el brazo sin rostro de un estado todopoderoso. Están acostumbrados a hacer lo que quieren. Después de todo, todo lo que hacen es para nuestra protección, ¿no es así? Así es como duermen por la noche si todavía tienen conciencia.

La historia de David era similar a la mía. Ambos habíamos tenido buenas vidas y habíamos pasado por un infierno debido a algo que hicimos que al gobierno no le gustó. Hasta entonces, había pensado que nadie lo había pasado tan mal como yo, pero las palabras de David me demostraban lo contrario.

—Me llevaron esa noche —prosiguió—. Esa fue la última vez que vi a mis padres. Pasé 5 años en el Agujero Negro haciendo exactamente lo mismo todos los días. Nos despertaban a las 4 o 5 de la mañana, nos desnudaban y nos rociaban con agua helada. Decían que era para mantenernos frescos y limpios, pero sabíamos la verdad. Los guardias eran unos sádicos. Era como si la Metropole hubiese juntado a cada persona enferma que habita este mundo y les hubiera dado autoridad sobre nosotros sólo para ver qué pasaría.

—Eso es horrible —exclamó Alex sacudiendo la cabeza con incredulidad.

—Se pone peor —respondió Man—. Después de eso, nos daban el desayuno en una bandeja en el piso de nuestras celdas. Era basura. Cada comida que recibíamos tenía aserrín o gusanos. Éramos esqueletos humanos vestidos con taparrabos, alimentados lo estrictamente necesario para mantenernos vivos. El resto del día no era mejor. Lo pasábamos moviendo montañas de tierra de un lugar a otro. Eso era todo. La misma tarea, día tras día.

—¿No estaban construyendo nada? —preguntó Steven.

—No. Sólo movíamos tierra. Una tarea simple, agotadora e inútil. Lo hacíamos desde las 6 de la mañana hasta la medianoche mientras tocaban propaganda de la Metropole desde los altavoces por toda la prisión. Nunca se descansaba del adoctrinamiento, ni siquiera durante nuestras pausas de 30 minutos para el almuerzo y la cena. Cuando llegabas a la cama, tus manos y pies estaban llenos de ampollas y probablemente te habías orinado en el taparrabo. Pero no te darías cuenta, porque el olor se mezclaría con el sudor de tu cuerpo mientras trabajábamos en un clima de 35 grados.

Dejó la copa vacía y se secó las lágrimas.

—De todas formas, no importaba pues nos darían otra ducha antes de mandarnos a la cama. Muchos murieron de neumonía. Aquellos que no lo hicimos, intentamos suicidarnos no por las torturas, sino por lo inútiles que nos sentíamos. No éramos más que cáscaras vacías. Pero los guardias eran buenos para evitarlo. No era divertido para ellos si estabas muerto.

—¿No trataste de escapar? —interrumpió Alex.

—¿A dónde? Estábamos en medio de la selva. Además, habían puesto chips en nuestros cuerpos para rastrearnos. Esas infames porquerías explotaban si cruzábamos el perímetro de la prisión. Eso terminó siendo una bendición para algunos.

—¿Cómo? —preguntó Steven.

David se encogió de hombros.

—Simplemente caminaban directamente hacia la puerta, la abrían y huían. Los guardias no hacían nada, excepto verlos explotar. A veces hacían apuestas para ver cuál de nosotros duraría más tiempo. —Se detuvo, levantó la cabeza y derramó una lágrima—. Todavía conservo mi chip. Está justo debajo del número que vieron en mi cuerpo. No se preocupen, ya no está activo. Lo frieron cuando me liberaron. Esa es su política. Pero sólo para estar seguro, lo hice freír de nuevo tan pronto como llegué a Hong Kong.

Se detuvo otra vez y vio la confusión en nuestros rostros.

—Probablemente se estén preguntando cómo logré que me liberaran. Bueno, fingí. Los guardias nos decían todos los días que todo cesaría en el momento en que nos convirtiéramos en verdaderos hijos de la raza humana, leales a la Metropole. Todo lo que teníamos que hacer era mostrar nuestra devoción al gobierno. Algunos se resistieron, otros cedieron, pero no fueron lo suficientemente leales como para complacer a quien estuviera a cargo de ese infierno. Yo fingí; fingí haber aprendido mi lección, pedí lápiz y papel para escribir cartas alabando al sistema. Una vez, cuando me gané la confianza de los guardias, les dije que era profesor universitario y que deseaba escribir un libro sobre la historia de la Metropole. Probablemente ya conocían mi profesión, pero mis palabras complacieron a quienquiera que estuviera a cargo, porque me dieron tiempo libre para investigar.

A diferencia de Alex y Steven, yo había permanecido en silencio, sólo escuchando la historia de David. No sabía qué decir, pero algo me decía que lo peor estaba por venir.

No me equivoqué.

David miró fijamente la botella de vino, pero se negó a beber más alcohol. Al levantarse, caminó hacia el muro de vidrio.

—Un día me despertaron y me dijeron que me preparara para irme. En el avión a casa me comunicaron su decisión: Me había recuperado por completo y ahora era considerado leal. Incluso me dieron un certificado y me informaron que me presentara a trabajar en la universidad el lunes de la semana siguiente. Mantuve la farsa y les agradecí por ello. Cuando llegué a Hong Kong, vi mi casa en perfectas condiciones. Eso me hizo sonreír, pensando que de alguna manera todo lo malo había quedado atrás. Llamé a la puerta porque no tenía llave. Pero la voz que me respondió no fue la de mi padre ni la de mi madre. Fue la de un burócrata. Me dijo que la Metropole había confiscado la casa ya que estaba vacía y amenazó con llamar a la policía si no me iba.

David cerró los ojos, pero las lágrimas aún corrían por sus mejillas.

—Resulta que el día después de mi arresto, mis padres habían tratado de negociar mi liberación con las autoridades. Mi padre pensaba que el dinero lo arreglaba todo, y esta vez, se equivocó. Lo arrestaron con cargos de corrupción inventados, confiscaron todas sus posesiones y lo ejecutaron poco después. Mi madre se quedó sin nada y murió en la pobreza un año más tarde. ¡Ni siquiera sé dónde los enterraron! —dijo mientras sus lágrimas continuaban cayendo—. Y a nadie le interesa. Cuando la gente habla de mí en público, siempre dicen que vengo de una de las familias más ricas de Hong Kong. Eso es todo lo que les importa. ¡A nadie le interesa que yo ya no tenga familia! Que soy sólo yo, que sólo quedo yo. Entonces —exclamó dirigiéndose a mí—, ¡no me digas que no he sacrificado nada por la causa! ¡No eres el único que ha sufrido, detective!

Bajé la cabeza avergonzado.

—Tienes razón, David. Tú también has sufrido. Todos lo hemos hecho. Fue grosero de mi parte cuestionar tu compromiso con la causa. Te pido disculpas. Tienes razón. Hicimos lo que teníamos que hacer.

—Disculpas aceptadas —dijo secándose las lágrimas—. Parece que finalmente lo entiendes. ¿Qué más podría haber hecho el chofer de Francesco? ¿Qué más podrías haber hecho tú? Los agentes de la Metropole nos matarán si nosotros no los matamos primero. Y sí, soy consciente de que también tienen familias, personas que esperan que regresen a casa. Lo sé. Pero toda guerra tiene bajas. No podemos evitarlo.

Iba a decir algo, pero David cambió el tema de conversación y pasó a lo que consideraba asuntos más urgentes.

—Ahora —exclamó—, está el tema del ataque a la Isla de Mu.

—¿No deberíamos esperar a Tina y a los demás para hablar de eso? —pregunté.

—Sí —respondió David—. Eso haremos. En este momento, son las 3 de la madrugada. Quédense aquí y duerman un poco. Nos encontraremos con Tina y los demás por la mañana. Ah, ¿y Virgil?

—¿Sí?

—Dame el disco duro que recuperaste de la residencia de Lee.

Se lo entregué, y con eso, nos deseó buenas noches y regresó a su habitación.

16

La mañana llegó antes de lo esperado. Me encontró durmiendo en la cama de una de las habitaciones de invitados del apartamento de David. La conversación que habíamos tenido sólo unas horas antes parecía historia lejana, pero su efecto en mí no había disminuido. Al contrario, me hacía sentir un renovado interés en luchar por la Resistencia.

Salí de la habitación y me encontré en un corto pasadizo que conducía a la sala. Había un retrato de Qianlong, el quinto emperador de la dinastía Qing, a caballo colgando de la pared izquierda. Lo miré fijamente por un instante y reconocí en ella la mano de Castiglione, el jesuita italiano que había trabajado como artista en la corte de Qianlong. Rascándome la cabeza, me pregunté cómo no lo había visto antes cuando caminé hacia el dormitorio. «Probablemente estaba demasiado cansado» pensé y, dando dos pasos hacia atrás, golpeé una puerta de vidrio. Al darme la vuelta, me di cuenta de que el retrato y la puerta estaban en lados opuestos del pasadizo, uno frente al otro. No entré en la habitación detrás de la puerta de vidrio, pero esta me mostró lo que se encontraba en su interior. Había una mesa, y encima de ella, dos tabletas de madera y un cuenco con dos varitas de incienso ardiendo. «Un altar» dije y, recordando la historia que David nos había contado la noche anterior, me di cuenta de que las tabletas probablemente pertenecían a sus padres. Hice una ligera reverencia en señal de respeto y seguí mi camino.

Cuando entré en la sala, encontré a David ya despierto, vestido con un par de chinos, mocasines, una camisa y un cárdigan largo.

—Buenos días —dijo—. ¿Dormiste bien?

—Si, —respondí mientras miraba a mi alrededor—. De hecho, estaba tan cansado que no me di cuenta del hermoso Castiglione que tienes colgado en el pasadizo.

—Ah —dijo sonriendo—. Veo que has conocido a uno de mis primeros amigos.

—¿Qianlong era tu amigo?

—Ayer les dije que me enamoré de la historia y que muchos de sus personajes principales fueron mis primeros amigos. Así que sí, Qianlong es uno de esos amigos.

—No es una mala elección, aunque no hizo mucho contra la corrupción en los últimos años de su reinado.

—¿Qué puedes esperar? —David se encogió de hombros—. Era un humano imperfecto como tú y yo. Hemos hablado de esto antes, ¿no? Sobre los gobiernos que no son perfectos y la imposibilidad de que los humanos creemos un mundo así. Y déjame decirte una cosa, Qianlong es la imagen ideal de un hombre que dio lo mejor de sí a pesar de tener muchos defectos. No era un líder perfecto, pero era lo suficientemente bueno.

—¿Lo admiras?

—No —replicó sacudiendo la cabeza—. Simplemente me gusta como persona.

—Está bien —dije y me quedé allí, pensando en cómo había chocado con la puerta de vidrio frente al retrato del emperador. Pensé en si debería mencionarle eso a David. Después de todo, se trataba de algo personal.

Pero fue él quien trajo el tema a colación.

—¿Viste la habitación justo enfrente de Qianlong?

—Ah, sí —respondí—. Había un pequeño altar. No quise entrometerme, pero...

—Pero viste lo que había dentro. —Se detuvo y bajó la cabeza por un instante. Luego la levantó y sonrió—. Está bien. No lo hiciste con mala intención. ¿Te gustaría saber quiénes son?

—Creo que ya lo sé. ¿Son tus padres?

—Dices que sabes, pero me pides que confirme sus identidades. Esa es una forma interesante de responder, detective. Y sí, son mis padres. No sé dónde los enterraron, pero al menos mostraré algo de piedad filial y guardaré sus tabletas en mi casa. —Hizo una pausa y tosió, aclarándose la garganta—. Bueno, ¿deberíamos dejar esto y seguir adelante con el plan de hoy?

—Claro —le dije—. Pero antes, ¿dónde están Alex y Steven?

—Los envié por delante en el Toyota. Tú y yo los alcanzaremos más tarde.

—¿Por qué?

—Hay algunos temas que quiero discutir contigo y sólo contigo.

—¿Por qué conmigo?

—Ya verás —dijo sacando un juego de llaves—. Estas son para mi Porsche. ¿Quién debe conducir, tú o yo?

—Ni siquiera sé a dónde vamos.

—A la Bahía de Aberdeen. Ahí es donde se encuentra nuestro barco.

Sentí la tentación de sentarme al volante del Porsche, pero terminé diciendo que no.

—Es tu coche. Además, no conozco la ciudad y acá conducen al otro lado de la pista. Eso es un remanente de los viejos tiempos cuando los británicos estaban aquí, ¿no?

—Como quieras —replicó ignorando mi pregunta.

Tomamos el ascensor hasta el aparcamiento y abordamos el Porsche. El motor cobró vida y pronto, estábamos rodando por las calles de Hong Kong.

David sacó una tarjeta de memoria y la metió en la ranura apropiada de la radio. Un momento después, las notas de *El Lago de los Cisnes* de Tchaikovsky inundaron el vehículo.

—Me encanta la música clásica —dijo—. Pero creo que eso ya lo sabías.

—Sí, pero no es el único tipo de música que escuchas. La primera vez que te vi, tu radio tocaba *Eyes Without a Face* de Billy Idol.

—Oh, eso —respondió mientras esbozaba otra sonrisa—. Bueno, me gusta sobre todo la música clásica, pero a veces, como dijiste, también disfruto escuchando otros ritmos. Es una buena canción, no se puede negar eso. Pero, de todos modos, la música que estamos escuchando en este momento no sólo es hermosa, sino que también nos ayuda en caso de que haya un micrófono oculto en algún lugar del auto. O, al menos, eso es lo que me digo a mí mismo.

No dije nada y él se rio.

—Debes preguntarte por qué te llevé conmigo, cuáles son esos temas que quiero discutir contigo. Bueno, hay algo que no les dije a ninguno de ustedes ayer. Y, para ser honesto, me sorprende que nadie haya preguntado al respecto. Pero tú lo sabías, o al menos tenías algunas sospechas. Alex me lo dijo, así que te lo digo ahora.

—¿De qué estás hablando? —le pregunté mientras el crescendo de *El Lago de los Cisnes* me llevaba al trágico romance entre el príncipe Siegfried y Odette.

Pero las palabras de David interrumpieron esa fantasía.

—Todavía soy rico —dijo—. Todavía tengo mucho dinero. En la madrugada, les dije que la Metropole confiscó todo lo que mi padre poseía hasta el punto de que mi madre murió en la pobreza. Sin embargo, como puedes ver, sigo siendo rico.

—Eso no es algo que me pregunte —respondí sacudiendo la cabeza—. En realidad, la explicación es simple. La

Metropole te devolvió los activos de tu padre. Bueno, algunos. La casa obviamente se quedó con ese burócrata.

Suspiró, giró el volante y nos puso en el camino a Aberdeen.

—A veces olvido que trabajaste para ellos. Así es como sabes acerca de su retorcido sentido de la ley. Bueno, lo que dices es cierto, parcialmente. Me devolvieron algunos de los bienes de mi padre. Pero todo era propaganda. Me había recuperado y me habían otorgado un certificado como ciudadano leal. Mi herencia era mía como recompensa de parte de nuestros gloriosos líderes. Tuve que pagar un impuesto considerable, pero lo que quedó después de eso me convirtió en un hombre rico.

—Pero eso no es lo que querías decirme, ¿verdad?

Cambió de carril y adelantó a un Mercedes.

—No. No lo es. Alex me contó sobre los aviones de carga y el incidente que presenciaste en Kai Tak. Quería que te enteraras de mi propia boca que la mayoría de esos aviones son míos, y sí, el polvo lunar es uno de los productos que enviamos a todo el mundo. Soy un traficante de drogas, detective. Esa es la verdad. Así es como financio la Resistencia y mi lujoso estilo de vida.

—¿Era por eso que el supervisor se preocupaba por lo que te diría?

—Sí. Esa carga valía mucho.

—La explosión; no fue tan grande.

David se mordió el labio como pensando que responder.

—Probablemente no había mucha gasolina o queroseno presente —dijo finalmente—. Si lo hubieran encendido dentro del avión o al lado de su tanque, entonces Kai Tak habría desaparecido. —Cambió de carril una vez más—. Es triste. Sé que lo que hago no es bueno, Virgil, pero necesitamos el dinero.

Recuerdos de Cartwright inundaron mi mente. El polvo lunar no había causado su ruina, sus propios traumas habían hecho eso, pero se había refugiado en la droga para hacer frente a sus demonios. Nunca olvidaría lo que le había sucedido y en lo que el polvo lunar lo había convertido.

—Supongo que el fin justifica los medios —dije recordando a Maquiavelo.

—A veces, pero no siempre —respondió David—. No estoy orgulloso de lo que estoy haciendo. Es algo vil, lo admito. Pero como dije, necesitamos el dinero.

—¿Necesitamos? ¿O necesitas?

—Los dos.

—¿Para tu pent-house?

—Sí. ¿Qué puedo decir? No soy perfecto, detective. Pero hay algo de lo que puedes estar seguro. Siempre seré honesto contigo y con todos los demás. La verdad duele a veces, pero no me gusta guardar secretos.

—Ya has hecho eso bastante.

—¿Cuándo?

—En Macao. No estabas allí, pero estoy seguro de que Tina te informaba de todo. Ella me ocultó muchas cosas durante mi recuperación.

—Tienes razón, pero te aseguro que lo hice sólo porque no te conocía bien.

—¿Eso significa que confías en mí ahora?

—Quiero hacerlo, pero ya sabes; uno no debe confiar en nadie.

—Ya veo —respondí y cerré los ojos.

La voz de David me trajo de vuelta a la conversación.

—Hay una cosa más que quería contarte.

—¿Qué cosa?

—Le dijiste a Alex sobre asegurarnos de que el nuevo gobierno que establezcamos después de la Metropole sea bueno para los *envys*.

No me sorprendió que Alex se lo hubiera dicho. David era el tipo de persona que se esmeraba en saber cosas sobre todos y tenía ese carisma que te hacía contarle tus secretos más profundos.

—Sí, discutimos sobre eso —respondí—. Es normal que hablemos del tema. Después de todo, ambos somos *envys*.

Dio otro giro al volante. Nos estábamos acercando a nuestro destino.

—Dime, detective, ¿qué es un *envy*?

—¿De verdad quieres que lo diga? ¿No lo sabe todo el mundo ya?

—Pretende que soy estúpido.

—Está bien. Es jerga para sangre mixta. Así es como la Metropole clasifica a todos aquellos cuyos padres son de diferentes razas. Oficialmente no hay discriminación contra nosotros, pero la realidad es otra.

—No tienes que preocuparte de que el nuevo gobierno discrimine a nuestra especie —sentenció.

—¿Nuestra especie?

—Yo también soy un *envy*.

—¿Qué?

—¿No escuchaste mi historia? Mi antepasado que estableció el negocio naviero que poseíamos era el hijo de un colono escocés y una mujer china.

—¡Pero eso fue hace siglos! —exclamé—. ¡Eso fue en 1841 cuando los británicos le arrebataron Hong Kong a la dinastía Qing!

—Sí. Pero también ha habido otros matrimonios con personas de diferentes orígenes entre mis antepasados. Es imposible no tener eso. Hong Kong siempre ha sido un crisol de razas. Personas de todo el mundo han venido aquí a lo largo de los siglos.

—Pero las leyes de la Metropole no se remontan tan atrás en los linajes de las personas. Si lo hicieran, entonces nadie sería de raza pura.

—Eso es cierto —respondió—. Pero pueden remontarse si así lo quisiesen. Me dieron ese certificado como ciudadano leal, pero también me catalogaron como *envy* por mi ADN. Soy como tú, detective, un ejemplo viviente de que un *envy* puede ser algo en esta sociedad. Un caso de propaganda para promover su narrativa.

—Pero no saben lo que haces en tu tiempo libre.

—Saben sobre las drogas. Me dejan operar porque los soborno. Así es como funcionan todos los gobiernos. Como solía decir un general peruano: Para mis amigos, todo, para mis enemigos, la ley.

—¿Quién era ese?

—Un general apellidado Benavides. Fue presidente en dos ocasiones. Una vez después de un golpe de estado y luego después de que alguien que dio un golpe de estado fuera asesinado.

—Excelentes antecedentes.

—Sí, probablemente —dijo mientras aceleraba—. Pero así son los políticos. Aquí, allá y en todas partes, nunca cambian.

El Porsche cogió una rampa de salida y descendió a otra autopista. El océano estaba más cerca de nosotros ahora. Un minuto después, estábamos en la Bahía de Aberdeen.

—Vamos —dijo David después de estacionar el auto.

Lo seguí.

17

El yate no estaba fuera de lugar en la Bahía de Aberdeen. Era sólo que yo había visto otra parte de esta cuando había llegado a la ciudad por primera vez dos días atrás. Los juncos, los restaurantes flotantes y las tiendas de fideos tenían su lugar en ese espacio entre la isla de Hong Kong y Ap Lei Chau. Sin embargo, ahora estábamos en una sección diferente, al pie de algunos rascacielos, una vista no inusual en Hong Kong.

Varios yates estaban anclados en diferentes partes de la bahía. Al que David me llevó era una enorme belleza de 100 metros de eslora y 3 pisos de altura con el inusual nombre de *Argo*.

—Me inspiré en la mitología griega —dijo mientras nos parábamos frente a él.

—El barco de Jason —respondí—. Una de mis historias favoritas. Nadie esperaba que los argonautas se hicieran con el vellocino de oro y mucho menos que regresaran.

—Ah, eso puede ser discutible, pero lo cierto es que su misión no fue sencilla.

—¿Es por eso por lo que le diste ese nombre?

—En absoluto. Tan sólo sucede que, al igual que tú, soy un gran fan del mito de Jason.

Abordamos el yate y paseamos por la cubierta principal. Sus pisos de madera no crujían sin importar como uno pisara, prueba de los materiales de alta calidad utilizados en su construcción. Man se apoyó en los rieles para descansar un poco, pero vio a Tina venir a nuestro encuentro.

—Malas noticias, David —dijo ella tan pronto como nos alcanzó—. La condición de los dos miembros del grupo de Jackson con heridas menores ha empeorado.

La expresión de Man cambió. No le gustaba lo que estaba escuchando.

—Entiendo, pero ¿podrán zarpar con nosotros?

—No lo creo —respondió Tina negando con la cabeza—. Ambos tenían heridas de bala leves. Les dispararon los agentes de la Metropole mientras escapaban de Macao. Jackson se encargó de retirar las balas. Estaban bien, pero parece que las heridas se infectaron. Sobrevivirán, pero tienen fiebres altas y no están en condiciones de luchar.

—Ya veo. Los dejaremos aquí bajo el cuidado adecuado. Pueden quedarse en mi apartamento. Llamaré a un amigo médico de la universidad que me debe un par de favores. Quédate aquí con Virgil. Informaré a todos sobre nuestra misión en una hora.

Tina asintió y David se alejó desapareciendo dentro de las entrañas del *Argo*.

Me apoyé contra la barandilla del barco y miré hacia el océano.

—¿Cómo has estado, Tina? —le dije sin mirarla—. Si es que ese es tu verdadero nombre.

—¿Qué quieres decir? — respondió riéndose entre dientes.

—Mi contacto en Corea era un hombre llamado Francesco Kim. Dijo que ese era su nombre bautismal y que lo usaba porque, en nuestra línea de trabajo, no era una buena idea usar el verdadero.

—Esa es una excelente elección.

—Lo es. ¿Haces lo mismo? ¿Es Tina tu verdadero nombre?

—Si no lo fuera, no te lo diría. De esa manera, si alguna vez te capturasen, no podrían identificarme.

—¿Y el resto? ¿También son aliases sus nombres?

—No lo sé —dijo encogiéndose de hombros—. Eso no es importante. ¿Qué hay en un nombre?

—Ah, Tina; ¿Romeo y Julieta?

—Excelente deducción.

—Nunca supe que te gustara la literatura.

—No te diré si mi nombre es el verdadero o no, pero te diré esto —dijo después de exhalar una gran bocanada de aire—. Interpreté a Julieta en la producción de 11vo grado de mi escuela.

—¿Y qué tal te fue?

—Horrible. No me gustaba la idea de suicidarme por un hombre al que había conocido tan sólo un par de días antes, así que le pedí a la maestra que cambiara el final.

—¿Y lo hicieron?

—No. Así que conspiré con el chico que interpretaba a Romeo para darnos un final feliz. Me desperté de la poción antes de que él bebiera el veneno y nos alejamos tomados del brazo.

—Me hubiera encantado ver eso. Y basta con esto de los nombres. Entiendo la necesidad de tanto secreto.

—Gracias.

—De nada. Ahora, como decía, ¿cómo has estado?

—He estado bien —respondió después de reírse nuevamente—. Aunque, no es como si no nos hubiéramos visto por largo tiempo. Tan sólo has estado fuera poco más de 24 horas.

—Han pasado muchas cosas en ese tiempo.

—Eso es lo que he oído —dijo recostándose junto a mi—. ¿Cómo te sientes?

—Confundido. Han pasado muchas cosas en 5 días. Macao y Egbert se sienten como historia antigua. *Luna 1* parece que fue hace toda una vida. Las cosas están sucediendo demasiado rápido y no sé si puedo seguirles el ritmo. Míranos, ¿sabemos siquiera lo que sucederá ahora?

—¿Alguna vez lo hemos sabido? —Me escuchaba sin dejar de sonreír—. Así es la vida, Virgil. Lidiamos con lo que sea que ponga en nuestro camino. Pero al menos ahora tenemos un plan.

—¿Te refieres a tomar el Sistema de Transmisión Global en la Isla de Mu?

—Sí.

—¿Crees que tendremos éxito?

Me dio una palmada en la nuca.

—No lo haremos si tienes esa actitud.

—Es todo tan complicado —repliqué golpeando con mis puños la barandilla del yate—. Piensa en el plan. Digamos que tenemos éxito. ¿Qué pasa si a la gente no le importa? ¿Qué pasa si nos escuchan y eligen quedarse como están? Hemos dicho esto millones de veces; la Metropole limita las libertades, pero da a la gente un nivel de vida decente.

—Diré que se lo da sólo a algunas personas —sentenció mientras cruzaba los brazos—. ¿Recuerdas el impuesto de salida? Eso no es más que una forma legal de limitar el movimiento de la gente. Es el sistema de visas de antaño, pero para todo el planeta. Y no te olvides de la discriminación sin control. Han hecho de los *envys* los chivos expiatorios para todo.

—Sí, lo sé. Julia habló sobre el impuesto de salida cuando discutió con Davide en *Luna 1* —Me mordí el labio al recordar lo sucedido—. En cuanto a que los *envys* son chivos expiatorios, lo experimenté cuando me culparon del asesinato de Helen Lee. Pero incluso con todo eso, ¿qué pasa si la gente elige permanecer como está? ¿Qué pasa si lo que hacemos sólo los convence más de que somos un montón de locos tal y como la Metropole nos retrata?

—Entonces habrán elegido vivir como esclavos.

—¿No podemos obligarlos a que nos crean?

—Puedes llevar un caballo al agua, pero no puedes hacerlo beber, Virgil. Si eligen no creernos, entonces eso es todo. Es la naturaleza humana. Todas las revoluciones necesitan un líder, sin uno, la gente se quejará, pero no hará nada más. —Se dio la vuelta y apoyó la espalda en los rieles—. Y, seamos sinceros, la mayor parte del mundo está bajo el dominio de la Metropole no por las campañas de adoctrinamiento y reeducación, no por la amenaza de la guerra con Marte, sino porque no están sufriendo. Lo dijiste antes, muchos tienen un buen nivel de vida. ¿Por qué cambiarían eso?

Sabía lo que quería decir porque me dolía en el alma. Había estado viviendo así hasta que el asesinato de Helen Lee cambió todo para mí. La Metropole había puesto una venda sobre los ojos de todos. No era que no pudieran ver, sino que no querían hacerlo.

—Dales pan y circo y nunca se rebelarán —dije—. Así es como los antiguos romanos mantuvieron a su población bajo control. Y eso es lo que está haciendo la Metropole. Estamos separados por siglos, pero los gobiernos siguen usando las mismas viejas tácticas.

—Veo que conoces tu Juvenal —replicó Tina chasqueando los dedos—. Y sí, tienes razón, son las mismas viejas tácticas. Una mezcla de entretenimiento barato con un suministro constante de alimentos mantendrá a la gente feliz y sus mentes alejadas de pensamientos de rebelión. Es la combinación perfecta.

—Las personas son ovejas. Eso es lo que diría Julia —respondí mientras me sentaba en el suelo con la espalda contra la barandilla.

Tina hizo lo mismo y me dio más palmaditas, pero esta vez en la espalda.

—Eso no es cierto. Las personas actúan como ovejas, pero sólo porque piensan que el pastor tiene razón. Destruye su confianza en su líder y correrán libres. Por eso nuestro plan es tan importante. Vamos a aplastar la narrativa que permite que la Metropole permanezca en el poder.

—¿Te refieres a la falsa guerra con Marte, sus películas patrióticas y propaganda?

—Sí —sentenció Tina—. Todo eso no son más que formas de mantener a todos bajo control. Te alimentan con eso desde que eres un niño y creces siendo un ciudadano leal.

—Pero lo que David planea no es más que un disparo en la oscuridad.

—Se podría decir eso.

—¿Es esta la Resistencia que tenías en mente cuando abordamos la nave de Egbert en *Luna 1*?

—En realidad no —dijo con otra sonrisa entre dientes; un gesto ya característico en ella—. Pero mientras te recuperabas, David me explicó su visión. Parece simple, pero es todo lo que tenemos. No se puede luchar contra un gobierno sin rostro de otra manera.

—Podrías derrocar a su líder. Después de todo, el asesinato no es más que una forma extrema de censura.

—Veo que conoces a tu Juvenal y a tu Shaw, Virgil. Pero no sabemos quién es el jefe de la Metropole. No puedes matar a un líder invisible. E incluso si lo hacemos, sólo será otro capitán Montrose. Podrían reemplazarlo instantáneamente y nadie notaría la diferencia.

—¿Así que debería confiar en David?

—Yo lo hago.

—¿Como confiaste en Harpo?

Me abofeteó

—Disculpas, me lo merecía —respondí llevándome la mano a la mejilla.

—A veces puedes ser un reverendo imbécil, Virgil.

Me mordí los labios y no dije nada. Steven me salvó de la incómoda situación que había causado. Subiendo a cubierta, nos dijo que David estaba convocando a una reunión en la sala del barco.

—¿Este yate tiene una sala? —exclamé sorprendido.

—Oh, no has visto nada todavía —respondió Tina.

18

Debería haber esperado que el interior del *Argo* fuera lujoso. Tenía sentido. Todo lo que rodeaba a David era así. Parecía disfrutar mostrando su riqueza. Pero entendía que todo eso era una fachada. El hombre que había conocido no era un diletante superficial, sino un académico astuto que sabía exactamente lo que quería.

Era todo lo que Harpo desearía haber sido.

David nos estaba esperando dentro de la sala del *Argo*. Tenía pisos alfombrados y 5 sofás colocados en un semicírculo con una pequeña mesa de café en el medio. En una esquina había una cocina con nevera y una cava para vinos. Una pared blanca sin decoraciones cubría el extremo opuesto a las puertas de vidrio por las que entramos.

El lugar se parecía a su apartamento en *The Peak*.

Estaba sentado en el brazo de un sofá junto a Alex, Jackson y Shannon. Al levantarse, caminó hacia nosotros.

—Tomen asiento —dijo mientras cerraba las puertas de vidrio, pero no corría las cortinas alrededor de ellas.

Sus acciones me parecieron extrañas. No había nadie más a bordo y, si quería privacidad, ¿por qué no cerrar también las cortinas?

Pero el detective que había dentro de mí no tuvo tiempo de pensar en ello pues David se acercó al frente de ese pequeño semicírculo y, levantando la mano, nos mostró el disco duro que Alex y yo habíamos recuperado en Seúl.

—Esto —dijo mientras lo levantaba por encima de nuestras cabezas—, esto es la clave de todo. Aquí yace la información que liberará al mundo de su esclavitud.

Escuchamos como si estuviéramos poseídos por sus palabras. Ya había sido testigo de su poder y elocuencia, y esta vez no decepcionó. Un instante estaba parado en un punto del cuarto, al siguiente estaba caminando, elevando el tono de su voz sólo para bajarlo nuevamente y así tener un mayor impacto en nosotros.

—Como les dije cuando nos conocimos en mi apartamento, el plan es simple —continuó con su soliloquio—. Navegaremos hasta la Isla de Mu, tomaremos el Sistema de Transmisión Global de la Metropole y transmitiremos la verdad. —Hizo contacto visual con cada uno de nosotros y se detuvo cuando llegó a mí—. No te preocupes, detective. El STG llega a *Luna 1*. También le diremos la verdad a tus amigos de allí.

No dije nada, pero no pude evitar pensar en ello. ¿Mis amigos? ¿Qué amigos? Todos los que conocía en la colonia estaban en mi contra o muertos. La única excepción era Cartwright, pero eso era de esperarse. Perdido en su adicción, no había forma de saber dónde yacían sus verdaderas lealtades.

David siguió hablando, pero no me estaba dando las respuestas que necesitaba. Levantando la mano como lo hacen los niños en la escuela primaria, hice la pregunta que nadie había hecho antes.

—¿Alguien aquí ha visto lo que hay dentro de ese disco?

—Sólo yo lo he hecho —respondió David—. Pero sólo brevemente.

—Entonces, ¿cómo estás seguro de que encontraremos algo útil allí?

—No creo estar entendiendo lo que quieres decir, detective —dijo apoyándose en un sofá—. ¿Podrías ser más específico?

Me levanté y caminé por la habitación.

—Ese disco tiene un Exabyte de información. Sé que probablemente no hayas tenido tiempo suficiente para ver todo lo que contiene. Y eso está bien. Alex y yo sólo regresamos de Seúl ayer. —Imitando a David, me detuve e hice contacto visual con cada uno de los presentes antes de continuar—. Supongo que lo que estoy tratando de preguntar es exactamente qué información de ese disco vamos a transmitir. Lee probablemente tenía miles de documentos allí, y estoy seguro de que no todos son útiles. Entonces, ¿quién decide lo que transmitiremos?

—Buena pregunta, detective —respondió David aplaudiendo—. Y sí, sólo he tenido tiempo de ver parte de la información. No soy consciente de todo lo que está escondido en el disco.

Este último comentario causó cierta conmoción en nuestro grupo. Jackson y Steven hablaron entre ellos, pero fue Shannon quien se enfrentó a David.

—¿Y esperas que arriesguemos nuestras vidas por eso? Necesitamos información exacta. Si nos infiltramos en Mu, sólo tendremos unos minutos para transmitir la data. Es por eso que necesitamos saber qué subiremos al sistema. Tú o quien esté a cargo, necesita tener eso listo. Entiendo que sólo obtuviste el disco hace unas horas, pero no podemos atacar antes de saber lo que estaremos transmitiendo.

—Entiendo —replicó David asintiendo—. Es por eso que el plan es encontrar la información mientras navegamos hacia Mu. Eso nos dará tiempo suficiente para revisar el disco duro.

Pero Shannon no estuvo de acuerdo.

—Nos estás pidiendo que arriesguemos todo en esta operación. Como dije, si vamos a hacer esto, necesitamos saber qué vamos a transmitir. Y necesitamos saberlo ahora.

—Está bien —exclamó David rindiéndose—. Hagamos esto. Podemos revisar el disco todos juntos ahora mismo. ¿Qué les parece eso?

—Me parece bien —respondió Shannon y todos estuvieron de acuerdo con ella.

David fue al fondo de la sala y, deslizando parte de la pared blanca hacia la izquierda, reveló una pantalla.

—Steven —dijo mientras señalaba las puertas de vidrio—. Por favor, cierra las cortinas. No quiero que ningún curioso nos cause ningún problema.

Steven obedeció y pronto la sala estuvo cubierta de oscuridad. David tomó el disco duro y lo conectó en algún lugar detrás de la pantalla.

—Esta computadora nos permitirá navegar a través del disco de Lee —dijo—. Nuestra última información nos reveló que la Metropole no estaba al tanto de su existencia, pero después del incidente de anoche, debemos asumir que ese ya no es el caso.

Encendió la máquina y esta cargó en segundos. Navegando por el contenido del disco encontramos una lista alfabética de carpetas con nombres como Sobornos, Secretos de Estado y DSP.

—¿DSP? ¡Ese es el Departamento de Seguridad Pública! —exclamó Alex.

Recuerdos de Julia y Davide volvieron a mi mente, pero me quedé en silencio, aguardando el próximo movimiento de David.

No tuve que esperar mucho.

—¿Seguridad pública? —dijo en respuesta al comentario de Alex—. ¿Deberíamos empezar por ahí?

Nadie dijo nada. Jackson asintió, Steven exhaló y Shannon se quedó en su asiento con los brazos cruzados.

David abrió la carpeta llamada DSP y echamos un vistazo dentro. Varios documentos, dispuestos una vez más en orden alfabético, nos recibieron. Los nombres eran claros.

Lee había hecho un trabajo increíble al documentar todo lo que había pasado por su escritorio.

Hojeamos los títulos y abrimos varios documentos que parecían interesantes. Eran un tesoro, pero no había nada lo suficientemente impactante como para iniciar una revolución.

Lo mismo sucedió con otras carpetas que revisamos. La titulada Sobornos tenía registros, videos y llamadas telefónicas de varios escándalos que habían sacudido a la Metropole. Sin embargo, la mayor parte de esa información era de años anteriores y, en la mayoría de los casos, los culpables ya habían sido capturados, juzgados y sentenciados.

La suerte parecía no estar de nuestro lado y algunos de nosotros comenzaron a impacientarse.

Nadie decía nada, pero se notaba. Alex miraba las cortinas cada pocos minutos, Steven tamborileaba sus dedos contra el sofá, mientras Shannon jugaba con un bolígrafo que tenía en el bolsillo. Pasaba el tiempo y David no encontraba nada relevante para justificar nuestro ataque a Mu. Buscaba torpemente por toda la unidad, seguía abriendo archivos que eran irrelevantes o revisaba carpetas que ya habíamos visto antes.

—Estoy seguro de que encontraremos algo pronto —dijo recordándome la imagen estereotípica del profesor universitario que posee 5 doctorados, pero es incapaz de abrir un simple PDF.

Pasaron los minutos y Steven no pudo soportarlo más. Se levantó con las manos en alto.

—¡Suficiente! —exclamó— ¿Cuánto tiempo más tenemos que esperar hasta que encuentres algo? ¡Obviamente no hay nada de relevancia en ese disco!

—Si esperas un poco más —dijo David tratando de calmarlo—, estoy seguro de que encontraremos algo. Ya ves...

—¡No! —respondió Steven—. Hemos esperado más de una hora y estoy cansado de esto. Teníamos un rol en Macao, pero honestamente, en este momento, no veo a dónde conduce todo esto. Lo siento, pero me voy. Me quedaré en Hong Kong y cuidaré de mis dos compañeros heridos. Me necesitan.

Y con eso, se fue.

—Yo también me voy, David —dijo Shannon—. Lo siento, pero necesito más que ideas y sueños. Quiero algo factible y, hasta ahora, sólo nos has mostrado ilusiones, cosas que podrían ser. Todo suena bien en teoría, pero no has encontrado nada que pueda ver o tocar. No hay certeza de que tu plan derroque a la Metropole, así que lo siento, pero también me voy. Estaré con Steven.

David los vio irse uno tras el otro y no dijo nada.

Tina y Alex se quedaron sin palabras, mientras yo miraba la escena, tratando de darle sentido a todo. Por otro lado, Jackson se sentaba con la cabeza enterrada en sus manos.

Pero Man sonrió, caminó hacia las puertas de vidrio, miró hacia afuera y cerró las cortinas una vez más antes de regresar a su posición junto a la pantalla.

—Muy bien, ahora que ellos ya se han ido, podemos seguir con lo nuestro. Ahora...

—¿Qué? —exclamé saltando de mi asiento— ¿Todo esto era parte de tu plan? ¿Querías que se fueran?

—Si —respondió David—. Si quieres saber por qué, es porque no podemos confiar en nadie después de lo que sucedió en Macao. Es obvio o al menos probable que hubiera un topo allí. No podemos estar seguros de nada; todavía no.

—Pero incluso si eso es cierto —dije sacudiendo la cabeza—, ya les dijiste tu plan. Si alguno de ellos fuera un topo, estará libre para hablar con la Metropole.

—No lo harán. No te preocupes, detective. Los mantengo bajo vigilancia. Si alguno de ellos intenta llamar a un agente de la Metropole o se acerca a cualquiera de sus oficinas, mis hombres en Hong Kong se desharán de ellos.

—Te refieres a que serán asesinados.

—Tenemos que hacer lo que tenemos que hacer.

—Eso es lo que dijo Francesco.

—Y tenía razón. ¿Debemos volver a tener nuestra discusión sobre los sacrificios?

—¡Basta! —gritó Jackson—. No llegaremos a ninguna parte si no confiamos el uno en el otro. Steven y Shannon eran parte de mi equipo. Yo estaba a cargo de ellos. Pero si David dice que esto es lo mejor, entonces estoy dispuesto a confiar en él.

Quería decir algo, pero me quedé callado. No tenía sentido discutir si todos parecían estar en mi contra. Si me iba, la Metropole o los hombres de David me atraparían.

Quedarme en el *Argo* era mi mejor opción.

Me levanté y me acerqué a David.

—Confiaré en ti —le dije—. Ahora, ¿podemos buscar la información que necesitamos?

—Ya la tengo —respondió—. No tiene sentido buscar más.

—¿Qué? ¿Cómo? Recibiste el disco hoy más temprano. ¿Cuándo lo revisaste todo?

—Ah, detective. Olvidas que vivimos en un mundo moderno con tecnologías modernas. ¿Por qué buscaría manualmente la información en el disco duro cuando puedo hacer que una máquina lo haga por mí?

Y entonces me di cuenta. Hemos tenido IA capaz de buscar archivos durante años. En *Luna 1*, usábamos softwares así casi a diario. David era un genio, desviando la atención de todos como lo haría un mago. Nos concentramos tanto en su búsqueda manual que olvidamos por completo que la tecnología podría habernos ayudado.

Había planeado todo de antemano.

—Abre la *Carpeta 26* —dijo, y la máquina obedeció.

—¿*Carpeta 26*? —preguntó Alex.

—Sí —respondió David—. Toda la información que necesitamos está ahí. Le dije a la máquina que la pusiera en un sólo lugar para facilitar el acceso.

—¿Por qué lo llamaste *Carpeta 26*?

—¿Y por qué no? Para ser honesto, fluye fácil cuando lo dices, así que me quedé con eso. Pero lo que importa es lo que tenemos dentro. Déjenme mostrarles.

La mayor parte de lo que tenía allí era información que Tina y yo ya conocíamos de nuestro tiempo en *Luna 1*. Vimos archivos sobre la base en el otro lado de la luna, cómo se construyó y por qué fue abandonada. Luego, David nos mostró un mapa detallado del sistema penitenciario de la Metropole con ubicaciones y una base de datos llena de nombres de los reclusos, sus presuntos delitos y el estado de su proceso de reeducación.

—Pueden ver que me tuvieron en el sudeste asiático — dijo cuando el Agujero Negro apareció en la pantalla—. Eso explica el calor.

La máquina continuó arrojando más y más información, pero David guardó lo mejor para el final.

—Esto es algo que les gustará escuchar —anunció mientras ordenaba a la computadora que reprodujera un archivo de video.

La voz de Montrose llenó la sala y envió un escalofrío por mi columna. Este era el mismo hombre que había encontrado dentro de la sala de transmisión de *Luna Radio* con la garganta cortada en lo que los carteles de la droga llamaban la corbata colombiana, un castigo dado a los soplones.

La pantalla lo mostraba dentro del estudio de Lee, sentado frente a la cámara. Parecía más joven que la versión de él que conocimos en *Luna 1*. El video parecía pertenecer a la época en que se convirtió por primera vez en el capitán Montrose, el veterano de guerra cuyos mensajes políticos alentaban a la gente a apoyar a las tropas en la guerra contra

Marte. Sentado en la silla de su padre adoptivo, habló de las cosas que nos había dicho a Tina y a mí hace algunas semanas.

—Hola —dijo—. Me conocen, o me conocerán como el capitán Montrose. Seré la estrella de un programa de radio; una estrella involuntaria. No sé si alguien alguna vez verá esto, pero si lo hacen, por favor despierten. Es realmente simple, el gobierno les está mintiendo. ¿Cómo lo sé? Porque me han contratado para alimentarles con sus mentiras. Voy a salir al aire todos los días para hacer eso. Estaré por toda la radio. No quiero, pero me están obligando. Perdónenme, pero soy un cobarde. No quiero desaparecer en una prisión subterránea y que nunca más se sepa de mí. —Se detuvo y enterró su cabeza en sus manos mientras las lágrimas caían por sus mejillas—. Necesitan saber esto —dijo haciendo un esfuerzo por continuar—. No hay guerra en Marte. Es una mentira. La Metropole les está mintiendo. Todos los que conocen que han sido enviados allí están muertos o esclavizados en alguno de los varios campos de prisioneros alrededor del mundo. ¿Quieren pruebas? Yo estuve allí. Fui parte de la misión *Coloniser II* y puedo decirles que fracasó. No encontramos ninguna resistencia. No hay marcianos. Lo que pasó allí... lo que pasó —se derrumbó y lloró mientras probablemente recordaba lo que más tarde nos diría a Tina y a mí, cómo había visto morir a sus amigos debido a fallas en el funcionamiento de las naves espaciales que los llevaban al Planeta Rojo.

Terminó la historia y miró a la cámara.

—Por favor, quienquiera que esté viendo esto, ahora saben la verdad. No puedo obligarles a hacerlo público porque soy un cobarde, pero por favor hagan con esto como su conciencia se los exija. Eso es todo lo que les pido.

Trató de decir algo más, pero unas voces sonaron cerca, aproximándose y Montrose rápidamente paró la grabación.

—¿Qué piensan de eso? —dijo David aclarándose la garganta— ¿Es lo suficientemente bueno como para derrocar a la Metropole?

Tina había estado en silencio por buen tiempo, pero escuchar a Montrose pareció traerle recuerdos dolorosos porque se secó una lágrima solitaria que caía por su rostro.

—David —dijo—. ¿Por qué la gente creería las afirmaciones de Montrose? El capitán Montrose es un presentador de radio. Nadie ha visto su rostro. Lo han reemplazado con otro actor. Su programa todavía está en el aire. ¿Cómo puedes validar lo que dijo nuestro Montrose en este video? ¿Cómo puedes probarlo?

Pero David tenía una respuesta para todo.

—Con el resto de la información en este disco. Tenemos los datos de la misión *Coloniser II*, los papeles que hicieron firmar a los sobrevivientes prometiendo no decir nada. Lo tenemos todo, Tina. La Metropole está perdida.

—A menos que la gente no quiera escuchar.

—Esa es una posibilidad —respondió David tomando aire—. Pero ¿no deberíamos correr el riesgo? Es cierto que a la gente le han lavado el cerebro después de tantas generaciones de propaganda. No conocen otra realidad que la que la Metropole ha creado para ellos. Pero un golpe de estado hoy en día no necesita tanques o un ejército. Quienquiera que tenga el poder de la prensa tiene todas las cartas en la mano. Es por eso que tomaremos el STG en Mu. Si la gente no quiere escuchar, bueno, entonces todo se acabó. Pero, como dije, ¿no deberíamos al menos correr el riesgo? Hagámoslo por el bien de la humanidad.

Allí estaba, una vez más, usando su encanto para convencernos. Tina dijo que sí; Alex estuvo de acuerdo, Jackson se encogió de hombros y dijo que estaba con la Resistencia pasara lo que pasara. Me miraron y supe que no tenía otra alternativa.

—¿Cuándo partimos? —pregunté.

—En una hora —respondió David—. Estaremos en Mu mañana.

19

Navegar a bordo del *Argo* casi me hizo olvidar nuestra razón de estar allí. Cualquiera que nos pasase en alta mar pensaría que estábamos de vacaciones o disfrutando de la vida. El lujo que veía dondequiera que mirara me hizo recordar las palabras de David mientras conducíamos hacia Aberdeen en su Porsche: «Soy un traficante de drogas, detective».

De pie en cubierta, me apoyé contra la barandilla y miré el océano mientras repetía esas palabras una y otra vez. Sólo ellas explicaban el boato desmedido que me rodeaba. Pero no era sólo lujo. Las escandalosas cantidades de dinero que David canalizaba a la Resistencia también pagaban por las últimas tecnologías. El *Argo* era un excelente ejemplo de eso. Estaba equipado con motores de primera línea, capaces de, a través de un campo de fuerza, surcar las aguas y cubrir el equivalente a 5000 kilómetros en aproximadamente 23 horas. Eso era suficiente para navegar desde Hong Kong y llegar casi a la mitad del Pacífico.

En otras palabras, era suficiente para llegar a Mu.

Ir a una velocidad tan escandalosa haría imposible caminar en cubierta. Pero el campo de fuerza que rodeaba al *Argo*, nos colocaba en un ambiente similar al interior de un avión. No sentíamos la velocidad, pero el bamboleo del barco sobre las olas y la brisa marina todavía estaban presentes. Si eran reales o fabricados por el sistema de navegación de la nave, no lo sé.

La computadora de a bordo se encargaba de operar toda la tecnología, navegando el barco en piloto automático sin necesidad de intervención humana. Por lo tanto, David nos había dicho que nos relajáramos y nos aseguráramos de descansar.

—Habrá mucho trabajo por hacer una vez lleguemos, así que los necesito en su mejor forma.

Había enfatizado eso en una reunión que convocó un par de horas después de salir de Aberdeen. Esa fue la misma reunión en la que nos llevó bajo cubierta y nos mostró la gran cantidad de cajas que llevaba el *Argo*.

El lugar tenía paredes metálicas y el olor a gasolina llenaba el aire. Los restos de un motor abandonado en una esquina explicaban dicho aroma. Probablemente era parte del motor original del *Argo* antes de que David lo reemplazara por otro que permitiera al barco navegar a velocidades más altas. El *Argo* estaba lleno de lujo en cualquier lugar que uno mirara, pero bajo cubierta, no todo era bonito.

David señaló una de las cajas.

—Quizás se pregunten qué estamos llevando aquí. Bueno, cada una de estas cajas está llena de armas.

Se acercó a una y, agarrando una palanca que yacía en el suelo, la abrió.

—Vean —dijo mientras nos entregaba a cada uno de nosotros una AK-47—. ¿No creen que estas nos serán útiles una vez que lleguemos a Mu?

—Podrían serlo —le respondí—. Pero ¿por qué llevar tantas armas? Sólo somos 5.

—Virgil tiene razón —intervino Tina—. ¿Por qué tantas?

—Son de un envío a otra célula de la Resistencia —explicó David—. La misión a Mu se interpuso en el camino, así que tuvimos que retrasar esta entrega. Pero podemos tomar 5 rifles y algunas balas. Eso no será un problema.

Noté una puerta más allá de donde estaban las cajas.

—¿Qué hay allí? —pregunté señalando en esa dirección.

—Un ambiente que usamos como almacén —respondió David—. Diseñamos el *Argo* para contrabandear mercancía para la Resistencia, así que le dimos un poco de espacio extra.

—¿Podemos ir a verlo? —le consultó Alex.

—Claro —replicó David—. Pero vayamos arriba primero. No estaba planeando mostrarles todo lo que guardamos aquí, así que dejé las llaves en el puente.

Lo seguimos hasta la cubierta principal, pero nunca volvimos a bajar. Pasé las siguientes horas sólo, de pie junto a la barandilla, mirando al mar. Tina había ido a hablar con Alex, y Jackson había regresado a su cuarto. David había dicho que estaría en el puente, así que decidí unírmele. Había sido de gran ayuda para mí, pero todavía no confiaba plenamente en él. Tal vez eran los recuerdos de Harpo y *Luna 1*, tal vez era el detective en mí, mis instintos policiales, o tal vez el recuerdo de él diciéndome «haría lo mismo si fuera tú» cuando le pregunté si me culpaba por no confiar en él.

Fuese lo que fuese, me impulsó a través de la cubierta, subiendo las escaleras y hacia el puente. La puerta estaba abierta y David se dio la vuelta cuando me oyó entrar.

—Detective. ¿Qué puedo hacer por ti?

—Nada, profesor. —Lo llamé por su título ya que insistía en usar el mío—. Estaba en cubierta y me preguntaba si necesitabas ayuda.

Se quitó el cárdigan y lo arrojó sobre una silla cercana.

—Hace calor, ¿no? Pero eso es de esperarse. Hay muchas computadoras en esta sala, cada una cuidando de que vayamos en la dirección correcta. Pero bueno, para responder a tu pregunta, te agradezco la oferta, pero no necesito ninguna ayuda.

Estaba a punto de darme la vuelta e irme cuando me indicó que me detuviera.

—Pero eso no significa que no puedas quedarte —dijo con un guiño en los ojos.

Me paré a su lado y miramos al horizonte.

—Nuestro planeta es 70% agua —exclamó—. Bueno, ya no desde que construimos una isla artificial en medio del Pacífico. Un elefante blanco si me preguntas, un monumento a cómo nosotros, como especie, siempre estamos felices de tirar dinero que podría haber sido utilizado para propósitos más nobles. ¿Sabes cuánto pagamos por Mu?

—No tengo idea.

—Alrededor de un trillón de créditos. Al menos esa es la información que se hizo pública. Todo porque alguien se enojaría si la sede de la Metropole estuviera en otro lugar. Si elegían Nueva York, los europeos, africanos, asiáticos y sudamericanos se quejaban. Si iban por Londres, los norteamericanos, sudamericanos, africanos y asiáticos armaban un escándalo. Lo mismo sucedió con cualquier ciudad que sugirieron. Es gracioso, ¿no? Un mundo que supuestamente no tiene discriminación luchando porque alguien más estaba recibiendo el edificio. Siempre ha sido "nosotros contra ellos", ¿no? Siempre encontramos maneras de dividirnos unos a otros en grupos.

Sus palabras me recordaron a Davide Mori. Tal vez tenían más en común que sólo el nombre.

—Ese dinero —continuó—, gastado en un proyecto de pura vanidad podría haberse utilizado para combatir la pobreza, pero eso es imposible. ¿Sabes por qué, detective?

—Porque no hay pobreza en la Metropole.

—Efectivamente —me dijo riéndose entre dientes—. No la hay. Y si encuentras algunos pobres, entonces esas personas probablemente sean pobres porque eligieron serlo. Suena estúpido, ¿no?

Estuve de acuerdo.

—Pero eso es lo que quieren que creas —agregó después de un suspiro.

Un sonido llamó nuestra atención. Corrí hacia la pantalla del radar y noté un punto no muy lejos de nosotros acercándose por detrás.

—¿Nos están siguiendo? —pregunté.

David desestimó mi comentario.

—Hay mucho tráfico en estas aguas, detective. No hemos visto mucho todavía, pero estoy seguro de que veremos más cuanto más nos acerquemos a Mu.

—¿Por qué?

—Porque el Parlamento de la Tierra se reunirá allí mañana.

—¿Cómo sabes eso? ¿No son secretas sus reuniones? Los ciudadanos comunes sólo se enteran de ellas después de que ocurren.

David sacó una silla y se sentó frente a las computadoras.

—¿Quieres saber cómo sé estas cosas, detective? Tengo conexiones en los niveles más altos y más bajos de la sociedad. Podría decirte ahora mismo cuántos de nuestros amadísimos líderes en el Parlamento de la Tierra son adictos al polvo lunar. Algunos incluso se sientan y debaten completamente drogados.

Se movió, empujando su silla y accionó algunos interruptores.

—Déjame decirte algo. ¿Recuerdas la habitación por la que preguntaron antes, la que está al lado de las cajas con armas? Ese lugar está lleno de polvo lunar. Hago entregas constantes a Mu para el consumo privado de nuestros valientes miembros del Parlamento. Pagan un buen dinero por ello. Pero esa no es la utopía que nos venden. Ofrecen un mundo perfecto, pero ¿cómo puede ser perfecto cuando sus líderes están podridos?

—Todo es propaganda —contesté.

—Sí, detective. Todo lo es. Piensa en nosotros. Fuiste el *envy* perfecto para su propaganda en la colonia y yo soy el *envy* perfecto para su propaganda en la Tierra. No éramos nada, sólo herramientas para el régimen. Pero eso tiene algunos privilegios y los explotaremos. Por ejemplo, soy Man Wencheng, un famoso profesor de la Universidad de Asia Oriental, y también, según ese estúpido certificado, un ciudadano modelo de la Metrópole. Me invitan a estas reuniones todo el tiempo, no sólo como distribuidor de polvo lunar, sino también porque es buena propaganda para ellos tenerme allí. De hecho, esperan que el *Argo* llegue a Mu mañana.

—¿Qué?

Él sonrió como si disfrutara del momento.

—Es la tapadera perfecta. Nos esconderemos a plena vista. No sabrán qué los golpeó. Y para cuando lo hagan, el mundo habrá despertado a la verdad, y tú, yo y todos a bordo estaremos a salvo, navegando lejos de esa miserable isla.

—¿Navegando? ¿Es ese tu plan de escape?

—Sí, ese es —replicó con sarcasmo—. Rápido y sencillo.

—¿Cómo estás tan seguro de que será tan fácil?

El sonido en el radar nos interrumpió de nuevo.

—Parece otro yate —dijo David mientras revisaba la pantalla—. Probablemente sea alguna celebridad.

—¿Celebridad?

—Oh sí. Prepárate para ver algunas en Mu. Al Parlamento de la Tierra le gusta tirar la casa por la ventana en estas reuniones. He oído que Amanda Ferguson estará allí.

—¿La actriz?

—¿Conoces a alguna otra persona famosa con ese nombre? ¡Por supuesto que es la actriz! Habrá una función privada de su nueva película, *The Green Turban*. Aunque yo ya la vi hace unos días.

Su expresión cambió. Parecía decepcionado.

—¿No te gustó? —le pregunté.

—Quería que me gustara —contestó—. Pero el nivel de propaganda de la Metrópole era insoportable. Agarran cualquier cosa y le agregan su narrativa. Eso hará que incluso la mejor historia sea un dolor para ver en el cine. Pero eso es de esperarse. Les gusta mantener a la población entretenida para que no se rebelen. Estoy seguro de que sabes lo que dijo Juvenal: "Dales pan y circo y nunca se rebelarán". Bueno, sus películas y noticias son el pan y los circos modernos. Como te he dicho antes, no necesitas tanques o un ejército para dar un golpe de estado. Tan sólo controla los medios de comunicación.

Se detuvo por un instante y se echó a reír.

—Parece que me he salido del tema otra vez. Mis más sinceras disculpas. De todos modos, volviendo a lo que estaba diciendo, sí, Amanda Ferguson estará allí.

—¿Todo esto sólo para una reunión del Parlamento? — Exhalé como no creyéndolo—. Ah, y no te preocupes, también es mi culpa. Soy en parte culpable de que te salgas del tema. Pero preguntaba sobre el plan de escape. Mis disculpas, pero escapar navegando como dijiste suena demasiado fácil.

—No sabes mucho sobre lo que sucede en Mu, ¿verdad? —dijo mirándome como si yo hubiera dicho algo estúpido—. Piensa, detective —agregó mientras se tocaba la sien con el dedo—. Tienes a los hombres y mujeres más poderosos de este mundo solos en una isla artificial durante un par de días. No habrá cobertura de nada, y todo lo que decidan sólo se sabrá después de que termine la reunión. ¿No lo ves? Es un pase libre para todos. Un vale todo. Un carnaval, una bacanal; llámalo como quieras. ¿Y lo mejor de todo? Horrible seguridad una vez que atraviesas las puertas. Así que sí, nos iremos navegando antes de que sepan lo que pasó.

La idea se hizo clara en mi mente. Las palabras de David eran un consuelo para mí. Pero tenía una pregunta final.

—¿Cómo atravesaremos esas puertas?

Una vez más, el profesor esbozó esa típica sonrisa suya.

—Recuerda, detective, estoy suministrando polvo lunar para la reunión. La seguridad no será estricta para nosotros. Como te dije, en este caso el viejo adagio de esconderse a plena vista es nuestra mejor estrategia.

Me despedí de él y salí del puente con la intención de volver a mi habitación. Pero Tina y Alex me encontraron cuando llegué a cubierta.

—Virgil —dijo Tina—. ¿Vienes del puente?

—Sí —respondí—. Estaba hablando con David. Y ustedes, ¿qué los trae por aquí?

—Tú —replicó Alex—. Te estábamos buscando.

—¿A mí? ¿Para qué?

—Para terminar algo empezamos en Macao —anunció Tina mientras sacaba una botella y 3 copas de una mochila—. ¿Recuerdas las bebidas que compartimos en los muelles? ¿Vamos a la sala a continuar con eso? Estoy segura de que lo disfrutarás, Virgil. Mira la botella; es Shiraz.

Sonreí mientras cogía la botella que me ofrecía.

—Claro, ¿por qué no?

Entramos en la sala y nos sentamos en los sofás. Alex fue a la cocina y abrió unos cajones en busca de un sacacorchos. Al encontrarlo, lo trajo consigo y abrió la botella.

—Aquí están sus bebidas —dijo, mientras servía el Shiraz en las 3 copas que ahora estaban encima de la mesa de café.

El vino era tan bueno como el que solía conseguir en *Luna 1*, una gran importación de los valles de América del Sur. Bebiendo un poco, dejé la copa y miré a Tina a los ojos.

—¿Puedes decirme de qué se trata todo esto? ¿Es esta una reunión amistosa o hay algo más que discutir?

Se mordió los labios antes de responder.

—Es un poco de todo, Virgil. Pero hay una cosa que queremos discutir contigo.

—¿Y qué es eso?

—David ha explicado el plan muchas veces, pero una parte sigue sin estar clara.

—¿Qué parte?

—La más importante. ¿Cómo escapamos?

—No puedes preguntarme eso, Tina —repliqué con sarcasmo—. ¿No fuiste tú la que vitoreaba a David hoy más temprano cuando habló de correr un riesgo por el bien de la humanidad?

Agarró su copa y tomó un sorbo.

—Lo hice, y también Alex y Jackson. Tienes que estar de acuerdo en que David puede ser bastante persuasivo. Es profesor universitario. ¿Qué son las universidades sino los más grandes centros de adoctrinamiento? Siempre han sido eso.

Me relajé en mi asiento.

—No puedo confirmar lo que dices. Para mí fue el orfanato, el Ejército de la Tierra, y luego trabajar como detective en *Luna 1*. Nunca fui a la universidad. Lo más que tomé fueron algunos cursos en la red como adulto. Aparte de eso, mi única educación formal fue lo que las hermanas del orfanato me enseñaron. Bueno, lo intentaron, pero yo no era un buen estudiante.

—Estoy hablando en serio —exclamó Tina y su semblante evidenciaba que no mentía—. Pensamos en hablar con David, pero como dijiste que ya lo habías hecho, decidimos hablar contigo primero. Fue un rápido cambio de planes.

—¿El Shiraz era para David?

—Sí.

—¿Y lo tomaste de aquí; de la sala?

—¿Conoces algún otro lugar en este barco que tenga alcohol?

—¿Ibas a sobornarlo con una botella de su propio vino?

—No era un soborno. Le gusta beber y pensamos que sería una buena forma de iniciar la conversación.

Cogí mi copa y tomé otro sorbo.

—Ese es un buen punto. Pero ten la seguridad de que no dejaré que esta botella se desperdicie.

—¿Y por qué es eso?

—Porque tengo la respuesta a tu pregunta —respondí mientras les contaba sobre el plan de escape, el polvo lunar y todo lo demás que David me había dicho.

No parecían sorprendidos.

—Sabían todo eso, ¿no?

—No sobre el plan de escape —dijo Tina—. Pero todo lo demás, bueno, teníamos nuestras sospechas sobre Mu, y no me sorprende lo del polvo lunar.

Alex cogió su bebida con una sonrisa en su rostro.

—Ya hemos discutido este tema en nuestro camino a Seúl, Virgil. Conoces mi posición al respecto. Si eso es lo que se necesita para que esto sea un éxito, que así sea. Incluso podríamos transmitir la reunión. Estoy seguro de que al mundo le encantaría ver a sus líderes drogados hasta más no poder.

Nos reímos y brindamos por nuestro éxito.

Una hora más tarde, dos botellas de Shiraz yacían en el suelo vacías, y yo me despertaba de lo que supongo que era el resultado de una siesta inducida por el alcohol. Tina y Alex todavía dormían en sus asientos y el crepúsculo estaba dando paso a la noche.

Llegaríamos a Mu en unas pocas horas.

Me levanté y sentí un ligero dolor de cabeza. Era un recordatorio de que ya había dejado atrás mis 20s. Tambaleándome hacia la puerta de vidrio, miré hacia afuera, mientras el sol se ponía en el oeste, sabiendo bien que la próxima vez que saliera, estaríamos en la escena de nuestra batalla final contra el régimen sin rostro que nos había quitado todo.

Vi mi copa media vacía en la mesa de café. Cogiéndola, regresé a la puerta de vidrio y miré la puesta de sol.

—Por Julia, Gavin e incluso Davide; derrocaré a este gobierno por ellos —juré mientras levantaba la copa y bebía su contenido de un trago.

DÍA 6

20

Me desperté alrededor de las 6 de la mañana. Todavía me dolía la cabeza, pero sabía que no podía dejar que eso se interpusiera en mi camino. Había sido estúpido beber tanto la noche anterior, pero lo que se había hecho, se había hecho.

Al salir de mi habitación, caminé hacia la barandilla, esperando que la brisa marina me devolviera la claridad mental que tanto necesitaba. Pero el movimiento del barco sobre la superficie de las aguas, sumado a la horrible resaca que sentía, me hizo agarrarme a los rieles y vomitar. No era mi mejor momento, y se volvió aún peor cuando escuché la voz de Tina riéndose detrás de mí.

—¿Qué estás haciendo despierto tan temprano, Virgil?

Mi rostro debió de verse espantoso, pues sus ojos abiertos de par en par al contemplarme así me lo aseguraban.

—No podía dormir, Tina. Es esta estúpida resaca.

—No es eso —dijo ella acercándoseme—. Has bebido más en *Luna 1*. Tienes resaca, pero también estás nervioso.

No podía discutir su argumento. Sabía que mi resaca era en parte culpable de mi actual condición, pero Tina también tenía razón. No se podía negar. La idea de infiltrarnos en Mu me aterrorizaba. Una parte de mí tenía la sensación de que me arrestarían ni bien llegara a las puertas y que luego me enviarían al Agujero Negro. Mi otra parte no llegaba a un mejor final. En esas visiones, el resultado era el mismo, pero en lugar de ser arrestado era ejecutado en el acto.

«Cálmate, eres un detective de policía. Has visto cosas peores antes. No hay nada que temer» repetía en mi mente, pero esas palabras no me daban ningún consuelo.

Instintivamente acaricié mi cadera, tratando de ubicar el lugar donde usualmente llevaría mi 9 milímetros. No había nada allí. Me preocupé por un segundo, antes de recordar que había perdido mi arma hacía mucho tiempo. La última vez que la había visto había sido cuando Tina y yo irrumpimos en *Luna Radio* y nos dimos cuenta de que Harpo era nuestro enemigo. Allí, él me había arrojado un cuchillo, cortando mi vena cefálica ocasionándome un desmayo. Cuando desperté en la nave de Egbert, mi arma no estaba conmigo.

Ahora tenía otra. Estaba en mi habitación, pero no era mía.

Poniendo mis pensamientos en orden, saqué un pañuelo del bolsillo de mi camisa y me limpié los labios.

—Discúlpame, Tina. Sí, estoy nervioso. Supongo que todos lo estamos.

—Mentiría si te dijera que no —dijo ella dándome la razón—. Una parte de mí piensa que es por eso que nos emborrachamos anoche. Tal vez estábamos huyendo de la realidad. Pero Virgil, tú y yo sabemos que esta batalla no se peleará sola. Tenemos que estar allí para lograr que todo con lo que hemos soñado suceda.

Me recosté contra la barandilla, tratando de no caer mientras las olas sacudían el barco.

—Sucederá, Tina. Sé que lo hará.

Sus palabras me habían dado valor, y el sol, saliendo por el este, me hizo recordar mi juramento.

—No te fallaré, Julia —susurré entre dientes. Luego, de pie, le pregunté a Tina si David convocaría a otra reunión antes de llegar a Mu.

—Lo hará —respondió ella—. Pero yo no lo llamaría una reunión. Es más como una excusa para dar instrucciones finales y repartirnos nuestra ropa.

—¿Ropa?

—No podemos infiltrarnos en Mu vestidos como estamos.

Me eché un vistazo rápido y me di cuenta de que no había pensado en asuntos relacionados con mi atuendo por buen tiempo. Atrás quedaron los días en que solía usar un traje de tres piezas mientras paseaba por la colonia. Ahora, todo lo que tenía era una camisa que había visto mejores días y un par de pantalones que David me había regalado después de la misión en Seúl.

—Tienes razón — dije acercándome a ella—. Es importante que hablemos del vestuario. ¿Vamos?

—Claro.

21

La reunión de David fue sencilla y directa. Sabíamos que lo que nos esperaba en Mu era un evento de clase alta, por lo que no nos sorprendió ver al profesor Man luciendo un esmoquin cuando hizo su ingreso a la sala del barco.

La parte inusual era la máscara.

Era una colombina, una media máscara usada en los carnavales venecianos de antaño.

David se apresuró a explicar la razón de tan interesante artilugio.

—Mu es un vale todo, por lo que algunas personas prefieren cubrir sus rostros. Nadie de afuera los verá, pero supongo que algo de conciencia les queda.

Se hizo a un lado y se sentó en el brazo de un sofá.

—Pero vayamos directamente al asunto en cuestión —dijo—. Es simple. Este yate está lleno de polvo lunar perteneciente a nuestros representantes en Mu. Pagaron muchos créditos por ello y esperan que esté en sus habitaciones para cuando lleguen al evento. Ahí es donde entramos nosotros. Entregaremos la droga. Con eso, seguridad nos dejará pasar.

—¿Y entonces qué? —preguntó Alex.

—Entonces, iremos al Sistema de Transmisión Global, lo tomaremos y configuraremos las computadoras para que transmitan 10 minutos después de nuestra huida.

—Interesante. Y, ¿qué ropa usaremos?

—Esmóquines y máscaras como yo. Ah, y etiquetas con nombres.

—¿Etiquetas con nombres?

—¿Hay algún problema? —replicó David mientras se encogía de hombros—. No es como si fuéramos a usar nuestros nombres verdaderos.

Nadie dijo nada. Entendíamos la necesidad del secreto en operaciones como esta. Incluso antes de la traición de Harpo, la Resistencia había operado con nombres clave.

La única que nunca tuvo uno fue Julia. Y eso fue porque ella era una agente doble técnicamente todavía trabajando para la Metropole. En cuanto al resto, no sabía si los nombres que me habían dado eran los verdaderos o no.

Era por eso que David insistía en ser llamado David en lugar de Wencheng.

Mencionar el polvo lunar no sorprendió a Tina o a Alex, pero eso era porque sabían sobre las drogas. Esperaba otra reacción de Jackson, quien había pasado la mayor parte del viaje encerrado en su habitación, pero este ni siquiera se inmutó cuando escuchó a David mencionar el asunto. Sólo se inclinó hacia adelante en su asiento y juntó los dedos.

De alguna manera esa imagen se me quedó grabada.

—¿Alguna otra pregunta? —exclamó David—. ¿No? Está claro entonces. Nos infiltraremos en Mu, tomaremos el STG, programaremos la transmisión, volveremos a la nave y escaparemos.

—¿Cómo vamos a hacer eso?

—¿Hacer qué, detective?

—Tomar el STG.

—Ah —dijo y sacó 5 tarjetas de memoria—. Cada uno llevará una de estas. Son copias idénticas y contienen toda la información para nuestra transmisión. El STG no es difícil de operar. Una vez que estemos allí, insertaremos cualquiera de las tarjetas y cargaremos la información.

—Parece que has estado allí antes —intervino Tina.

—He estado en Mu, pero no en el STG. Todo lo que les digo lo sé por mi contacto allí.

—¿Alguna vez lo conoceremos? —pregunté.

—No estaba en los planes —respondió David—. Pero si surge la necesidad, lo harán. Como sabes, detective, todo en la Resistencia se hace de acuerdo a la necesidad. —Hizo una pausa y tragó saliva, como si quisiera decir algo más. Su expresión me lo decía, pero sacudió la cabeza como si descartara esa idea—. Su ropa está en sus habitaciones —sentenció—. Vayan a cambiarse y prepárense. Estaremos en Mu en dos horas.

Y con eso, terminó la reunión.

Llegué a mi habitación y, sobre mi cama, encontré un esmoquin con una colombina al lado. Eran similares a los que había usado David. La única diferencia era la etiqueta y el nombre en esta.

Decía Louis.

La razón era obvia. Yo era un hombre buscado y, aunque nuestro plan requería esconderse a plena vista, eso no significaba dejarle todo servido a la Metropole.

Poniéndome el esmoquin, me miré en el espejo detrás de la puerta de mi habitación y vi que mi corbatín estaba torcido. Arreglándolo, miré fijamente a mi reflejo.

—Parezco un espía de esas viejas películas de Hollywood —dije y me reí—. Un espía con una etiqueta con nombre.

La mención de esa placa de metal brillante en mi pecho me hizo preguntarme qué diría la de Tina, olvidando por un momento que Tina podría no ser su verdadero nombre.

—Tal vez cambien su alias —dije y me reí de nuevo.

Un golpe en la puerta me devolvió a la realidad. Al abrirla, vi a Tina parada frente a mí. Llevaba un vestido de fiesta negro con el pelo cayendo sobre sus hombros.

—Guau —exclamé—. Pensé que mi esmoquin era algo elegante, pero ese vestido... ese vestido es increíble.

¿Estaba tratando de coquetear? No lo sé, pero era malo haciéndolo.

Se apoyó contra el marco de la puerta.

—Gracias... Louis —dijo leyendo la etiqueta en mi pecho.

—Sí, no estoy particularmente orgulloso de eso —contesté mordiéndome el labio—. De todos modos, ¿por qué un vestido de fiesta? Pensé que éramos traficantes de polvo lunar.

—Lo somos —respondió ella—. Pero parece que hay un código de vestimenta dentro de la isla.

—Un código de vestimenta bastante elegante.

—¡Oh, cállate, Virgil!

Sonreí y cambié de tema.

—Entonces, ¿qué te trae por aquí?

—Nada —replicó ella como restándole importancia al asunto—. Sólo quería verte antes de nuestro gran día.

Me hice a un lado y la dejé entrar.

—Tu habitación es similar a la mía —dijo mirando a su alrededor—, una cama en el medio, un armario a un lado, un espejo detrás de la puerta, una pantalla para controlar la IA de la habitación y un baño pequeño pero privado. No está mal, no está nada mal.

—Sin embargo, hice algunos ajustes durante mi corta estadía.

—¿En serio? ¿Como cuáles?

—Como esa botella de Shiraz sobre la mesa de noche. La obtuve del mismo lugar donde obtuviste la tuya; la cocina en la sala. ¿Te apetece una bebida?

—¿Deberíamos? ¿Después de lo que pasó la última vez? —Su semblante cambió inmediatamente. Se sentó en la cama y suspiró—. Me preguntaste por qué estaba aquí, y he estado evadiendo la pregunta. La verdad es que quería hablar contigo. Escucha, ha sido difícil para todos nosotros, pero especialmente para ti. No pediste esto, te empujé a ello. En aquel entonces...

—¿Qué estás diciendo, Tina? Me uní a la Resistencia por mi propia voluntad.

—¿Lo hiciste? Te hirieron y despertaste en la nave espacial de Egbert en camino a la Tierra. Esa no fue tu elección. Tomamos esa decisión por ti.

La miré a los ojos. Luego noté la botella de Shiraz todavía descansando sobre la mesa de noche.

—Será mejor que dejemos esa bebida para otra ocasión —dije y me senté a su lado—. Escucha, Tina, ¿dónde estaría yo si tú y Egbert no hubieran decidido por mí? Estaría muerto o en algún campo de prisioneros de la Metropole. Tomaste la decisión correcta llevándome contigo. No me quedaba nada en la colonia.

—Te obligamos a unirte a la Resistencia.

—No lo hicieron. Me contaste tu idea y acepté. Incluso les dije que fueran a Macao. Lo que sucedió después fue casualidad. Ser emboscados y aterrizar cerca de allí no era algo que planeáramos.

—¿Y Egbert?

—Era mi amigo. Sé que queríamos rescatarlo, pero llegamos demasiado tarde. Tal vez si no hubiera estado herido, tal vez entonces podríamos haber tratado de llegar a él antes de su ejecución. —Hice una pausa y sentí una lágrima correr por mi mejilla. Limpiándola, continué—. Lo que estoy tratando de decir es que no te culpo por nada, Tina. Hiciste lo que pensaste era mejor y eso es todo.

—Lo siento, Virgil —me dijo sosteniendo mis manos en las suyas—. Sé que discutimos sobre esto antes, pero quería cerciorarme de que todo estaba bien entre nosotros antes de llegar a Mu.

—¿Tienes miedo de algo?

—¿Y tú no? Somos cinco tipos contra la Metropole. David tiene un plan de escape, pero sabemos que esto va a ser casi suicida. Está arriesgando todo en este ataque y ni siquiera sabemos si funcionará.

Me levanté y le mostré mi esmoquin.

—Bueno, al menos estamos vestidos para la ocasión.

—Lo estamos —se rio—. Pero esto no va a ser una fiesta.

—Eso es cierto, pero podemos tener una solos tú y yo antes de llegar a Mu. Como ya sabes, tengo algo de Shiraz.

—No puedes tener una fiesta sin música.

—Puedo arreglar eso —repliqué y ordené a la IA de la habitación que me mostrara su carpeta de música.

Tina no podía creer lo que estaba escuchando.

—¿Una carpeta de música? ¿No es eso un poco arcaico? ¿Acaso no obtienes tus canciones de la red?

—Puedes agradecerle a David por eso —respondí—. No hay conexión a la red dentro del *Argo*. E incluso si la hubiera, eso sólo nos permitiría acceder a canciones en la lista blanca de la Metropole.

—Para ser justos, eso no es tan malo.

—Es cierto —respondí—. Permiten muchas buenas canciones, en su mayoría antiguas, pero buenas. Aunque es una pena que hayan prohibido la mayoría de la música creada después del establecimiento de la Metropole. Por otra parte, también han prohibido muchas otras cosas, ¿no?

—Si —asintió ella—. Prohíben todo lo que perciben como una amenaza. Pero lo sientes más aquí en la Tierra que en la colonia.

—Eso es porque la creación de la colonia fue el proyecto de vanidad personal de la Metropole. Utilizaron tecnología de primera línea para ello. Sabes que sólo permiten eso en áreas seleccionadas, mientras que la mayoría de la Tierra está permanentemente atrapada en una especie de principios del siglo 21. Todo hecho en nombre del orden y el control. Pero, de todos modos, volviendo a nuestro asunto, que no haya red significa que tengo que conformarme con lo que la IA tiene almacenado en su disco duro.

—¿Has encontrado algo bueno?

—Pues —hice una pausa y me reí entre dientes—; a David le gusta sobre todo la música clásica, lo cual está bien, pero no es lo que elegiría para una fiesta. Me hubiera encantado escuchar *La Vie en Rose* o *Et Pourtant* de Aznavour, pero lamentablemente no están en la base de datos. Pero no te preocupes, podemos conformarnos con algo similar.

—¿En serio? ¿Como qué?

Fui a la pantalla, presioné un botón y pronto las primeras notas de *Moonlight Serenade* de Glenn Miller empezaron a llenar la habitación.

—¿Bailamos? —dije mientras le ofrecía mi mano.

Ella se sonrojó.

—¿Hablas en serio, Virgil?

—Por supuesto que hablo en serio.

Me dio su mano, se acercó a mí, y pronto estábamos bailando por toda la pequeña habitación, fingiendo que vivíamos en otro mundo, un mundo donde la muerte no nos esperaba en una isla artificial en medio del Pacífico.

—Eres buena —le susurré al oído.

—Mamá no sólo cantaba. También era una bailarina excepcional.

—Aprendiste de los mejores.

—Supongo que lo hice.

La hice girar y la tomé de nuevo en mis brazos mientras nos concentrábamos en seguir el ritmo de la canción.

—Tú tampoco eres malo —señaló—. Tienes algunos buenos movimientos.

—Soy terrible —respondí riéndome—. Cualquier habilidad que veas viene de Julia obligándome a bailar con ella.

—Escuché la historia. Alex me la contó. ¿Era *A Whiter Shade of Pale*?

Una lágrima cayó por mi mejilla.

—Sí, esa era nuestra canción.

—La amabas, ¿no? A Julia, me refiero.

Su pregunta era directa, pero no me importó responder.

—Sí. Sí, la amaba.

—Pero nunca se lo dijiste.

—Tuve la oportunidad. Tuve millones de oportunidades y nunca le dije esas 2 palabras. Pero, aunque me arrepiento de no haberlas dicho, sé que ella lo sabía. En esos últimos momentos que pasamos juntos, la miré a los ojos y lo supe. No me preguntes cómo, simplemente lo supe.

Ella entendió y no dijo nada hasta que las últimas notas de *Moonlight Serenade* se desvanecieron. Luego, soltándome, se dio la vuelta y caminó hacia la puerta.

—Gracias, Virgil —dijo—. Por todo. Realmente significa mucho para mí saber que entiendes.

Y con eso, se fue antes de que yo pudiera articular una respuesta.

22

Los rayos del sol calentaban el Pacífico mientras yo subía a cubierta y presenciaba la llegada del *Argo* a Mu, su distante horizonte art deco lleno de enormes edificios, algunos de los cuales calificaban como rascacielos. Decir que Mu era enorme era un eufemismo. Construida mediante la creación de una plataforma artificial de hormigón, metal, tierra y rocas, esta estructura hecha por el hombre no estaba atada al fondo del océano. En cambio, flotaba sobre él. Pero no iba a ninguna parte, ya que carecía de capacidad para moverse. Un sistema de giroscopios la mantenía en sincronía con la rotación de la Tierra, sin dejar que se alejase a la deriva, creando así la ilusión de que uno estaba en tierra firme.

Navegamos por una bahía artificial y encontramos un lugar reservado para nosotros. Alrededor de la zona del puerto nos esperaban varios yates de lujo, anclados en los muelles de Mu. Algunos aviones nos sobrevolaron, señal de que ciertas personas preferían llegar por aire en lugar de tomar el viaje de un día sobre las aguas.

—Van al aeropuerto —dijo David de pie a mi lado.

—¿Tienen un aeropuerto?

—Sí, detective; lo tienen. El mecanismo que usa te puede resultar familiar. Mira hacia allá —indicó mientras señalaba el cielo sobre Mu.

—No veo nada.

—Mira de nuevo.

Fijé mi vista en el lugar que me indicaba y entonces lo vi. Un tenue destello, un reflejo cuando los rayos del sol golpeaban la superficie de una gigantesca cúpula, similar a la que creaba una atmósfera falsa en *Luna 1*.

—Hay una puerta allá arriba. La abren para dejar entrar aviones y helicópteros —señaló David—. Además, la cúpula protege contra cualquier ataque desde fuera de la isla.

—¿Es por eso que tu plan implica infiltrarnos dentro de Mu en lugar de atacar desde afuera?

—Podrías decir eso —contestó riéndose.

—¿Esa cúpula mantiene el lugar en un estado constante de crepúsculo como en *Luna 1*? Bueno, probablemente no durante el día, pero por las noches, ¿hace eso?

—No. Está equipada con proyectores holográficos que simulan la atmósfera de la Tierra. De esa manera, puede ser de día dentro de ella durante el tiempo que quieran.

—Los estaban instalando en la colonia cuando me fui. Las autoridades dijeron que una simulación de la atmósfera terrestre aumentaría el nivel de vida y la eficiencia en el trabajo. Para mí, es ciencia falsa. Esos proyectores estaban allí con fines cosméticos. Pero, aunque pude entender la necesidad de ellos en *Luna 1*, ¿para qué los tienen aquí?

—Como acabas de decir, es con fines cosméticos. Si bien la mayoría de las cosas que a estos enfermos les gusta hacer se dan mejor al amparo de la oscuridad, a veces les gusta que el sol brille en algunas reuniones oficiales que ocurren a una hora insana. Si me preguntas, tecnologías como esta se desperdician en lugares como este. No la necesitan, es sólo uno de sus muchos caprichos.

Estuve de acuerdo con él. Parecía que Mu era una oda al despilfarro, un lugar construido para satisfacer los deseos de la minoría gobernante, mientras que el resto de la población sufría incluso para viajar fuera de su sección de nacimiento.

—¿Qué otros lujos tienen?

—Además del aeropuerto, hay un hotel 5 estrellas, un cine, varias terrazas, jardines y áreas verdes, y, por supuesto, el Salón de los Ciudadanos, la sede del Parlamento de la Tierra —dijo David mientras señalaba a una alta estructura piramidal cuya parte superior era visible desde el área del puerto y más allá.

—¿Qué tan alto es?

—¿El Salón de los Ciudadanos? Cincuenta pisos de altura. ¿Es eso lo suficientemente alto para ti?

—Un elefante blanco como dijiste —contesté desestimando su comentario—. ¿Y el STG? ¿Dónde está?

—Dentro del elefante blanco —respondió con una sonrisa en su rostro.

—¿En qué piso?

—Cerca de la cima. La razón de la forma piramidal es ocultar la enorme antena utilizada para transmitir. A los arquitectos no les gustó que sobresaliera, por lo que construyeron el edificio a su alrededor. Impresionante, ¿no?

No respondí. Mi mente no estaba pensando en lo maravilloso que era todo. En cambio, me estaba enfocando en cómo íbamos a entrar, transmitir nuestro mensaje y salir. Las palabras de Tina acerca de que nuestra misión era suicida resonaban dentro de mi cabeza sin dejarme concentrarme en nada más.

—Impresionante, ¿no?

—¿Qué? —exclamé mientras me volvía hacia David.

—El Salón de los Ciudadanos. Hablábamos de eso.

—Oh, sí. Mis disculpas, profesor. Estaba divagando.

—¿Nervioso?

—Mentiría si dijera que no. Todos estamos nerviosos.

—Es comprensible. No te preocupes, detective. Todo saldrá según lo planeado.

—¿Cómo sabes eso?

—No lo sé —dijo mientras oteaba el horizonte—. Sólo estoy siendo educado. ¿Quieres que sea honesto? Va a ser bastante complicado. Pero estoy seguro de que al menos uno de nosotros llegará al STG.

—¿Al menos uno de nosotros? Pensé que estábamos atacando el lugar como un grupo.

Se agarró el cuello de la camisa y arregló su corbatín.

—Y todavía podríamos hacerlo así. Pero una vez que estemos allí, pueden suceder muchas cosas. Tenemos que pensar rápido y adaptarnos.

—Parece que cambias de planes de manera bastante abrupta.

Se apoyó en la barandilla del barco y miró las olas que chapoteaban contra los lados del *Argo*.

—Sí y no, detective. El plan siempre ha sido el mismo. Cambio pequeños detalles aquí y allá, pero siempre es para mejorar y darnos una mayor oportunidad de éxito. Incluso entonces, no hay garantía de salir victoriosos. E incluso si lo hacemos, no hay garantía de que la gente escuche nuestro mensaje.

—¿Pero sigues pensando que esto es lo mejor que podemos hacer?

—Sí. Y me gusta pensar que todos ustedes también. No me hubieran seguido en este loco viaje si no lo hicieran.

—Ese es un buen punto.

Su expresión cambió y un aire de seriedad tomó su lugar.

—¿Has pensado en la muerte, detective?

—Constantemente —respondí—. Es difícil de explicar, pero sé que estoy viviendo en tiempo prestado. Yo debería haber muerto varias veces ya. En cambio, otros murieron en mi lugar.

—¿Cómo la señorita Wang?

—Sí. Y otros también.

David escaneó los alrededores, pero se centró en mi rostro. Sabía lo que estaba haciendo. Analizaba mi expresión, tratando de ver qué ideas y pensamientos anidaban dentro de mi cabeza.

—¿Cómo te sientes? —preguntó.

—Bien —contesté.

—Estás mintiendo —dijo y levantando la cabeza, miró al cielo—. ¿Sabías que odio nuestro idioma? —exclamó—. Bueno, tal vez odio no es la mejor palabra, pero no me gusta mucho. Y no es por la gramática, sino por las expresiones que tiene.

—¿De qué estás hablando?

Chasqueó los dedos antes de continuar.

—Por ejemplo, cuando alguien te pregunta cómo estás, nadie espera que respondas realmente a la pregunta. Es una frase inventada para tal vez mostrar alguna falsa preocupación. Es posible que el que te haga la pregunta no se preocupe realmente por tu bienestar. Es por eso que la respuesta estándar es "Bien", independientemente de cómo te sientas realmente.

—¿A dónde estás tratando de llegar con todo esto?

—Ah, detective, te pregunté cómo te sentías y dijiste "Bien". Eso era mentira. Ambos sabemos que estás nervioso. Lo admitiste. Pero no me refería sólo a eso. Me preocupa tu salud mental. Has pasado por mucho. Entonces, permíteme repetir mi pregunta, ¿cómo te sientes?

—¿Crees que este es el mejor momento para una sesión de terapia?

Se desabrochó el esmoquin y sacó un cigarrillo del bolsillo.

—¿Fumas?

—No.

—Eso pensé, pero nunca se sabe. Momentos como este te hacen probar cosas nuevas. O tal vez, volver a los viejos hábitos para apaciguar la ansiedad. ¿Quién sabe? No soy médico.

—¿Y por qué me ofreciste terapia?

Sacó un encendedor y prendió el cigarrillo.

—No lo hice. Sólo te pregunté cómo te sentías. Además, te dije que, aunque no soy médico, siempre podías hablar conmigo. Hemos tenido algunas charlas en los últimos días, detective, y quiero creer que han sido buenas. ¿Te he ayudado?

No podía decir que las charlas de David hubieran sido inútiles. Era innegable que me había ayudado a salir de esa vertiente destructiva en la que estaba. Pero seguía siendo un hombre al que todavía no entendía completamente.

—Quiero que sepas que siempre tendrás un amigo en mí.

Sus palabras me hicieron dudar de él. ¿Había hecho algo para merecer eso?

Sabía la respuesta y no me gustó. No era un no, pero tampoco era un sí. La respuesta era un área gris que no me dejaba definir al hombre a mi lado. Man Wencheng era un enigma, y había visto varias facetas diferentes de él. A diferencia de Harpo, que había sido directo, David estaba formado por varias capas, cada una añadiendo algo diferente a su ya compleja personalidad. Tal vez era el resultado de su vida. Ir de las riquezas al foso más profundo del infierno para luego volver a una vida de lujo, lo había hecho perder cualquier atisbo de inocencia en su ser gracias a todo lo que había experimentado. No había sido fácil, pero lo que había pasado lo había convertido en el hombre que era hoy.

Lo mismo nos sucede a todos, pero no hay forma de saber cómo reaccionaremos ante las mismas circunstancias. Esa es una de las cosas que nos hace humanos.

Me dio unas palmaditas en el hombro.

—¿Listo para desembarcar?

Hice rebotar mis puños contra la barandilla.

—Si —respondí—. Listo.

23

Con las colombinas pegadas a nuestros rostros, bajamos por la pasarela en grupos de dos. Primero fueron David y Tina, luego Alex y yo. Jackson bajó al final, caminando solo. Teníamos nuestras tarjetas de memoria dentro de nuestros bolsillos, listas para usarlas cuando llegara el momento.

No portábamos armas.

—Sé que las necesitarán —dijo David—. Pero a pesar de que la seguridad es floja dentro de Mu, cruzar las puertas requiere de una revisión completa.

Nos explicó que confiscarían nuestras armas si las encontraban, pero no harían lo mismo con nuestras tarjetas de memoria. No entendía el porqué de este comportamiento, pero Alex me lo explicó.

—Es simple —señaló—. Es como cuando cruzamos de Macao a Hong Kong. Los pescadores tenían un acuerdo con las autoridades. Aquí es lo mismo. David probablemente les ha pagado para que nos dejen pasar sin hacer demasiadas preguntas. Sólo nos detendrán si encuentran algo grande, como un arma. Por eso es mejor no llevar nada que pueda ser un problema.

—Y supongo que han aceptado porque saben lo que David está trayendo.

—¿Te refieres al polvo lunar? —Se rio y me dio unas palmaditas en el hombro—. Sí, esa es la razón. ¿Qué otra cosa podría ser?

No permanecí ajeno al cambio en la actitud de Alex hacia mí. Había pasado de actuar como un niño que me admiraba a comportarse como un adulto igual a mí en todo. Asumí que el episodio durante el cruce a Hong Kong y nuestra aventura en Seúl eran los culpables. Normalmente, hubiera dado la bienvenida a ese cambio, pero en ese momento, parecía extraño.

David avanzó hacia la puerta del brazo de Tina. La multitud que esperaba para entrar a Mu no podía evitar notarlos. Un hombre asiático alto y guapo acompañado por una hermosa mujer de ascendencia española no era algo que nadie pasaría por alto. El murmullo a su alrededor era evidencia de eso.

Al encontrarse con los guardias, sacó su identificación y dejó que la escanearan. Era un procedimiento de rutina y sabía que no lo estaban deteniendo. Señalando hacia nosotros, pareció indicarles que estábamos con él. Los guardias asintieron y uno de ellos nos hizo señas para que nos acercáramos.

Obedecimos.

—El profesor Man dice que ustedes son parte de su tripulación y estarán a cargo de entregar los bocadillos a los representantes. ¿Es eso cierto? —preguntó usando la palabra bocadillos en lugar de polvo lunar.

Había apariencias que mantener.

«¿Profesor Man?» pensé, preguntándome por qué David usaría su verdadero nombre. Pero la confusión en mi mente no duró mucho. Era obvio. La Metropole no enviaría una invitación a un alias. David estaba arriesgando todo viniendo a Mu como Man Wencheng.

Las etiquetas con nombres y las colombinas eran para nosotros. Quería mantenernos a salvo.

—Sí, somos parte de la tripulación del *Argo* —respondí—. Entregaremos los bocadillos.

—¿Dónde están? —preguntó el guardia.

—Dentro del yate.

—¿Y qué están esperando? Los representantes los necesitan. Están en el hotel. Deberían ir allí y hablar con el conserje —dijo dejándonos pasar.

Era un mundo diferente más allá de las puertas. Personas de todos los trasfondos y etnias chocaban entre sí en un mar de humanidad que sólo se ve en las ciudades cosmopolitas más grandes del mundo. Julia me había hablado de tales lugares en la Tierra. "Tienes que ver Londres, Virgil", había dicho una vez. "Una ciudad tan enorme y vibrante. Caminas y escuchas a la gente hablar en inglés, árabe, italiano, chino y español, todo dentro de unas pocas cuadras".

Ella sabía de lo que hablaba. Había pasado un tiempo haciéndose pasar por una socialité en Canary Wharf.

Pero Mu también tenía sus diferencias. Aquí, las clases sociales se definían desde el momento en que uno ingresaba. El mar de humanidad era caótico, pero se podía ver cómo unos caminaban detrás de otros, los sirvientes detrás de los amos, tan cerca, pero no parte del mismo mundo.

Todo ante el Salón de los Ciudadanos, el símbolo de la supuesta igualdad que la Metropole nos traía a todos.

Nada había cambiado. Los humanos seguían siendo humanos, encontrando formas de discriminar incluso en una sociedad perfecta como la que supuestamente teníamos.

Unos metros dentro de Mu, oculto por las conversaciones de la gente, David se detuvo y giró hacia nosotros.

—Aquí es donde nos separamos —anunció—. Vayan al hotel y pregunten al conserje por las habitaciones que necesitan entregas de polvo lunar. Utilicen a los trabajadores de los muelles para descargar la mercancía. Debe ser un saco por habitación. Eso es suficiente para que nuestros líderes estén tan drogados que probablemente no recordarán haber aprobado ninguna ley discutida aquí.

A Alex y a Jackson no parecía importarles el cambio de planes. Pero a Tina y mí sí.

—¿Descargar la mercancía? ¡Eso tomará una hora como mínimo! ¿Qué pasó con nuestro plan para tomar el STG? ¿Qué pasó con entrar y salir? —pregunté.

Pero David tenía respuesta para todo.

—Varias personas están esperando para hablar conmigo. Algunos son irrelevantes, pero uno de ellos es mi contacto aquí. Me dará información sobre cuál es el mejor momento para atacar el STG. Es un pequeño retraso y me disculpo por ello.

—Entiendo —dijo Tina—. Pero eso no es lo que planeamos.

—Lo sé —respondió Man—. Créanme, desearía que fuera más fácil, pero por ahora mantengamos las apariencias hasta que sea el momento adecuado.

—Nos estás abandonando aquí —señalé—. ¿Cómo sabremos a dónde irás?

—¿Es desconfianza lo que percibo en tu voz, detective?

—Me dijiste que no confiara en nadie.

—Está bien —respondió—. ¿Qué tal si tú, Alex y Jackson hacen que los trabajadores descarguen el polvo lunar mientras Tina y yo vamos a la reunión? Nos encontraremos aquí después de eso.

—Eso es razonable —dijo Tina y luego se volvió hacia mí—. No te preocupes, Virgil. Todo estará bien.

Y con esas palabras, Tina y David se alejaron en dirección al Salón de los Ciudadanos.

Mientras tanto, Alex, Jackson y yo nos dirigimos hacia el hotel.

El conserje sabía lo que buscábamos y nos dio una lista, no sin antes recordarnos que trabajáramos rápido.

—Los representantes tienden a querer sus bocadillos ni bien llegan. Algunos incluso ya se están quejando. Les hemos dicho que una tormenta en altamar retrasó el barco y han dicho que la próxima vez ordenarán que el envío se haga por aire. Así que, por favor, vayan a su barco y descarguen su mercancía o estaremos en problemas —dijo antes de despedirnos.

Volvimos a los muelles y un guardia nos informó que los trabajadores estaban listos para descargar la mercancía y llevarla a las habitaciones de los representantes "ni bien se los ordenáramos".

—Muchas gracias —le contestó Jackson—. Iré y revisaré que la entrega se haga correctamente mientras mis dos amigos se quedarán aquí y supervisarán la descarga.

El guardia se fue y Jackson nos llevó a un costado.

—¿Qué pretendes? —preguntó Alex.

—Relájate —respondió Jackson—. Esto es lo mejor.

—¿Cómo así? —le increpé. Tenía mis dudas.

—Quédense aquí y asegúrense de que descarguen una de las cajas de armas junto con las de polvo lunar. De esa manera podemos tener armas disponibles en el hotel. Estaré allí para comprobar que nadie lo descubra.

—¿David te dijo esto? —exclamé. No estaba convencido.

—Por supuesto que lo hizo —contestó Jackson con un tono burlón—. ¿Recuerdas quién soy, detective? Soy el segundo al mando de la célula de Macao. Una caja es lo que nos darán. Es suficiente para los 5. ¿No confías en David?

No estaba seguro. Había conocido a David hace unos días y, hasta ahora, a excepción del asesinato de un oficial de policía coreano en Seúl, no había mucho en lo que no estuviéramos de acuerdo. Era una figura enigmática y quería confiar en él.

Pero él me había dicho que no lo hiciera.

—Los trabajadores parecen ansiosos por empezar a descargar el polvo lunar —dije cambiando de tema.

—Probablemente quieran complacer a los representantes —respondió Jackson encogiéndose de hombros—. Vamos a usarlo a nuestro favor, ¿de acuerdo?

Tenía razón y estuvimos de acuerdo con él.

—Bien —dijo y se encaminó al hotel dejándonos en los muelles.

Nos pusimos a trabajar, asegurándonos de que una caja de armas fuera enviada dentro de Mu. Mientras supervisábamos a los trabajadores, Alex me dijo que notaba un poco extraño a Jackson.

—Es como si estuviera viendo a otra persona. Encerrarse en su habitación durante todo el viaje aquí sin hablar mucho, ese no es el hombre que recuerdo haber conocido en Macao. Algo anda mal con él.

—No lo conozco mucho —repliqué—. Pero estoy de acuerdo contigo. Y no es sólo él. Algo parece no estar bien aquí.

Estaba a punto de responderme cuando una mujer rubia con un corte bob llamó nuestra atención. Llevaba un uniforme blanco de oficial naval y se giró cuando notó que la observábamos. No habría sido obvio a primera vista, pero mi formación como detective me dijo que ella me había reconocido.

Yo también lo había hecho, pero no podía recordar quién era.

Pero Alex sí.

—¿Es esa Shannon? —exclamó.

24

La seguimos. Mi mente me dijo que corriera, que acelerara, que hiciera cualquier cosa para atraparla, pero sabía que eso sólo llamaría la atención. Así que caminamos, manteniéndonos a una distancia segura de nuestro objetivo, pero sin perderla de vista.

Ella debió de haber notado que la estábamos siguiendo porque aceleró, aunque sin correr. Una vez que llegó al *Argo*, subió a la pasarela y lo abordó.

Alex y yo fuimos tras ella.

Se echó a correr y trató de escapar de nosotros. Ya no tenía sentido preocuparse por la gente en los muelles. Aquí, en el *Argo*, nadie nos vería, así que fuimos raudos tras ella.

Dio un giro y entró en la sala. Hicimos lo mismo y cruzamos las puertas de cristal pensando que la teníamos.

Nos equivocamos.

Nos estaba esperando sentada en uno de los sofás. Cuando la enfrentamos, escuchamos a alguien amartillando un arma detrás de nosotros.

—¡Manos arriba! —dijo una voz que inmediatamente reconocimos como la de Steven.

Obedecimos y él nos empujó hacia los sillones.

—Siéntense allí y no hagan nada estúpido. No dudaré en disparar, ¿entendieron?

No ofrecimos resistencia. ¿Estábamos todavía entre amigos? ¿Alguna vez habíamos sido amigos? No lo sabía.

—¡Dije que se sentaran! —exclamó Steven mientras nos empujaba. Shannon cruzó las piernas y pareció disfrutar del momento.

—¿Qué significa esto? —les increpó Alex—. Y supongo que no debería preguntar cómo llegaron aquí. ¡Obviamente son un par de traidores! ¡David se enterará de esto, lo juro!

Shannon estalló en una sonora carcajada. Steven levantó su pistola y lo golpeó en la nuca. Alex no tuvo tiempo de reaccionar y se derrumbó en un sofá, inconsciente.

Me senté como me ordenaron. Steven se paró detrás de mi asiento con su arma apuntando a mi cabeza.

—No pareces sorprendido de vernos aquí —dijo Shannon.

—No —respondí—. Tal vez al principio, pero ya no.

—¿Y por qué es eso?

—Porque sé cómo llegaron aquí. Ayer fui a hablar con David al puente. Allí, vi un barco en el radar siguiéndonos. Eran ustedes.

Shannon hizo una mueca mientras me escuchaba hilar los cabos.

—Eres inteligente, detective. Sí, éramos nosotros.

—Todo el show en Aberdeen —le espeté apretando los puños—. Todo eso fue un acto.

—No somos los mejores actores, pero supongo que fue lo suficientemente creíble —contestó relajándose en su asiento—. Funcionó, eso es lo que importa.

—¿Y ahora qué? ¿Nos vas a matar?

Se volvió hacia Steven, y este le arrojó su arma. Era obvio quién estaba a cargo. Me apuntó y sonrió.

—Quisiera apretar el gatillo —dijo—. Nada me daría más placer que borrar esa patética sonrisa de tu rostro. Pero mi jefe te quiere vivo.

—Por "mi jefe", ¿te refieres a David?

Su semblante cambió.

—Tu inteligencia será tu perdición, detective. Ahora me has dado una razón para apretar el gatillo.

Pero no disparó. En cambio, un brazo rodeó mi cuello y me jaló hacia el sofá. Era Steven y me estaba asfixiando. Traté de defenderme, pero era demasiado fuerte.

Shannon, con su arma todavía apuntándome, se levantó y se acercó a mi asiento.

—Dios sabe que me encantaría dispararle a un idiota como tú, pero tengo mis órdenes y tengo la intención de obedecerlas. Pero eso no significa que no podamos divertirnos un poco.

Traté de decir algo, pero el brazo de Steven presionando mi tráquea no me dejaba hablar.

—No te preocupes —dijo Shannon—. No te asfixiarás. Hay suficiente aire llegando a tus pulmones. Eso no significa que eventualmente no te desmayarás, pero siempre podemos traerte de vuelta.

Jadeé por aire, desesperándome, y Shannon le ordenó a Steven que me soltara. Me derrumbé en el sofá y me quedé allí, incapaz de reaccionar por un instante.

Cuando volví a levantar la mirada, Shannon seguía apuntándome con su pistola.

—Podemos hacer esto todo el día, detective.

Tosí, tratando de recuperar mi capacidad de hablar. Tragando saliva, pronuncié algunas palabras.

—¿Qué quieres de mí?

—Sabes demasiado —dijo sonriendo—. Eso es obvio. Pero ¿qué sabes exactamente? Tal vez deberíamos hacer que nos lo dijeras.

—¿Es eso todo lo que quieres?

—Tal vez. Ahora dinos, ¿cómo supiste que David es nuestro jefe?

Sentado con la espalda presionada contra el sofá y con las manos de Steven apoyadas en mis hombros listas para romperme el cuello en caso de que intentara algo, decidí responder a sus preguntas, aunque sólo fuera para ganar algo de tiempo.

—Fue simple —expliqué—. Después de que abandonaron el barco en Aberdeen, David dijo que organizó todo el incidente del disco duro para librarse de los topos.

—¿Qué tiene eso que ver con nosotros? —preguntó. Parecía sentir una sincera curiosidad.

—David dijo que quería que tú y Steven se fueran. Pero Steven nos recogió a Alex y a mí del aeropuerto cuando regresamos de Seúl y luego se unió a nosotros en el apartamento de David para una charla que duró gran parte de la noche. —Me incliné hacia un lado y, girando la cabeza, miré a Steven—. David confió en ti. Te dio esas tareas importantes, y también habló sobre su tiempo en el Agujero Negro cuando estabas presente. No tenía sentido que te fueras ni que él te pusiera bajo vigilancia. No pensé en eso entonces, pero todo tiene sentido ahora.

—Eso es impresionante, detective —dijo Steven sentándose en uno de los sofás—. Sin embargo, caíste en nuestras manos y ahora no eres más que un prisionero.

—Supongo que sí —contesté mientras tosía y escupía en el suelo—. Pero díganme si Alex y yo estamos aquí, ¿quién va a tomar el STG? ¿David y Tina? No, ella no. Ella no es una de ustedes. ¿Jackson? Sí, por lo que sé, él podría ser parte de su grupo.

Shannon se echó a reír.

—Ya deberías haber deducido que tomar el STG nunca fue nuestro único plan. Arriesgar todo en una transmisión; ese no es el estilo de David. Deja demasiadas variables en el aire. Es un académico, le gusta la precisión y la eficacia.

—Entonces, ¿por qué mentirnos?

—No nos mintió. Les mintió. Hemos estado planeando esto por bastante tiempo. Cuando la traición de Harpo se hizo pública, David aceleró sus planes, sabiendo que no pasaría mucho tiempo antes de que los topos que Harpo tenía dentro de la Resistencia se enteraran de esto. Cuando tú y Tina llegaron a la Tierra, David no hizo nada al principio, pensando que no alteraría sus planes, pero después de que la Metropole asesinó a tu amigo Egbert y atacó la iglesia en Macao, las cosas cambiaron.

—¿Cómo?

Mi pregunta no quedó sin respuesta.

—David sabía que Tina escaparía a Hong Kong y buscaría su ayuda. No puedo culparla, era el procedimiento adecuado. Pero eso significaba que David tendría que cuidar de ustedes. Y como no podía dejarlos pasear libres por Hong Kong, los usó para sus planes. Cuando llegó el momento de venir aquí, eligió mantener esta parte en secreto. Fue una precaución de su parte.

Me reí entre dientes al escucharla hablar.

—Eso no tiene sentido. ¿Por qué haría eso? ¿Qué podríamos hacer Tina, Alex o yo si supiéramos su verdadero plan? Y si él sabía que no lo aprobaríamos, ¿por qué pasar por todo el problema de traernos aquí? Podría habernos dejado en Hong Kong.

—No, no podía —respondió ella, y, acercándose a mí, presionó el cañón del arma contra mi frente—. Nunca me gustaste. Eres un *envy* engreído que se cree lo máximo. Pero tu reputación como el hombre que desenmascaró a Harpo creció dentro de la Resistencia. Tenerte aquí era importante para David. Eres un hombre buscado. La gente conoce tu rostro. Está en todas las pantallas de noticias del planeta. Es por eso que David planea usarte para convencerlos de la elevada naturaleza de sus objetivos.

—¿Qué objetivos?

—Acabar con la Metropole —dijo dirigiéndome una sonrisa socarrona—. ¿Te acuerdas del polvo lunar? Va a volar Mu. Y tú serás el *envy* responsable de ello. Serás su mesías.

Tu muerte marcará el comienzo del nuevo mundo que deseamos. Y ahora, buenas noches, detective.

Y con eso, me golpeó en la sien con su arma. Todo se volvió borroso y perdí el conocimiento.

25

Cuando desperté, tenía las manos detrás de la espalda atadas a un tubo de metal. Mi visión todavía era borrosa, pero poco a poco mi vista se recuperó y pude examinar mi entorno.

Estaba en un almacén con un par de sacos de polvo lunar tirados en el suelo. Las pisadas que había por todo el lugar indicaban que los trabajadores habían estado aquí recogiendo las drogas para transportarlas dentro de Mu. Habían sido descuidados, porque el piso estaba cubierto de una fina capa de polvo, prueba de que algunos sacos se habían roto antes de ser sacados de la habitación.

La luz del sol brillaba a través de un conjunto de ventanas junto al techo. Eran demasiado pequeñas y estaban muy arriba para que alguien me viera desde afuera o para que yo me escabullera a través de ellas y escapara. Quienquiera que hubiera construido el barco lo sabía porque no había instalado barras de metal para cubrirlas.

Tirando de mis ataduras, noté que la persona, tenía que ser Shannon o Steven, que me había atado a la tubería había hecho un excelente trabajo. Estaba a punto de perder toda esperanza cuando vi a Alex tirado en el suelo inconsciente. Sus manos también estaban atadas con cuerdas detrás de su espalda, pero no estaba amarrado contra nada. Si hubiera querido, podría haber escapado fácilmente una vez despertara. Eso, si lograba abrir la puerta de la habitación que, sin duda, estaba cerrada con llave.

Lo llamé, pero no obtuve respuesta. Teniendo mis piernas libres, las golpeé contra el suelo, tratando de despertarlo con el ruido.

Eso me dio mejores resultados.

Abrió los ojos y trató de frotarse la cabeza, pero sus ataduras se lo impidieron.

Dándose la vuelta, me vio.

—¿Virgil? ¿Qué pasó?

Le expliqué todo.

—¡Bastardos! —gritó—. ¡Y pensar que confiaba en ellos!

—Nos ocuparemos de eso más tarde —respondí—. Ahora tenemos que salir de aquí.

Asintió y se levantó, moviéndose por la habitación, buscando algo que pudiera usar para cortar las cuerdas que le ataban las manos.

Lo vi detenerse en una esquina y mirar fijamente a la pared.

—¿Todo bien, Alex? —pregunté—. ¿Has encontrado algo?

Se quedó allí y, por un momento pensé que no podía oírme, pero estaba equivocado. Dándose la vuelta, se movió hacia arriba y hacia abajo, como si se rascara la espalda contra la pared.

—¿Qué estás haciendo?

Tenía ese gesto peculiar tan suyo en su rostro.

—Hay una tubería rota aquí —exclamó—. Está toda oxidada, pero aún está afilada. Estoy tratando de cortar mis cuerdas con ella.

Sus palabras resultaron proféticas pues sus ataduras se rompieron momentos después y cayeron al suelo. Corrió hacia mí y trató de desatar la cuerda que me mantenía prisionero.

—Está demasiado apretada —dijo—. Necesito algo para cortarla. Traería la tubería que usé yo, pero está empotrada en la pared; no puedo moverla.

—Debe haber algo más que podamos hacer.

—Tal vez pueda abrir la puerta —replicó y corrió hacia ella, pero sólo confirmó mis pensamientos originales; estaba cerrada con llave. Estábamos atrapados. Caminó de vuelta a mí y luego por la habitación, yendo y viniendo como un tigre enjaulado que se exhibe en un zoológico.

—Ese bastardo me golpeó bastante fuerte —dijo mientras se frotaba la nuca—. Maldito seas, Steven. Pensé que estábamos en el mismo equipo.

Se dio la vuelta para mirarme.

—¿Qué haremos una vez que escapemos de este lugar?

—¿Por qué preguntas eso?

—Porque necesito saberlo —exclamó y se sentó en el suelo—. Shannon y Steven están siguiendo las órdenes de David. No estoy de acuerdo con su plan, pero si los detenemos, sólo estaremos salvando a toda la escoria de la Metropole. ¿Vale la pena? Tal vez deberíamos tomar control del *Argo* e irnos de aquí. Dejemos que Mu vuele por los aires y veamos al mundo lidiar con la caída de la Metrópole.

Sentí que me ardían las muñecas. El movimiento constante que hacía tratando de liberarme me estaba lastimando.

—¿Estás loco? —le respondí—. ¡Tina está ahí! No puedo dejarla.

Se levantó y estrelló su puño contra una de las paredes de la habitación.

—Me encantaría decir que la rescataremos —se lamentó—, pero no podemos hacer nada a menos que salgamos de este lugar. Si nos quedamos aquí, moriremos cuando todo explote. Si escapamos, no sé si tendremos tiempo para entrar nuevamente a Mu y salvar a Tina. E incluso entonces, corremos el riesgo de alertar a la Metropole.

Los rayos del sol se volvieron naranjas, una señal del crepúsculo que ya iniciaba. Pronto oscurecería. Había sido media mañana cuando Shannon y Steven nos capturaron. Mis cálculos me dijeron que habíamos estado inconscientes alrededor de 9 horas, si no un poco más. No tenía reloj ni celular para confirmar eso, pero el sol fue de gran ayuda.

—Alex.

—¿Sí?

—Sácame de aquí.

—¿Cómo esperas que haga eso? No puedo mover la tubería que usé para liberarme. Lo sabes. ¿Qué más puedo hacer?

—¿Puedes treparte y mirar hacia afuera desde esas ventanas? ¿Qué puedes ver?

Trató de agarrar la cornisa, pero era demasiado pequeña para que se aferrara a ella. Al caer al suelo, sacudió la cabeza.

—Es imposible. No puedo hacerlo, Virgil. Estamos atrapados como peces en una pecera —dijo y señaló hacia la puerta—. Mira eso. Es metal sólido. Incluso si te liberara, no podríamos romperla. Tendríamos que volarla si queremos escapar.

Y entonces tuve una idea.

—¿Volarla, dices? Creo que sé exactamente lo que tenemos que hacer.

26

—¡De ninguna manera, Virgil! ¡Mil, no, un millón de veces no! No podemos hacer eso. No lo haré —exclamó Alex mientras iba y venía por la habitación—. Estás loco. No hay forma de que sobrevivamos a eso.

—Es la única manera. Lo sabes —respondí—. Es arriesgado, pero moriremos de todos modos si nos quedamos aquí. ¿Cuál es la diferencia?

—La diferencia es que no me atrae la idea de volarme a mí mismo en mil pedazos. Además, ¿cómo lo vas a hacer? Lo viste en Kai Tak. El polvo lunar sólo explota si se prende después de entrar en contacto con el petróleo o sus derivados. E incluso si tuvieras algo de eso, ¿cómo evitarás que todo el polvo explote? ¿Cómo vas a controlar la explosión?

Usé mi cabeza para señalar hacia la tubería detrás de mí.

—He sentido que algo pasa a través de este tubo. Podría ser gasolina. Si es así, entonces todo lo que tenemos que hacer es sacarla de allí.

Alex enterró su rostro en sus manos.

—Oh, sí, claro, eso es todo lo que tenemos que hacer. ¿Cómo demonios vas a romper la tubería para sacar la gasolina? Y si lo haces, lo único que lograrás será dejar al *Argo* atrapado aquí. No podremos usarlo para escapar. ¡Nos estarás condenando a morir!

Tenía razón, pero yo aún no estaba listo para admitir la derrota.

—¿Qué tal si intentas desatarme una vez más? Es una cuerda, incluso si está apretada, eventualmente debería ceder.

—No —dijo y negó con la cabeza. El sudor cayó por su frente mientras golpeaba su puño contra la pared—. ¡Malditos sean! —gritó—. ¡Nunca saldremos de aquí!

Caminaba por la habitación como un loco, golpeando y pateando todo lo que veía. Una de sus patadas golpeó la tubería oxidada que había usado para cortar sus ataduras. Como por arte de magia, parte de ella se rompió, aterrizando en el suelo junto a mí.

Alex lo notó y se puso en cuclillas. Su semblante había vuelto a la normalidad, toda su ira desapareció en un instante. La miró por un momento, luego, corriendo hacia ella, la agarró y sonrió.

—Esto podría funcionar —sentenció—. Esto realmente podría funcionar.

Se colocó detrás mío y empezó a cortar las cuerdas. La tubería estaba afilada y parecía estar cumpliendo su cometido cuando escuché a Alex maldecir.

—Se rompió —exclamó mientras la tiraba al suelo—. Se rompió.

Pero la decepción duró sólo unos segundos. Alex se rio, y sentí sus manos tirando y rasgando la cuerda.

—Ya casi está hecho, Virgil. Ya casi está hecho. Te voy a sacar de aquí.

Me mordí el labio, soportando el ardor en mis muñecas mientras él las raspaba en su esfuerzo por liberarme. No era insoportable, pero dolía.

Cerrando los ojos, traté de concentrarme en otra cosa, pero entonces, el dolor desapareció. Cuando levanté la cabeza, vi a Alex parado frente a mí sosteniendo la cuerda en una mano.

—Este pequeño bastardo dio una gran pelea —dijo—. Pero le gané.

Tiró la cuerda y me ofreció su mano.

La tomé y nos dirigimos hacia la puerta.

—Es como pensaba —señalé mientras la golpeaba con el puño—. Es una enorme pieza de metal y está cerrada con llave. No hay otra salida.

Alex suspiró.

—¿Crees que estemos solos en el barco?

—Tenemos que estarlo —respondí—. Hemos hecho un gran alboroto y nadie ha venido. Estoy seguro de que Shannon y Steven ya están dentro de Mu listos para seguir con el plan de David.

—¿Y Jackson y Tina?

—Él es parte de todo esto. Pero ella no. Eso lo sé. O es una prisionera o está siendo forzada a seguir con esto.

—Está bien —dijo—. Pero todavía estamos atrapados aquí. ¿Cómo vamos a escapar? ¿Todavía estás planeando hacernos volar por los aires?

Esas preguntas habían rondado mi cabeza por quién sabe cuánto tiempo. Probablemente habían sido más de mil veces y, sin embargo, no podía responderlas. Pero algo cambió esta vez. Esta vez tuve una idea.

Corriendo hacia el otro extremo de la habitación, miré lo que quedaba de la tubería rota que Alex había usado para cortar sus cuerdas.

—Este tubo es bastante delgado —exclamé—. ¿Qué crees que solía fluir a través de él?

Alex no entendía a donde quería ir con esa línea de razonamiento. Se encogió de hombros y levantó las manos en el aire como si se diera por vencido.

—¿Acaso importa? ¿Nos ayudará eso?

Metí mi dedo dentro de la tubería, tratando de ver si había algo allí.

—¿Qué estás buscando, Virgil?

Sentí algo dentro del tubo. Era un tipo de sustancia pastosa. Sacando mi dedo, noté una pasta negra cubriéndolo.

Alex seguía preguntándome qué estaba haciendo. Dándome la vuelta, le mostré lo que había encontrado.

—¿Sabes qué es esto?

—No —respondió—. No lo sé. Pero por la expresión en tu rostro, supongo que es algo bueno.

—Esta tubería tuya —le dije—, es un viejo tubo de combustible. Probablemente se rompió hace mucho tiempo y, cuando arreglaron el barco, rehicieron todo el sistema de tuberías, redirigiendo el flujo de gasolina dejando inutilizado este tubo. Parece que lo abandonaron y nunca se acordaron de cortarlo. No ha funcionado en años, pero todavía encontré algunos restos secos de lo que solía fluir por aquí.

—¿La gasolina hace eso? ¿Se convierte en esa pasta que estás sosteniendo?

—No lo sé. Pero sólo hay una manera de averiguarlo.

—No querrás decir...

—Eso es exactamente lo que quiero decir.

De alguna manera, estuvo de acuerdo con mi loca idea y me ayudó a colocar los sacos de polvo lunar que quedaban en la habitación lo más lejos posible de la puerta. Luego, hicimos lo mismo con el polvo en el piso, usando nuestras chaquetas para barrerlo.

Regresé a la tubería rota y saqué un poco de la pasta negra. Corriendo hacia la puerta, la esparcí por todas las bisagras.

—Está bien —dije—. Ahora, pongamos un poco de polvo lunar encima de esto.

Alex cogió un poco de droga del suelo e hizo lo que le dije. Cuando terminamos, retrocedimos un momento y contemplamos nuestra obra maestra.

—¿Cómo vas a hacerlo explotar?

—Tal vez esto todavía pueda generar algunas chispas —respondí mientras sacaba un pedazo de la tubería rota que tenía en mi bolsillo.

—¿Estás seguro? —me preguntó dudando—. E incluso si así fuera, ¿no tendrías que estar extremadamente cerca de la puerta para hacer eso? Podrías terminar haciéndote volar por los aires.

—No te preocupes —respondí—. Debería ser seguro. Sólo el polvo lunar que pusimos en las bisagras hizo contacto con la gasolina. El resto no debería explotar.

—¿Estás seguro?

—No, pero no hay nada más que podamos hacer —dije y marché hacia la puerta con el trozo de tubería en la mano.

—¡Espera! —gritó Alex—. ¿Recuerdas Kai Tak?

Sus palabras me hicieron detenerme y darme la vuelta.

—¿Qué hay con eso?

—En esa ocasión el cigarrillo del trabajador hizo contacto con el polvo lunar en el aire, no con el del suelo que es donde estaba la gasolina.

Suspiré y lo miré, luego encaré hacia la puerta.

—Lo siento, chico. Tengo que hacer esto. No tenemos otra opción.

Corrió hacia el otro extremo de la habitación buscando refugio, mientras yo llegaba a mi destino y raspaba la tubería rota contra la puerta. El metal chilló mientras las chispas volaban. Una de ellas cayó sobre las bisagras y, antes de darme cuenta, estaba volando en camino hacia el fondo del cuarto.

La explosión no fue fuerte, pero desató la suficiente energía para hacerme caer junto a Alex. Levantando la cabeza, noté que los sacos de polvo lunar dentro de la habitación todavía estaban en su lugar, intactos. Era una buena señal. Volviendo mi mirada hacia la puerta, vi al enorme gigante de acero gimiendo como una bestia herida y luego colapsar frente a nosotros.

Éramos libres.

Alex se volvió hacia mí y sostuvo mi cabeza en sus manos.

—¿Estás bien, Virgil?

—Creo que sí —respondí mientras trataba de levantarme, pero mis rodillas cedieron y caí sobre mi rostro. Usando mis brazos, empujé hacia arriba y caí de lado, luego sobre mi espalda y miré al techo.

Todo lo que quería era quedarme allí para siempre, cerrar los ojos y dormir.

«Tal vez hacer volar a todos no es mala idea» pensé mientras el mundo a mi alrededor se tornaba borroso y entraba en otra realidad.

Julia estaba allí.

Pero no parecía feliz de verme.

—¿Qué estás haciendo, Virgil? —me preguntó tan pronto como me vio—. No me digas que te estás dando por vencido.

—Julia, yo...

—¿Tú qué? David está a punto de volar Mu. ¿Sabes lo que eso significará para nuestra gente?

No respondí. Ella, una vez más, me había cogido desprevenido.

—Piensa, Virgil. Si te culpan por esto, entonces estarás condenando a todos los *envys*. ¡Piensa! Si la Metropole sobrevive, desatará otra cacería de brujas contra nuestra gente. Pero si la explosión los matase a todos y enviara al sistema al olvido, entonces ¿qué te asegura que el nuevo gobierno reconocerá tu sacrificio y nos dejará en paz? El resultado más probable es que seguiremos siendo perseguidos. Nadie se preocupa por nosotros, nadie lo ha hecho, y nadie lo hará. Somos el chivo expiatorio de la humanidad; a los que culpan cuando todo sale mal. Sabes eso y todavía quieres quedarte allí echado y no hacer nada. ¡Despierta, Virgil!

Abrí los ojos, pero Julia ya se había ido. En cambio, Alex me estaba mirando.

—¿Estás bien, Virgil? —preguntó.

Agarrándome la cabeza, me froté las sienes y Alex me ayudó a levantarme.

—Es la explosión —dije—. Salí volando y me golpeé la cabeza.

Me rodeó con su brazo y me ayudó a salir del almacén. Vimos las cajas con armas que David nos había mostrado antes.

Alguien las había abierto.

Alex se inclinó y echó un vistazo dentro de varias de ellas.

—No hay nada aquí —dijo—. Y por lo que parece, las otras también están vacías. Es como si David estuviera armando su propia milicia personal. ¿En qué está pensando? ¿Va a atacar Mu?

Sacudí la cabeza.

—No. Si así fuera, ¿por qué querría hacer volar todo? Además, no tiene gente y no confía en nadie excepto en Shannon, Steven y probablemente Jackson.

—Entonces, ¿qué pasó con estas armas?

La pregunta de Alex tenía sentido. Las armas no podían haber simplemente desaparecido. Si David no estaba armando una milicia privada, ¿qué estaba haciendo con ellas?

Algo llamó la atención de Alex y se inclinó sobre una de las cajas vacías. Inhaló el aroma del borde y casi vomitó.

—¡Esto apesta! —gritó—. Huele a gasolina. Apuesto a que si hago lo mismo con cada caja aquí, todas apestarán a lo mismo.

Corrí hacia la caja que había examinado Alex y pasé mi dedo por el borde. Inmediatamente, noté la misma sustancia pastosa que había encontrado dentro de la tubería rota.

—Estas cajas no llevaban armas —dije—. Llevaban gasolina, probablemente como una especie de pasta para mezclarla con el polvo lunar. Shannon no estaba exagerando cuando dijo que iban a volar Mu. Va a ser una masacre.

—Y, sin embargo, todavía quieres volver allí.

—Tengo que hacerlo. Tina está ahí.

DÍA 7

27

El reloj en la cubierta superior del *Argo* marcaba las 12:05am, pero el cielo parecía contradecirlo. Habíamos sido testigos de la puesta de sol y del crepúsculo a través de las pequeñas ventanas del almacén, pero ahora, de alguna manera, el astro rey todavía brillaba sobre Mu.

Todo cobró sentido una vez miramos la cúpula.

Vimos sus proyectores holográficos encendidos, cubriendo la isla artificial en una luz diurna falsa.

—Eso debe haber sido lo que brilló a través de las ventanas del almacén —dije, y Alex estuvo de acuerdo.

Debíamos tener cuidado. Volver a ingresar a Mu sin levantar sospechas sería nuestro primer obstáculo.

—¿Crees que los guardias nos dejarán entrar? —preguntó Alex—. Nos vieron salir, pero fue hace tanto tiempo que tal vez no nos recuerden.

—Probablemente mantienen registros de quién entra y quien sale —dije mordiéndome el labio—. Pero me has dado una idea. Ven conmigo.

Corrimos de regreso al almacén y tomamos un saco de polvo lunar cada uno.

—Buena idea —exclamó Alex—. Deberían dejarnos pasar si creen que estamos entregando esto al hotel. Pero ¿qué hacemos con nuestra ropa?

Tenía razón. Aunque, después de la explosión, nuestras etiquetas con nombre todavía estaban en perfectas condiciones, nuestros esmóquines estaban hechos jirones.

Una visita a nuestras habitaciones resolvió el problema. Había varios esmóquines y etiquetas de nombres almacenados en los armarios del *Argo*.

Nos desnudamos y mi tarjeta de memoria cayó de mi chaqueta.

—Será mejor que me quede con esto —sentencié mientras la ponía dentro de mi nuevo esmoquin y veía a Alex hacer lo mismo.

Dejando el barco con nuestros nuevos atuendos, nos acercamos a las puertas, pero los guardias amartillaron sus armas cuando nos acercamos.

—¡Alto! —exclamó uno de ellos—. Identifíquense o dispararemos.

—Traemos los últimos bocadillos del *Argo* —respondí—. Es el yate del profesor Man.

Mencionar el nombre de David arregló todo.

—Dense prisa entonces —dijo el guardia y ordenó a sus compañeros que bajaran sus armas y nos dejaran pasar.

Cruzamos las puertas, pero esta vez nos recibió un Mu totalmente diferente. Ahora veía lo que los proyectores holográficos podían hacer y me di cuenta de que *Luna 1* había recibido unos de inferior calidad. Mu albergaba un día tropical con temperaturas superiores a los 20 grados.

—Veintinueve grados centígrados —señaló Alex mientras leía una pantalla de noticias en un edificio cercano—. Eso no está nada mal para un día falso.

Marchamos al vestíbulo del hotel y encontramos a la recepcionista bostezando detrás de su escritorio. Cuando nos vio, ni siquiera se molestó en preguntar qué queríamos; los sacos de polvo lunar en nuestras espaldas eran prueba suficiente de la razón de nuestra presencia allí.

—Tomen los ascensores y bajen al segundo sótano. Alguien allí se encargará de distribuir todo más tarde —dijo y nos despidió.

No dijimos nada y obedecimos sus órdenes.

Una mujer joven con un blazer y una falda de diseñador nos estaba esperando en nuestro destino. Estaba sentada detrás de un elegante escritorio de caoba, el único mueble en ese enorme sótano metálico.

—¿Qué es esto? —preguntó señalando los sacos de polvo lunar.

—Son para los representantes —respondí—. Son los últimos sacos a bordo del yate del profesor Man.

—Ya veo —replicó y nos dijo que los dejáramos al lado de su escritorio y volviéramos a subir.

Obedecimos, pero antes de llegar a los ascensores volví tras mis pasos y regresé frente a ella.

—Disculpe —dije mientras me rascaba la nuca fingiendo nerviosismo.

—¿Sí? ¿Qué puedo hacer por usted?

—Bueno, uno de nuestros colegas estuvo aquí antes. Dijo que verificaría que la mercancía estuviera descargada. Él...

—No hay nada de qué preocuparse —respondió ella—. La mercancía, a excepción de esos dos sacos que usted y su amigo acaban de traer, ya está completamente descargada.

—Sí, pero esa no era mi pregunta —insistí—. Yo... bueno, me preguntaba si había visto a nuestro amigo.

Esbozó una mueca, haciendo obvio que no le gustaba que la molestaran. Sin embargo, me hizo señas y me pidió que describiera a la persona que estábamos buscando.

—Llevaba un esmoquin, como nosotros. Es un hombre blanco, de unos 30 años, cabello rubio con una etiqueta que dice Jackson.

—Ah —dijo cuando escuchó el nombre—. Sí, estuvo aquí antes, pero ya se fue.

—¿Sabe a dónde?

—¿Qué cree que soy, un centro de información? ¿Cómo podría saberlo? —respondió encogiéndose de hombros.

Vi a Alex esperándome unos pasos detrás de mí. El sentido común me decía que me fuera, pero algo dentro mío, tal vez mis instintos de detective, me hicieron quedarme. Ella había reconocido la descripción de Jackson y había sido demasiado obvia al querer deshacerse de nosotros.

Tal vez Jackson todavía estaba cerca.

Puse mis manos sobre su escritorio y bajé la cabeza mientras miraba alrededor de su estación de trabajo. En un cuaderno abierto, al lado de su computadora, había un pedazo de papel roto que decía "*Metrópolis* de Fritz Lang, 8pm, Cine de Mu".

Era más de lo que necesitaba.

Respirando con dificultad, levanté la cabeza y la miré directo a los ojos.

—Escuche, Maggie —dije después de echar un vistazo rápido a la etiqueta en su chaqueta—. Entiendo que pueda estar teniendo un día difícil. Es normal, todos esos pomposos VIPs van y vienen y tenemos que quedarnos aquí, bajo tierra, invisibles, sólo para mantener todo el lugar funcionando para ellos. Cualquiera se cansaría de eso después de un par de semanas. Afirman que todos somos iguales, pero la diferencia entre ellos y nosotros es obvia.

Me sonrió, volteó sus ojos y me dijo que me fuera antes de que llamara a seguridad.

Sabía que había perdido y, levantando las manos, reconocí la derrota. Me alejaba cuando vi un agujero de bala aparecer en su frente. La sangre manaba de él y ella se desplomó a un costado.

Me di la vuelta y todo sucedió en cámara lenta. Alex me gritaba que buscara cubierta, mientras un hombre armado seguía disparándonos. Había estado apuntando hacia mí y le había dado a Maggie cuando yo me moví.

Giré sobre mi costado mientras las balas volaban a nuestro alrededor. Gateando, me escondí detrás del escritorio de Maggie. Una pequeña rendija entre sus tablas me mostró a

Alex tendido en el suelo, con las manos sosteniendo su pierna derecha mientras trataba de detener el sangrado.

Estaba herido.

Los disparos cesaron por un momento y escuché una pistola siendo recargada. Pero esta vez, en lugar de disparar desde las sombras, el misterioso extraño salió de su escondite y se reveló ante nosotros.

Era Jackson.

Sostuvo su arma y apuntó al escritorio, listo para dispararme en el momento en que me atreviera a salir. Caminando hacia Alex, pisó su herida, presionando su pierna hasta hacerlo llorar de dolor.

—No esperaba verlos a ustedes dos aquí —dijo mientras levantaba la mirada y pasaba de hacer contacto visual con Alex a mirarme fijamente—. Shannon y Steven deberían haberse encargado de ustedes. Bueno, supongo que lo hicieron. David no te quería muerto, detective. Y para ser sinceros, nadie podría haber esperado que escaparas del almacén. Pero aquí estás, listo para ser un problema para todos nosotros.

Se rio entre dientes y, presionando la pierna de Alex con dureza, lo hizo gritar aún más fuerte.

—No te preocupes —le dijo—. Nadie puede escuchar tus gritos aquí abajo. Maggie era el único ser vivo en esta área, y fue un accidente, uno lamentable, pero está muerta. Y pronto te unirás a ella.

El delgado espacio en las tablas que formaban el escritorio le permitió verme, pero no era lo suficientemente ancho como para dispararme a través de él. Agazapado detrás de este, estaba a salvo por el momento. Sin embargo, no podía decir lo mismo de Alex.

Y Jackson lo sabía.

Dejó de presionarle la pierna, sabiendo que no era un adversario en esa condición. Dio un paso en mi dirección y se detuvo.

—Será mejor que salgas, detective. Puedo esperar toda la noche. No pienses que caminaré hasta dónde estás para arriesgarme a pelear uno a uno contigo. Sé de lo que eres capaz.

Traté de hacerlo enfadar con mis palabras.

—¿Y qué harás? ¿Esperar hasta que todo explote? ¿Sabes siquiera cuándo David planea ejecutar su plan?

Se pasó la mano por la cabeza, como peinándose.

—Todavía falta tiempo para eso —señaló—. David ha planeado todo. La primera reunión del Parlamento de la Tierra tuvo lugar ayer, pero fue sólo una formalidad. El gran evento será hoy más tarde. Puedes apostar a que David sabrá hacer una entrada memorable.

—¿Y nos vas a mantener aquí hasta entonces?

Dio un paso más, acercándose a mí. Mi plan progresaba. Si seguía acercándose, podría abalanzarme sobre él y tener una oportunidad. Pero se detuvo y se volvió hacia Alex.

—Esto es lo que haremos, detective. Voy a contar hasta 10 y luego le dispararé al chico en la cabeza.

Sabía que no había garantía de salvar a Alex si dejaba mi escondite. Nada me aseguraba que Jackson no nos dispararía a los dos en el momento en que saliera. La lógica y mi instinto de supervivencia me dijeron que me quedara en mi lugar.

—Parece que crees que estoy bromeando —dijo Jackson mientras una vez más pisaba la pierna de Alex haciéndolo gritar—. Bueno, ¿qué tal si empezamos? Contaré hasta 10 y luego le volaré la cabeza al chico. ¿De acuerdo? Aquí vamos. Uno, dos, tres...

No me moví, pero pude ver a Alex mirándome, sus ojos suplicándome que saliera.

—Cuatro, cinco, seis...

Me quedé en mi lugar mientras una voz en mi cabeza me suplicaba que hiciera algo. «Esto no está bien, Virgil, lo sabes» decía, pero yo no quería escuchar.

—Siete, ocho...

Cerré los ojos y volví la cabeza, haciendo todo lo que estaba a mi alcance para no ver lo que estaba a punto de suceder.

—Nueve y...

—¡Está bien! —grité mientras salía con las manos en alto, entregándome.

Jackson sonrió, apuntó su arma hacia mí, pero no disparó.

—Sabía que obedecerías a tus emociones, detective. No era la elección lógica, pero querías salvar al chico.

—Dijiste que David me quería vivo, así que sabía que no dispararías. No fue tan complicado —respondí tratando de salvar cara. Maldito sea mi orgullo.

—Ya veo —replicó rascándose la cabeza—. Bueno, David dijo eso de ti, pero no dijo nada sobre el chico.

Me sonrió mientras me veía correr hacia él, pero ya era demasiado tarde. Apretó el gatillo y disparó.

—¡No! —grité y paré en seco. Una rápida mirada a Alex me dijo que todavía respiraba. ¿Había fallado Jackson? ¿Había sido a propósito?

Sus palabras me dieron la respuesta.

—La bala rozó la oreja del chico, detective. No hay más daños; por ahora.

—¡Estás enfermo! —le espeté—. ¿Crees que esto es un juego?

—Puede ser —respondió con la sonrisa todavía en sus labios—. Especialmente si puedo pelear contigo. Pero para eso, quiero que te enojes. Por eso fingí dispararle al chico. David no fue el único que leyó todo lo que la Resistencia tenía sobre ti. Sé sobre Gavin y Julia. Los mataste, ¿no?

Se burlaba de mí, esperando que perdiera la cabeza y me abalanzara sobre él. Pero me quedé en mi lugar y escaneé mi entorno buscando una salida. No iba a dejar que la ira se apoderara de mí.

—Ah. Has aprendido algo de autocontrol. Parece que tendré que recurrir a otros métodos —sentenció y, cogiendo a Alex, lo estrelló de cabeza contra las paredes metálicas del sótano. Hubo un fuerte crujido cuando su cráneo se fracturó, y luego, su cuerpo inerte se derrumbó en el suelo. La sangre brotaba de su coronilla, mezclándose con sus mechones rubios. Cuando Jackson pateó el cuerpo, haciendo que quedara boca arriba, vi que los ojos de Alex, petrificados, permanecían abiertos.

—Te voy a matar —le dije y corrí hacia él.

Jackson me vio venir y, tirando el arma, levantó los puños.

—David te quiere vivo, pero nunca dijo que no podía darte una paliza.

Me abalancé sobre él, pero él estaba listo. Usando mi fuerza contra mí, me empujó a un lado y me tiró al suelo. Aterricé de espaldas y me deslicé un par de metros. Al levantarme, sentí el sabor de la sangre en mi boca.

—¿Por qué hiciste eso? —exclamé—. Alex sólo quería trabajar para la Resistencia. Quería un mundo mejor. ¡Asesinaste a un hombre inocente!

Pero Jackson se encogió de hombros y siguió burlándose.

—El chico era un idiota. Ahora ven aquí y terminemos esto.

Me relamí los labios y levanté los puños mientras me acercaba a él. Jackson sabía lo que estaba haciendo; su postura era la de un boxeador profesional. Sus golpes eran rápidos y difíciles de evadir, pues me llovía un aluvión de ataques ni bien me acercaba. Los bloqueé, pero sabía que así no rompería su defensa.

Nos separamos y dimos un par de pasos hacia atrás.

Siguió con sus burlas, tratando de hacer que me abalanzara sobre él guiado por el odio. No fue fácil resistirme, todo mi ser no quería nada más que romperle el cuello. Tal vez eso permitiría que el alma de Alex descansara en paz.

—Vamos —gritó—. Venga al chico. ¿No era él como tú? ¿No era nada más que un asqueroso *envy*?

Volví a levantar los puños, esta vez enfocándome en él, tratando de encontrar un punto débil, una grieta en su armadura.

No había ninguna.

Un destello metálico a mi derecha llamó mi atención. Era el arma de Jackson, tirada en el suelo. Él también la notó y corrió hacia ella. Nos abalanzamos, deslizándonos por el suelo tratando de alcanzarla antes que el otro.

Él llegó primero, pero no por mucho. Cuando trató de agarrarla, le di un puñetazo en la caja torácica, haciéndolo rodar hacia un lado, jadeando por aire.

Peleamos en el suelo, golpeando y pateando, tratando de empujar al otro lejos del arma.

Tosió y escupió un poco de sangre.

—David me dijo que no te matara, pero podría haberte disparado en la pierna, al igual que al chico. Supongo que quería una pelea justa contigo, pero ahora, ¿vas y tratas de agarrar mi arma? Eso es de cobardes, detective, de cobardes.

No dije nada, pero continué luchando con él, tratando de empujarlo a un lado, para obtener esa pequeña ventaja que me permitiera alcanzar el arma y tener esa fracción de segundo necesaria para dispararle.

Y entonces, vi mi oportunidad. Vi una abertura en su armadura, una forma clara de golpearlo en el vientre. Me arriesgué y, usando mi rodilla, lo golpeé con toda la fuerza que pude reunir. Gimió y rodó a un costado.

Fue una fracción de segundo, pero era todo lo que necesitaba. Cuando reaccionó, yo ya estaba cogiendo la pistola. Se abalanzó sobre mí, tirando de mis piernas, tratando de arrastrarme lejos del arma, pero esta ya estaba en mi poder.

Tirado en el suelo como estaba, me di la vuelta, lo miré y le apunté con la pistola a la cara.

Levantó las manos.

—Vamos detective, no hagas nada estúpido.

Apreté el gatillo y la bala atravesó su hombro izquierdo.

Gritó y cayó al suelo, cogiéndose el hombro mientras me maldecía.

Me puse de pie y lo miré fijamente.

—Te mereces más que eso. Ahora, levántate.

Obedeció, pero siguió sonriendo, sus blancos dientes parpadeando en la luz fluorescente mientras se relamía los labios.

—No me digas que eso fue por el chico —me dijo con su usual tono burlón.

—No —respondí—. Pero esto si lo es.

Apreté el gatillo una vez más y esta vez la bala atravesó su garganta. Cayó de rodillas, todavía vivo.

Lo oí reír, carcajeándose mientras se ahogaba con su propia sangre. Levantando la cabeza, me miró. No podía hablar, pero su mirada lo decía todo. De alguna manera, supe que este era el final que él había envisionado para nuestra pelea.

Todo había ido de acuerdo con su plan.

28

La luz del falso sol me rodeó ni bien salí del hotel. Por todas partes veía gente yendo de un lado a otro como si fuera mediodía. Parecía que el ciclo regular de día y noche no existía aquí. Mu, como el legendario continente al que le debía su nombre, era un lugar surrealista.

Nadie sabía ni le importaba lo que había ocurrido a pocos metros de ellos, en el sótano del hotel. Tres personas yacían muertas allí, pero los representantes y sus invitados no las extrañarían, ni siquiera a Maggie que había trabajado para ellos.

Había pensado en esconder los cuerpos antes de salir de ese lugar, pero las heridas, los agujeros de bala y la sangre eran bastante obvios y no tenía forma de ocultarlos con lo que tenía a mano. Por lo tanto, dejé las cosas como estaban. Lo único que hice antes de salir de ese sótano fue cerrarle los ojos a Alex mientras derramaba unas lágrimas.

Por un momento me preocupé por el desastre causado, pero cuanto más caminaba por Mu, más me convencía de que nadie se aventuraría en ese miserable lugar y vería lo que yo había dejado a la intemperie.

La pelea con Jackson había dejado mi esmoquin con necesidad de ser reparado urgentemente, pero mientras paseaba por la isla, mi irregular aspecto no llamó la atención de nadie. Algunas personas incluso lucían peor que yo. Pero eso era todo.

David había descrito a Mu como un centro de vicio sin fin donde la frase "vale todo" no estaba fuera de lugar. Sin embargo, lo que había presenciado hasta ahora era diferente. Había visto drogas y alcohol, pero nada más. Ni el carnaval ni la bacanal mencionadas por David como algo perenne parecían existir.

Desestimé esas ideas mientras avanzaba bajo la luz del falso sol. Una pantalla de noticias en una pared mostraba a todos que los representantes tendrían una reunión al mediodía en el Salón de los Ciudadanos.

Ese tenía que ser el gran evento del que habló Jackson.

No todo era entretenimiento barato y risas.

Un guardia se me acercó y, al notar la etiqueta con nombre en mi chaqueta, me preguntó a qué grupo de trabajo pertenecía.

—No puedes caminar libremente por aquí —agregó—. Las entradas de servicio están detrás de los edificios. —Sonrió antes de continuar—. Parece que es tu primera vez aquí, así que lo dejaré pasar, pero recuerda, a los representantes y a sus invitados no les gusta ver a gente como tú por aquí. Ahora regresa por donde viniste.

—¿Gente como yo?

—*Envys*.

Debería de haber tenido cuidado, pero sus palabras, sumadas a lo que acababa de pasarme, encendieron algo en mí.

—¿Qué quieres decir con *envys*?

—Eres un sangre mixta —dijo como si se tratara de una mala palabra. Se acercó a mí y susurró— Escucha, no les gusta tu tipo por aquí. Regresa a los corredores de servicio con el resto de tu gente. Te permiten trabajar allí junto con otros ciudadanos caídos en desgracia. Tienes suerte de que nadie haya notado tu presencia. Tal vez esa ropa que llevas puesta te ha mantenido oculto. ¿Estuviste involucrado en alguno de los combates a muerte que celebraron en el hotel?

Entenderé si te desorientaste después de la paliza que podrías haber recibido allí. Oh, lo que sea, sólo regresa al área de servicio.

La ira dentro de mí me empujaba a reaccionar, pero me mordí el labio, dándome cuenta de que era mejor dejarlo pasar. El guardia levantó el brazo y señaló hacia el hotel.

—Vuelve por donde viniste y baja al sótano. Los ascensores te llevarán a los pasillos de servicio que corren bajo la superficie. Eso será mejor para todos nosotros.

Obedecí, dejando pasar la humillación sólo porque no quería atraer más atención hacia mí.

Pero el guardia había hablado de combates a muerte. Tal vez David no estaba tan equivocado con respecto a Mu.

El camino de regreso al sótano me hizo pensar en el escritorio de Maggie y en el pedazo de papel roto donde había escrito sus planes para el día. Iba a ver *Metrópolis* de Fritz Lang y mis palabras habían sido un intento de usar la trama de la película para ganar su confianza. Había fracasado, pero ahora eso era irrelevante. Ahora, ella estaba muerta, junto a Jackson y a Alex. Todos descansando bajo tierra, como los *envys* y otros miembros de la clase baja que, según el guardia, se veían obligados a quedarse allí para que los representantes y sus invitados no los vieran y se molestaran con su presencia.

Era justo como Lang había imaginado su mundo del futuro en la década de 1920.

Lo que estaba sucediendo en Mu probablemente sucedería pronto en todo el globo. De todas formas, los *envys* éramos odiados. Nos toleraban, nada más. Había tenido suerte, se me había permitido vivir como un ser humano normal en el mundo perfecto de la Metrópole. Pero me había dado cuenta de que todo era una mentira, simple propaganda estatal. Julia, Davide Mori e incluso Alex hasta cierto punto habían pasado por situaciones similares.

David, por otro lado, afirmaba ser un *envy*, pero su conexión con nuestra clase se perdía entre sus ancestros. Él era sólo uno de nosotros si el gobierno así lo determinaba. Conocía las consecuencias y actuaba de acuerdo a ellas. Por ahora, como yo en *Luna 1*, se le permitía vivir una vida de lujo. Pero sabíamos que eso terminaría cuando la Metropole determinara que había superado su utilidad.

Llegué al sótano y no encontré rastro de mi pelea con Jackson. Los cuerpos habían desaparecido y todo estaba limpio. Ya no había sangre ni agujeros de bala.

Al escuchar pasos, me di la vuelta y vi a un anciano sosteniendo un trapeador parado a un costado.

—Disculpe, —le dije—. ¿Limpió usted este lugar?

No contestó, pero me miró fijamente antes de preguntarme si necesitaba algo.

—Sí —respondí—. Necesito saber quién limpió este lugar.

—Tenemos un servicio de 24 horas, joven. Y este limpia cualquier cosa que ensucie esta isla.

—¿Cualquier cosa? ¿Qué pasa si es sangre y…?

Levantó la mano indicándome que me callara.

—Dije cualquier cosa, joven. Estamos acostumbrados a todo. Para serle honesto, la sangre no es lo peor que hemos tenido que limpiar. Dígame, ¿es esta su primera vez en Mu? Parece que lo es. ¿Es usted de alguna de las tripulaciones que los Superiores traen aquí? Eso explicaría su mirada perdida. De todos modos, probablemente no le dijeron o no prestó atención durante su sesión informativa. Tiene suerte. Cualquier error aquí podría fácilmente costarle la vida. Ahora, ¿cómo puedo ayudarle?

—¿Superiores? —pregunté.

—Los representantes y sus invitados —replicó—. Así es como los llamamos.

Decidí no discutir más y sólo le pedí que me indicara la ubicación de los ascensores de servicio. Bajar no era parte de mi plan original, pero lo que el guardia me había dicho me había dado una idea. Si había una red de corredores de servicio corriendo por debajo de Mu, entonces podría usarla para llegar a David y a Tina.

—¿Qué harás una vez que los encuentres? —dijo una voz tan pronto como subí al ascensor—. ¿Detener a David? ¿Salvar a todos? ¿Por qué?

Me di la vuelta y vi a Davide Mori.

—No estás aquí —le respondí—. Estás muerto. Te vi morir en la nave de Egbert.

—Por supuesto que estoy muerto —contestó riéndose entre dientes—. Jules y yo ya no estamos en este mundo. Pero tu mente sigue trayéndonos de vuelta. ¿Qué quieres hacer, detective? ¿Detener al profesor Man? ¿Por qué?

—¡Porque lo que está haciendo no está bien!

—¿Y qué estaría bien? Mira a tu alrededor. El profesor eliminará a todos los que tienen el poder de oprimir a nuestra gente. Sí, será sangriento y muchos morirán, pero ¿no es lo mejor? Acuérdate de ese guardia y de cómo te humilló. Desaparecerá junto a todos esos Superiores que piensan que son mejores que nosotros debido a un concepto tan anticuado como la pureza racial. Mienten. Ha habido muchos pueblos oprimidos durante el curso de la historia humana, pero en este momento, somos nosotros, los sangre mixta, los verdaderos condenados de la Tierra. No pertenecemos a ninguna parte. Nuestras propias familias, si tenemos la suerte de conocerlas, no nos quieren. Ya sabes qué hacer, detective. Deja que todo vuele por los aires. Vamos, sabes que lo deseas.

—No.

—¿Por qué no? No hay nadie que valga la pena salvar aquí.

El ascensor detuvo su curso descendente y las puertas se abrieron. Me encontré cara a cara con una multitud de personas que me devolvieron la mirada.

Algunos eran blancos, otros negros, algunos asiáticos y otros latinos como yo. Pero la mayoría de ellos eran *envys*.

Davide Mori desapareció. Sus palabras ya no tenían sentido.

29

Salí del ascensor y la gente volvió a sus rutinas diarias. Me habían mirado como si ese aparato bajando por su tubo fuera algo raro, aunque la lógica decía que probablemente subía y bajaba varias veces al día.

Tal vez era la curiosidad humana. Nunca lo sabré.

Miré a mi alrededor y vi que estaba en un pasillo lo suficientemente ancho como para permitir que 4 personas caminaran una al lado de la otra sin dificultad. Estaba hecho de metal y me recordó a los pasillos en las cubiertas inferiores del *Argo*. El techo era alto, tenía lámparas colgando cada pocos metros y algunas raíces de los árboles y plantas en las áreas verdes de la superficie sobresalían de él. La corriente eléctrica recibida allí abajo era lo único que iluminaba el camino dentro de ese laberinto subterráneo hecho por el hombre.

Golpeé una de las paredes y el sonido reverberando de ella me dijo que era gruesa. Algunas personas se dieron la vuelta para mirarme, mientras que otras seguían avanzando, llevando paquetes, carga, bandejas de comida y cualquier otra cosa imaginable que la gente en la superficie requiriera.

El grosor de las paredes no fue una sorpresa una vez que recordé que Mu era una isla artificial flotando en las aguas del Pacífico. Probablemente estábamos a unos 10 metros bajo el agua, y esas paredes eran lo único que nos separaba de una tumba bajo estas.

Avancé empujando a la gente cuando fue necesario, lo cual terminó siendo la mayoría de las veces. Mirando a mi alrededor, vi señales en las paredes con direcciones a diferentes destinos dentro de Mu. Siguiéndolas, acabé en el pasadizo que conducía al Salón de los Ciudadanos. Unos minutos más tarde, estaba frente al ascensor de servicio que me llevaría a mi destino.

Era el último lugar en el que sabía que David y Tina habían estado. Era improbable que todavía siguieran allí, pero era un buen lugar para comenzar mi búsqueda.

Pero no pude ir.

Al darme la vuelta, vi a la gente ir y venir mientras se apresuraban a cumplir con sus obligaciones. Desde el principio nunca me había visto como un salvador y no iba a empezar ahora, pero si David tenía éxito, entonces todas estas personas morirían. No parecía importarle asesinarlos, pero yo era diferente, o eso creía.

Regresé y traté de hablar con algunos de ellos para advertirles sobre el peligro inminente que acechaba sobre sus cabezas, pero me ignoraron.

Estaban demasiado ocupados trabajando.

No eran esclavos, pero actuaban como si lo fueran. Hay algo acerca de la opresión a lo largo de la historia. Muchas veces, los oprimidos negarán que están siendo explotados. Es normal. Están acostumbrados; ese es el único mundo que conocen.

Y hay otras veces en que alguien de un grupo oprimido termina viviendo con la élite, con los Superiores como los llamaban aquí, disfrutando de su estilo de vida, casi siendo uno de ellos. Y digo casi porque nunca perteneces realmente a su grupo. No hay nada malo contigo, excepto que no eres uno de ellos y nunca serás uno de ellos. Eres su cereza en el pastel, su pequeña porción de diversidad que les permite decir que tratan a todos por igual. Eso es lo que era yo en *Luna 1*, un exitoso detective de policía que arrestaba criminales independientemente de su origen étnico, pero que sin embargo era un *envy*. El jefe Rivera no me lo recordaba a diario, pero tan pronto como me volví desechable, fui descartado.

Tal vez podría hacer algo por la gente de aquí, pero para eso, necesitaba que me escucharan.

La respuesta estaba en el bolsillo de mi chaqueta. Después de dispararle a Jackson, había guardado su arma en el bolsillo en caso de que la necesitara más tarde. Había sido un reflejo automático, algo que mi cuerpo estaba entrenado para hacer sin que mi mente consciente lo notara.

Ahora era el momento de usarla.

Al sacarla, comprobé que tenía suficientes balas, aunque sabía que con una debería bastar. Apunté al techo y apreté el gatillo.

El sonido del disparo reverberó en toda esa sección del corredor, el ambiente cerrado amplificó aún más su resonancia.

Ahora todos me miraban.

—Está bien —les dije—. ¿Quién está a cargo aquí?

Se rieron. Una mujer salió de entre la multitud y se paró frente a mí.

—¿Qué quieres decir con eso? —preguntó—. Todos tenemos diferentes labores. Ahora, si tienes algo que decir, dilo ya o déjanos volver al trabajo.

Estaba a punto de admitir la derrota cuando una voz sonó detrás de ellos.

—¿Detective? ¿Eres tú? ¿Detective Virgil del Departamento de Policía de *Luna 1*? No puedo creerlo.

Se acercó al frente abriéndose paso entre la multitud, empujándola, mientras tropezaba con cada paso que daba.

—¿Cartwright? —dije cuando lo tuve lo suficientemente cerca como para reconocerlo.

—Sí, detective —respondió asintiendo—. Soy yo.

Corrí hacia él y cayó en mis brazos.

—No puedo caminar tan rápido como lo hacía antes —señaló—. Puedes culpar a tus colegas por eso.

—¿Qué te pasó? —pregunté— ¿Por qué estás aquí?

Me dedicó un gesto sarcástico y una exhalación.

—Un día después de tu desaparición de la colonia, tus amigos del Departamento de Policía aparecieron en mi puerta —explicó—. "¿Qué le dijiste?", me preguntaron, y tuve la audacia de decirles la verdad.

—¿Les dijiste que me contaste acerca de Montrose?

—¿Qué esperabas que hiciera? Hasta entonces, la Metropole siempre me había protegido. Pero esta vez, tu amigo, el jefe Alejandro Rivera, vino en persona a mi apartamento. Él y sus compinches me dieron la paliza de mi vida. Me dejaron sangrando en el suelo, luego me esposaron y me llevaron a la comisaría. Allí, dos agentes de Seguridad Pública me estaban esperando. No fue bonito lo que pasó después.

Sonrió al recordar los eventos de hace unas semanas.

—Me dieron otra paliza. Fue tan dura que me dislocaron la pelvis. Es por eso que ahora cojeo cuando camino. Lo siguiente que recuerdo es que me pusieron una bolsa negra sobre la cabeza y me llevan a no sé dónde. Los sonidos que escucho me hacen pensar que estoy en la estación a punto de tomar un transporte de regreso a la Tierra. Sus voces lo confirman. Me están sacando de la colonia porque "sé demasiado" o eso dijeron.

—¿Cómo terminaste aquí?

—No lo sé. Debería estar muerto. Me salvaron después del fiasco del *Coloniser II* porque estaba tan drogado que no significaba ningún peligro para ellos. Pero esta vez, después de lo que hiciste, pensé que me matarían. En cambio, me dejaron aquí para vivir el resto de mis días en este laberinto. Y ahora, muestras tu cara frente a mí nuevamente. ¿Qué quieres? No hay nada más que puedas quitarme.

Lo cogí por los hombros mientras lo miraba a los ojos.

—Lamento lo que te hicieron, William. Pero ahora, necesito tu ayuda. Es peligroso para todos quedarse aquí. Tienen que irse.

—¿Y por qué dices eso? —exclamó con un aplomo que no había visto en él antes. Sus ojos, su expresión, todo indicaba que no estaba lunático.

—Tú... ya no inhalas polvo lunar.

Me dedicó otro gestó sarcástico y sonrió nuevamente.

—¿Te parece? Todo va a los Superiores. Si estoy limpio es porque no puedo conseguir mi droga, no porque yo lo haya querido así. ¡Pondría un poco de polvo lunar en mis fosas nasales ahora mismo si pudiera! Sí, no consumirlo me da claridad de mente, pero no quiero eso, Virgil. ¡Mírame! ¡No puedo dormir por las noches! Sus rostros siguen apareciendo en mis sueños. ¡No puedo soportarlo más! No duraré mucho más en esta condición.

—¿Te refieres al *Coloniser II*? ¿A tus amigos?

Asintió y sollozó mientras las lágrimas brotaban de sus ojos.

—Escucha, Cartwright —dije mientras tomaba su rostro en mis manos—, no sé si puedo ayudarte, pero te prometo que haré todo lo que esté a mi alcance por hacerlo si me ayudas una vez más.

—Eso es lo que dices siempre, detective —respondió riéndose de mí—. Y yo, como un tonto, termino aceptando tus descabellados planes.

—No es un eso, Cartwright, las vidas de todos aquí están...

Levantó la mano haciéndome callar. Dándose la vuelta, se dirigió a la gente.

—Escúchenme todos —gritó, logrando lo que mi disparo no pudo hacer—. Escuchen a este tipo. Es un tonto arrogante que destruyó mi vida, pero también da en el clavo con lo que dice.

Tenía mi momento. Dependía de mí cómo usarlo.

—Escúchenme —les dije y les conté todo. Hablé sobre *Luna 1* y mi caída en desgracia, sobre cómo hui de la colonia y cómo Tina y yo escapamos de la nave mientras Egbert sacrificaba su vida para evitar nuestra captura. Les conté sobre nuestra huida de Macao, sobre ir a Hong Kong y conocer a David. Me miraron fijamente y algunos volvieron a sus labores, pero otros se quedaron en sus lugares escuchando. Continué, hablando sobre Seúl, el disco duro del representante Lee, nuestro viaje a Mu y, finalmente, la traición de David.

—Este lugar va a volar —concluí, pero a nadie parecía importarle.

La mujer que había salido de entre la multitud antes reapareció.

—¿Tienes alguna manera de probar lo que estás diciendo?

Mi mente se quedó en blanco y no respondí. Se dio la vuelta para irse, descartándome como otro charlatán, pero entonces, recordé algo.

—La tarjeta de memoria —grité—. Tengo una tarjeta de memoria con la información que tomamos del disco duro de Lee.

Rebusqué en mis bolsillos hasta que la encontré. De alguna manera, a pesar de todo, el pequeño dispositivo había sobrevivido escondido dentro de mi chaqueta.

—Aquí está —dije levantándola por todo lo alto—. ¿Tienes una computadora que pueda leerla?

Ella me sonrió.

—No deberíamos, pero nadie busca nada aquí. Sígueme.

30

Avanzamos por los pasillos hasta llegar a un espacio abierto mucho más ancho que el resto del lugar. Me recordó a las barracas militares en las que dormía cuando formaba parte del Ejército de la Tierra.

—Aquí es donde vivimos —dijo la mujer—. Siempre estamos de servicio, así que necesitamos un lugar para comer, dormir y hacer lo que sea que tengamos que hacer sin que los Superiores noten nuestra presencia. No les gusta eso. Debemos ser invisibles. Ah, y puedes llamarme Rachel.

La miré fijamente y lo obvio se hizo evidente.

—Eres una *envy* —señalé.

—Si —respondió ella—. La mayoría de nosotros aquí abajo lo somos. También hay algunos sangre pura, pero esas son personas para quienes algo salió mal en algún momento de sus vidas causando que terminaran aquí. Pero bueno, déjame llevarte a la computadora.

Pasamos junto a algunos catres de estilo militar y el cabello rubio, ojos verdes y rasgos asiáticos de un joven acostado en uno de ellos me llamaron la atención.

—Alex —exclamé mientras corría hacia él, arrodillándome en el suelo para estar a su lado.

Me di la vuelta y miré a Rachel. Mi boca temblaba, incapaz de pronunciar palabra alguna.

Ella entendió.

—Lo encontramos en el sótano donde lo dejaste —me explicó—. Los otros dos estaban muertos, así que nos deshicimos de los cuerpos, pero él... bueno, de alguna manera todavía está vivo.

—Le golpearon la cabeza contra una pared —dije y sollocé—. Su cráneo probablemente está fracturado.

—Lo sabemos —contestó Rachel asintiendo—. Un golpe como ese es suficiente para matar a una persona. Pero de alguna manera, no está muerto. Al menos no todavía. No te sorprendas. Algunas personas sobreviven a golpes como ese, pero la mayoría de las veces terminan con algún tipo de daño cerebral. Para ser honesta, no podemos hacer mucho por él sin el cuidado adecuado, pero habría sido un acto de salvajismo abandonarlo. Su suerte está en manos del destino. Vivirá o morirá. Pero no cargaremos con esa culpa.

Lo vi en esa cama, con las heridas vendadas, los ojos en paz.

—Gracias —musité—. Gracias por traerlo aquí.

—No me agradezcas todavía. Es probable que no sobreviva.

—Incluso si así fuese, aun así te lo agradeceré. Se merecía algo mejor que pasar la eternidad tendido en un sótano perdido y olvidado. Pero dime, ¿cómo lo encontraste?

—Siempre estamos de servicio, pendientes de lo que suceda en Mu. Sin embargo, eso no significa que veamos todo. No nos dejarían tener ese poder. Pero sabemos cuando alguien necesita nuestros servicios. Así es como encontramos el desastre que dejaste en el sótano del hotel y cómo tu amigo encontró su camino hasta aquí.

Me sentí lleno de nuevas energías para llegar al fondo de todo.

—Llévame a la computadora —le dije.

—Sígueme.

Le di la tarjeta de memoria y Rachel la insertó en la máquina. La grabación de Montrose en la casa del representante Lee apareció en la pantalla y todos en esa sala presenciaron como se desenmascaraba uno de los mayores secretos de la Metropole.

Rachel cayó rendida sobre una silla, con la cara hacia el suelo, las manos temblando. Era obvio que estaba teniendo dificultades para aceptar todo lo que acababa de ver y oír.

—¿Es todo eso cierto? —preguntó levantando la cabeza y mirándome fijamente.

—Lo es —respondí—. Estaba con él cuando trató de hacer algo al respecto. Murió tratando de exponer todo. Al final, no era el cobarde que él pensaba que era.

—Incluso si esta información es cierta —dijo sacando la tarjeta de memoria y mostrándomela—, no prueba que vayan a volar Mu. Para hacer eso, tendrías que pasar explosivos a través de seguridad. ¿Tiene alguna evidencia de eso?

—No, pero te advierto, han descargado un barco lleno de polvo lunar y gasolina. Tienes que creerme; este lugar se va a hundir en las profundidades del Pacífico. El plan es hacerlo hoy al mediodía durante la reunión de representantes en el Salón de los Ciudadanos.

—¿Por qué debería creerte?

Tenía razón. Mi información sonaba sincera, pero no había motivo para confiar en mí. Incluso habiendo presenciado el desenmascaramiento de la Metropole, viendo evidencia de que la guerra en Marte era una mentira, todavía no tenían ninguna razón para creerme. Afortunadamente, Cartwright salió en mi defensa.

—Lo que dice es verdad, Rachel. Conocí a Montrose. Lo conocí bastante bien. Es el hombre que ves en esa grabación.

—¿Lo conociste? ¿Tú, Cartwright? Estaré loca si crees que voy a creer eso.

—¡Por Dios, Rachel! —gritó mientras metía la mano en el bolsillo y sacaba un trozo de tela arrugado—. Ten —dijo arrojándoselo.

Ella lo cogió y lo examinó. Era el parche oficial de la misión *Coloniser II*.

—Yo estaba allí —explicó Cartwright—. Estuve allí con Montrose. Lo que dijo en ese video es cierto.

Pero Rachel no estaba convencida.

—¿Quieres que te crea? —dijo mientras sostenía el parche frente a él—. ¿De dónde sacaste esto? No hay forma de que te dejen quedarte con esto si en verdad fuera tuyo. Lo confiscarían antes de enviarte aquí.

—Tienes razón —respondió Cartwright—. Deberían haberlo hecho. Ese parche es la única posesión preciada que me queda. Me aferré a él en medio de todas las palizas que me dieron, gritando como loco cuando alguien trataba de quitármelo. Era el polvo lunar, pero de alguna manera mis gritos los convencieron de que me dejaran quedármelo. Probablemente me tomaron por un drogadicto que había hablado de más, pero que todavía era un idiota inofensivo. Tenían razón, pero sobreestimaron el poder de una mente despejada.

—Está bien —sentenció Rachel mientras le devolvía su parche—. Te creo. Pero ¿qué hago con el detective?

—Confía en él —contestó Cartwright señalándome—. Ya te lo dije; es un tonto arrogante, pero da en el clavo con lo que dice.

Rachel exhaló resoplando y me encaró.

—Está bien, detective. ¿Qué propone que hagamos?

31

El plan sonaba simple, pero las cosas son más fáciles decirlas que hacerlas.

—No podemos evacuar a todos aquí abajo —dijo Rachel—. No hay forma de que podamos irnos sin que noten nuestra ausencia. Quedan aproximadamente 10 horas hasta el mediodía y no será suficiente. Además, ¿cómo podemos salir de esta isla? No tenemos barcos.

—Podemos poner a todos en el *Argo* —contesté—. ¿De cuántas personas estamos hablando?

—De alrededor de mil, detective. ¿Estás seguro de que habrá espacio para todos allí?

—No será un viaje cómodo y estaremos un poco apretados, pero estoy seguro de que podemos acomodar a todos —repliqué entre balbuceos.

Ella lo notó.

—Estás dudando —señaló—. ¿Cuál es el problema?

—Nada —respondí sacudiendo la cabeza—. Bueno, nada sobre el barco.

—¿Entonces?

—Se trata de Alex.

—¿Tu amigo?

—Sí —asentí—. Está tirado allí inconsciente y sé que evacuar a todos es difícil, pero...

—¿Pero qué?

—¿Podría pedirte un favor?

—¿Quieres que lo llevemos con nosotros cuando evacuemos la isla?

Rachel me entendía perfectamente.

—Sí —le dije—. Sé que va a ser difícil, pero por favor, si pueden, háganlo.

—Lo haremos. No hay forma de que lo dejemos atrás —respondió como si dijera algo obvio.

—Gracias.

—Pongámonos a trabajar.

Rachel organizó a la gente para pasar la voz y preparar a todos para irse. Con tantos trabajadores yendo y viniendo desde el nivel superior hasta el subterráneo, era difícil saber cuántos escucharían las noticias. También era difícil asegurarse de que nadie hablara sobre la evacuación con nadie que no perteneciera a nuestro grupo. Teníamos que mantenerlo en secreto, pero es difícil hacerlo cuando existen tantas oportunidades para que la información se filtre.

El reloj seguía moviéndose y la hora se acercaba. Sabía que no podía quedarme mucho más tiempo con Rachel, Cartwright y los demás. David y Tina todavía estaban en algún lugar de Mu y tenía que encontrarlos.

—Debo irme —dije cuando el reloj marcó las 5 de la mañana—. Hay algunas cosas que debo hacer allá arriba.

Una vez más, Rachel entendió.

—Nosotros nos encargaremos de todo —replicó—. No te preocupes.

—Gracias —respondí—. ¿Sabes cuándo evacuarán?

—Probablemente será alrededor de las 10 de la mañana. No hay forma de hacerlo en silencio, así que saldremos corriendo por los pasillos de servicio. Nos acercarán a la entrada. A partir de ahí, los guardias nos verán, pero no hay nada más que podamos hacer. Va a ser un riesgo, pero es la mejor oportunidad que tendremos.

—Alertarás a todos. Eso podría hacer que adelantaran el plan y volaran Mu antes de tiempo.

—Podría ser. Pero te vas a enfrentar a este David del que hablas. Confío en que lo detendrás. Nadie tiene que morir. Sí, ni siquiera ellos. Ni siquiera nuestros opresores. Serán juzgados y castigados, pero nadie tiene que morir hoy.

Me quedé asombrado de su carácter. Tenía todo el derecho de desear una muerte lenta y dolorosa a todos los llamados Superiores, pero elegía un camino honorable.

No estoy seguro de que yo habría hecho lo mismo.

Corriendo hacia la salida, abordé el ascensor que conducía al Salón de los Ciudadanos. Era la última ubicación conocida que tenía para David y Tina.

El viaje fue rápido y las puertas se abrieron en un sótano similar al del hotel. Un reloj llamó mi atención. Eran las 5 y cuarto de la mañana y eso me decía que se me estaba acabando el tiempo.

Llevaba un traje que Rachel me había prestado.

—Tenemos mucha ropa elegante aquí —me había dicho—. La gente olvida o extravía cosas todo el tiempo, por lo que es fácil reemplazar tus harapos por algo más decente. Incluso podrías pasar por uno de los Superiores.

Tenía razón. Los guardias que encontré en mi camino no hicieron preguntas, dejándome pasar sin oposición. El traje gris de tres piezas que Rachel me había dado funcionaba de maravilla.

«La gente no te detendrá siempre y cuando piense que perteneces al grupo que está a cargo», decía un libro que había leído cuando me entrenaba como oficial de policía. Había sido escrito por un ex estafador, por lo que el autor sabía de lo que estaba hablando. Al principio dudé de ese consejo, pero ahora, veía su valor. Avanzando con determinación, pasé junto a varios guardias y nadie me dijo nada.

Parece que la gente si juzga un libro por su portada.

Subí unas escaleras y terminé en el vestíbulo del Salón de los Ciudadanos. Era una habitación enorme con un mezanine en la parte posterior. Paredes de madera cubrían el interior, mientras que los pisos de baldosas le daban al lugar un diseño interesante. La luz del día artificial brillaba a través del frente cubierto de vidrio del edificio iluminándolo todo. Era diferente a cualquier otro lugar que hubiera visto antes. Pero de alguna manera, me pareció común y vulgar.

Reduje mi velocidad. Estando en público, correr me haría parecer sospechoso, con traje elegante o sin él. Caminando entre las pocas personas que se encontraban dentro del edificio, llegué a la recepción.

—Buenos días —dije con una gran sonrisa en mi rostro.

El recepcionista, un joven de unos 20 años, me devolvió la sonrisa y me preguntó qué necesitaba.

Me rasqué la cabeza, fingiendo nerviosismo.

—Estoy un poco perdido —expliqué mientras me acercaba y le susurraba—. Es mi primera vez aquí y he perdido a mis amigos. ¿Podrías ayudarme?

—Por supuesto, señor...

Era joven, pero no era tonto. Se quedó allí, esperando que terminara la oración. Era una forma sencilla de hacerme verificar mi identidad. Si daba el nombre equivocado, la base de datos de la computadora de su escritorio se lo diría.

—Man —respondí—. Man Wencheng. Estoy buscando al profesor Man Wencheng.

Pero él no cayó en la trampa.

—Le entiendo, señor, pero estaba preguntando por su nombre, no el de su amigo.

Me di una palmada en la frente.

—Oh, mil disculpas. Soy un tonto. Cómo puedo ser tan idiota. Sí, mi nombre, por supuesto. Por favor, dígale al profesor Man que Louis lo está buscando.

Escribió el nombre en la computadora y los resultados indicaron que yo era parte de la tripulación del *Argo*.

Si quería ayuda y soluciones, tenía que ser un Superior. La computadora me había desenmascarado.

—Disculpa, pero no creo que pertenezcas aquí —replicó el recepcionista mientras daba un paso atrás y levantaba un teléfono—. Llamaré a seguridad.

—Espera —dije mientras me inclinaba sobre su escritorio y pasaba mi brazo alrededor de su espalda—. Espera un momento, chico. No hagas nada estúpido.

Bajó el teléfono.

—¿Qué quieres decir?

—Mírame —contesté—. ¿Crees que un miembro de la tripulación puede vestirse como yo? Vamos. Te contaré un pequeño secreto, ¿de acuerdo?

Asintió; sus ojos diciéndome que estaba cayendo en mi trampa.

—Como te dije, soy amigo del profesor Man. Ahora, sabes que Mu no es para todos. Ser invitado aquí fue difícil, pero Wencheng lo logró. Es un hombre increíble, ¿sabes? Pero había una condición. Tenía que aparecer como miembro de la tripulación en el registro. Ya sabes cómo son estas cosas. Pero yo no soy uno de ellos. ¿Cómo podría serlo? Mira, chico, esto debería convencerte de que lo que digo es verdad —dije mientras sacaba unos créditos de mi billetera y agradecía en silencio a Rachel por haber pensado con anticipación en lo que podría hacerme falta.

—Necesitarás algo de dinero —me había dicho—. Si eres uno de ellos, debes verte y actuar como ellos. Toma, llévate un poco de dinero —había agregado antes de ofrecerme los créditos.

Al principio me había negado, pero en ese momento, supe que le debía mi vida.

El recepcionista se embolsó los créditos y sonrió.

—Por supuesto, señor. Mis disculpas por dudar de usted. Por favor, deme un momento y encontraré el paradero del profesor Man.

Hacerlo le tomó un par de golpes de su teclado.

—Y aquí está, señor —exclamó con orgullo—. El profesor Man se registró en el hotel poco después de su llegada. Tenemos un servicio de luz diurna las 24 horas, pero él eligió retirarse a dormir. Debería estar en su habitación.

—¿Y qué habitación es esa?

—La 808.

Le di las gracias y me fui antes de darme cuenta de que la habitación de David tenía el mismo número que el apartamento de Cartwright en la colonia. Si yo fuera de los que creyesen en la ironía o el destino, tal vez debería haber tenido cuidado dado mi historial dentro de habitaciones con ese número. Tal vez era una señal de que las cosas no iban a ir bien allí. David estaba, después de todo, tratando de volar toda la isla.

Entré en el vestíbulo del hotel y me dirigí hacia los ascensores. Nadie dijo nada. Había una nueva recepcionista en el escritorio, pero incluso si fuera la misma persona de antes, no me habría reconocido. Los trabajadores mantenían la cabeza gacha, como si supieran que no debían hacer contacto visual con los Superiores.

Las puertas del ascensor se abrieron y entré en el octavo piso. Tenía una pequeña sala de estar con dos pasillos, uno a la izquierda y otro a la derecha. Un letrero al lado de cada uno indicaba qué habitaciones estaban en cada dirección. Paseando por los pisos alfombrados noté que la habitación de David estaba en el ala izquierda. Al entrar en el pasillo, conté las puertas mientras me acercaba a la que tenía una placa con el número 808.

De pie frente a ella, llamé y esperé. Escuché a alguien que se movía dentro, sus pasos haciéndose más fuertes mientras avanzaba hacia la puerta.

Sacando el arma de Jackson, apunté al lugar donde estaría su cabeza. Esta vez David no iba a sorprenderme y manipularme con sus palabras.

Escuché la perilla girar y la puerta se abrió. Acariciando el gatillo, esperé el momento adecuado.

—¿Virgil? —dijo la persona frente a mí.

Era Tina.

32

—¿Qué estás haciendo aquí? —preguntó mientras yo seguía parado frente a ella apuntándole con el arma.

Sacudiendo la cabeza, guardé la pistola.

—Lo siento, Tina. No quise asustarte.

—No me asustaste. Pero dime, ¿qué estás haciendo aquí con un arma? Cualquiera que te vea pensaría que estabas a punto de dispararle a alguien.

—Tal vez así sea —respondí entrando en su habitación, pasando cerca de la puerta del baño a mi izquierda y mirando alrededor del dormitorio. El diseño era similar al de muchas habitaciones de hotel en todo el mundo, una pequeña entrada con un baño a un lado y una cama en el medio de la habitación principal.

—¿Dónde está David? —pregunté.

—Oh, vamos, Virgil. No pensarás que se queda en la misma habitación que yo, ¿verdad?

—Eso es lo que me dijeron en la recepción.

—Bueno, deberían verificar sus datos antes de hacer afirmaciones como esa.

—¿Deberían? —repliqué mientras levantaba las manos—. ¿Qué quieres decir con eso? Ni siquiera deberías estar aquí. Nuestro plan era entrar, tomar el STG y escapar. David iba a hablar con un contacto, pero luego desapareció. ¿Sabes siquiera lo que me pasó a mí? ¿A Alex?

Le conté todo lo que había sucedido desde que nos separamos el día anterior.

Pero ella caminó por el cuarto, ignorándome.

—El plan cambió. Los representantes se reúnen hoy al mediodía y ese será el momento perfecto para hacer nuestra jugada. Estoy segura de que lo que te pasó no fue más que un malentendido.

—¿Un malentendido? ¿Estás escuchando lo que estás diciendo, Tina? ¡Jackson estrelló a Alex contra una pared! ¿Cómo es eso un malentendido? ¡El chico tiene el cráneo fracturado y está en coma en los pasillos de servicio! ¿Cómo puedes excusar eso?

—Los accidentes ocurren —me dijo encogiéndose de hombros.

Esa no era la Tina que yo conocía.

Algo andaba mal. Algo tenía que estar mal.

El brillo en sus ojos confirmó mis sospechas.

Puse mi mano dentro del bolsillo de mi chaqueta, listo para sacar el arma si era necesario cuando Steven salió del baño con una pistola disparando en mi dirección.

—¡Abajo! —gritó Tina mientras yo saltaba sobre la cama, rebotando hacia su lado lejano. Al caer al suelo, vi plumas volando por todas partes mientras las balas de Steven perforaban las almohadas.

Había intentado matarme, pero había fallado.

Sin embargo, todavía estaba al mando de la situación, de pie junto a la pared del baño, apuntando al espacio vacío de la habitación.

Tina había buscado refugio en un rincón, con la espalda contra la pared, sin moverse.

—Relájate, no te dispararé —le dijo Steven—. Pero el detective es otra cosa. David nos dijo que no lo matáramos, pero en este momento no me importa mucho eso.

Tina no se movió, sabiendo que la promesa de Steven sólo era válida mientras ella no hiciera nada que justificara su asesinato.

—Sal de una vez, detective —exclamó Steven—. Puedes esconderte detrás de esa cama, pero tienes que salir en algún momento. No me obligues a ir a buscarte.

Era un Steven diferente del que había conocido en Hong Kong. Esta versión de él parecía disfrutar del caos que estaba causando. No podía verlo desde mi lugar en el piso al lado de la cama, pero su voz daba esa impresión.

—Sal, detective. No volveré a hacerte esta oferta. Si sales ahora con las manos en alto, prometo obedecer a David y no matarte. Pero si me haces ir a buscarte, te dispararé. ¿Qué dices, eh?

Acostado en el suelo, escondido junto a la cama, estaba a su merced. Amartillé el arma de Jackson y noté que me quedaban dos balas. No era mucho, pero tendrían que bastarme.

Me escuchó.

—¿Estás amartillando tu arma? ¿Para qué? Estás acabado. Desde tu posición no hay forma de que puedas dispararme sin que yo antes te ponga una bala en la cabeza.

Se rio y dio un par de pasos en mi dirección.

Esa era la oportunidad que necesitaba. El pequeño espacio entre la cama y el suelo fue mi salvación. Los pies de Steven se hicieron visibles mientras lo miraba avanzar a través de este. Apuntando con mi pistola, disparé una vez y le di en el tobillo izquierdo. Gritó y cayó al suelo mientras la sangre manchaba la alfombra.

Salí de mi escondite, listo para dispararle de nuevo, más no hubo necesidad de eso. Tina ya estaba sobre él, sosteniendo su pistola en la mano, apuntándole a la cara.

Pero nuestros esfuerzos no fueron necesarios. El dolor, sumado a la pérdida de sangre le hizo entrar en shock y desmayarse.

Tina le tomó el pulso.

—Está muerto —dijo.

—Déjalo —respondí—. Ya no lo necesitamos.

Revisó su cuerpo en busca de balas que pudiéramos usar. Al encontrar algunas, llenó primero su cacerina antes de darme lo que quedaba para llenar la mía.

—Las necesitaremos —señaló.

Estuve de acuerdo.

Me contó lo que había sucedido desde que ella y David se separaron de nosotros.

—Llegamos al Salón de los Ciudadanos y me presentó a algunas personas que describió como amigos —dijo mientras se levantaba y se ponía el arma en el cinturón. Todavía llevaba el mismo vestido de fiesta que el día anterior, pero había agregado el cinturón en algún momento entre entonces y ahora—. De esos amigos obtuvo la información sobre la reunión de hoy al mediodía. Fue entonces cuando cambió su plan. Pero, siendo sinceros, iba a enterarse de la reunión de todos modos. Es el evento más publicitado en esta isla.

—¿Qué pasó después?

—Dijo que les informaría a ustedes, pero que primero deberíamos ir al hotel, ya que tendríamos que quedarnos aquí por un día. No parecía una elección lógica, considerando que estábamos planeando una incursión rápida y supongo que allí fue donde comencé a sospechar que algo raro estaba sucediendo.

—¿Y entonces qué hiciste?

—No tuve tiempo de hacer nada, porque si sospechaba de él, él también sospechaba de mí. Tan pronto como entramos en el vestíbulo del hotel, me puso una pistola en la cintura y me dijo que me callara. Obedecí porque no había nada más que pudiera hacer.

—¿No podías luchar contra él o pedir ayuda?

—Oh, Virgil —me contestó riéndose entre dientes—. Nunca te metas en una pelea a menos que sepas que ganarás. Con una pistola en mi cintura, David tenía la ventaja. En cuanto a pedir ayuda, no seas tonto. Recuerda dónde estamos. Es Mu. Todo está permitido aquí, y él es el profesor Man Wencheng. Podía dispararme y a nadie le importaría.

Tenía razón. Yo estaba actuando como un idiota.

—Me llevó a esta habitación y me empujó mientras me apuntaba con su arma —continuó—. Dijo que lo sentía, pero que tenía que hacer lo que tenía que hacer. Esas fueron las palabras exactas que usó. Traté de razonar con él, pero no me escuchó. Le pregunté por sus motivos, pero repitió esa frase una y otra vez.

—¿Cuándo apareció Steven?

—Mucho más tarde, creo. No lo sé exactamente. David nunca dejó de apuntarme con su arma, ni siquiera cuando fue al baño y sirvió un vaso con agua. Al salir, sacó una pequeña botella del bolsillo de su chaqueta. Al abrirla, vertió un polvo blanco en el vaso y lo revolvió con el dedo hasta que se disolvió en el agua. "Bebe esto", dijo, pero me negué. "Bebe esto", repitió, asegurándome que sólo me dormiría. Con él en ese estado, apuntándome con su arma, me di cuenta de que mi mejor chance de supervivencia radicaba en obedecer. Bebí y me desmayé. Cuando desperté, David se había ido y Steven ya estaba en la habitación.

—¿Hace cuánto tiempo fue eso?

—Tal vez una hora o dos. Es difícil de recordar. Las cosas estaban borrosas al principio. Pero sé que Steven no fue tan educado como David. Era un animal —dijo y pateó su cadáver.

No hice más preguntas sobre él, dándome cuenta de que Tina no quería hablar del tema.

—Cuando llamaste a la puerta —continuó ella—, Steven supo que algo andaba mal. Se escondió en el baño y me ordenó que viera quién era y actuara como lo hice. Puede sonar estúpido, pero casi funcionó. Tardaste mucho tiempo en darte cuenta de que algo no estaba bien.

—¿No te dijo nada sobre los planes de David?

—Sólo un poco. Me enteré de la mayor parte ahora mismo a través de ti —dijo y cayó de rodillas llorando—. ¿Está bien Alex?

—Es demasiado pronto para saberlo —respondí mientras me arrodillaba a su lado—. Puede que sobreviva, pero morirá si no recibe ayuda médica pronto.

—Estamos en medio del océano. No hay forma de llevarlo a un médico a menos que haya uno aquí.

La agarré de los hombros. Me había dado una idea brillante.

—¡Eres un genio! —exclamé—. Tiene que haber un médico aquí o algún medio para llegar a tierra más rápido que por barco.

—Siempre puedes ir al aeropuerto.

—¡Eso es! David me habló de él cuando llegamos aquí. ¿Cómo pude olvidarme del aeropuerto?

—¿Puedes volar un avión?

—Volar es la parte fácil —contesté—. Conseguir uno es lo que va a ser difícil. Pero ya sea que encontremos un médico o secuestremos un avión, debemos hacerlo pronto. Alex no tiene mucho tiempo.

33

El plan era simple; llamar a la recepcionista, pedir un médico y luego obligarlo a bajar y examinar a Alex.

Él era nuestra prioridad.

David podía esperar. Los representantes no se reunirían hasta el mediodía y sabíamos que él no actuaría hasta entonces. Eso nos daba algo de tiempo.

Fue más fácil de lo esperado. El médico entró y lo tomamos como rehén. Bajando por el ascensor de servicio, llegamos a los pasillos que había por debajo de Mu y rápidamente encontramos nuestro camino de regreso a Rachel.

Le dio la bienvenida a Tina a sus dominios. El médico, sin embargo, fue una historia diferente.

—¿Por qué lo has traído contigo? —me dijo—. Él no pertenece aquí.

—Está aquí para examinar a Alex —respondí—. Es la única manera de ayudarlo.

—¿Y qué puede hacer? No tiene el equipo necesario.

—Lo sé. Pero es mejor que nada.

El diagnóstico del médico fue sombrío.

—Tu amigo está en coma —sentenció—. Es un milagro que todavía esté vivo, pero morirá si no se somete a una cirugía pronto.

—¿Hay alguna manera de hacer eso aquí en Mu? —pregunté.

—Sí. Podemos hacerlo en la clínica, pero nunca entrarán allí —respondió con tono burlón—. No después de haberme secuestrado.

—¿Cómo te llamas? —le preguntó Tina interponiéndose entre nosotros.

El semblante del médico cambió.

—¿Qué me preguntaste?

—Tu nombre —repitió Tina—. Dime tu nombre.

—¿Por qué te diría eso?

—Porque te lo estoy preguntando amablemente —dijo ella y sacó su arma.

El médico entendió y levantó las manos.

—Ok, ok, tú ganas. Soy Richard.

—Está bien, Rick. Escucha. Hoy al mediodía este lugar volará por los aires para luego hundirse en las profundidades del Pacífico. Si quieres vivir, nos ayudarás. Si te niegas, te encadenaremos a una pared y te dejaremos aquí abajo. Y puedo garantizarte que nadie te encontrará mientras esperas a que la muerte venga a recogerte. ¿Cómo suena eso?

Bajó la cabeza y se rio entre dientes.

—No quiero morir. Supongo que tienen un nuevo aliado.

—Llévanos a la clínica entonces.

—No. La cirugía tomaría horas. No terminaría antes de que este lugar explote. Su mejor apuesta ahora es el avión hospital.

—¿El avión hospital? —pregunté.

—Sí —respondió Rick—. Está en el aeropuerto. Lo mantienen allí para emergencias. Tiene todo el equipo necesario para realizar la cirugía mientras está en el aire.

Lo dejamos cuidando a Alex bajo la vigilancia de algunos de los hombres de Rachel mientras ella, Tina y yo fuimos a una esquina y discutimos la situación.

—Tenemos que irnos ahora —les dije—. Cuanto más esperemos, peor será.

—Virgil tiene razón —respondió Tina—. Debemos comenzar la evacuación de inmediato.

Pero Rachel negó con la cabeza.

—No puedo arriesgar la vida de todos aquí. Tal vez Virgil no te lo dijo, Tina, pero él y yo ya hemos discutido esto con anterioridad. Le dije que correríamos hacia el barco a las 10 de la mañana. Ahí es cuando tenemos las mayores posibilidades de éxito.

Tina se tomó un momento y reflexionó acerca de lo que acababa de escuchar.

—Entiendo —dijo finalmente—. Pero ¿y si mejoráramos esas posibilidades?

—¿Qué quieres decir? —respondió Rachel con el semblante claramente cambiado.

—Olvídate del barco. Antes de secuestrar a Rick, Virgil y yo pensamos en tomar un avión para llevar a Alex a un médico. Ahora sabemos que hay un avión hospital. Lo necesitamos. Pero estoy segura de que hay espacio en él para todos. ¿Y si escapamos por aire? ¿Hay algún pasillo que nos conduzca hacia el aeropuerto?

—Si —contestó Rachel—. Conduce directamente a la terminal principal.

—¿Alguien de tu gente sabe cómo volar aviones? —preguntó Tina—. Virgil me dijo que podía hacerlo, pero prefiero confiar en un profesional.

Rachel se rio, nos dijo que esperáramos y salió al pasillo. Regresó 5 minutos después con dos hombres.

—Estos caballeros eran pilotos en el Ejército de la Tierra —nos informó—. Dicen que pueden volar cualquier cosa que salga de ese aeropuerto.

—Entonces tenemos un plan —sentenció Tina.

—Oh, sí —respondió Rachel—. Lo tenemos. ¿Cuándo partimos?

—Ahorita mismo.

Rachel salió con los pilotos y empezó los preparativos. Tina fue a la cama de Alex y le dijo a Rick que se preparara para trasladarlo al avión hospital.

—¿Cómo lo llevaremos allí? —preguntó el doctor.

—Eres médico —contestó Tina—. Pide ayuda y encuentra la manera.

Media hora después, todos habían sido informados y estaban listos para evacuar. Rick había hecho una camilla para que dos personas pudieran llevar a Alex entre ellos.

—Es perfecto —dijo Tina—. Virgil y yo lo llevaremos.

Pero yo no podía ir con ellos. Tenía que detener a David. Se lo dije y ella entendió.

—¿Estarás bien? —me preguntó.

—Si —respondí—. No te preocupes por mí, Tina.

Me di la vuelta para irme, pero ella me detuvo.

—David va a asesinar a todos los que hacen de este mundo un lugar tan horrible —señaló—. ¿Por qué detenerlo?

—Porque no está bien.

—¿Es esa la única razón?

Me conocía tan bien.

—No —admití—. Esa no es la única razón.

—¿Entonces? ¿Por qué arriesgar tu vida?

—Porque hay sacos de polvo lunar con gasolina por todo Mu y no sabemos cómo David planea hacerlos estallar. El plan original es hacerlo al mediodía, pero podría acelerar las cosas si ve que el avión que ustedes abordarán se va. Tengo que detenerlo, aunque sólo sea para darles más tiempo a ustedes.

—Ah, Virgil, siempre tratando de ser el héroe.

—Me salvaste la última vez. Es hora de que te devuelva ese favor.

34

Los dejé en medio de sus preparativos y regresé corriendo a la superficie. Eran aproximadamente las 8 de la mañana y las pantallas de Mu mostraban las actividades del día.

Ese fue nuestro primer problema.

La reunión de los representantes se había pasado para las 10 de la mañana, con una ceremonia de apertura a las 9. El auditorio principal del Salón de los Ciudadanos acogería ambos eventos.

David aprovecharía esa oportunidad. Tenía que detenerlo o Rachel, Tina y todos los demás no tendrían ninguna chance de escapar.

Corrí hacia el Salón de los Ciudadanos, pero encontré una gran multitud bloqueando la entrada. Estaban empujando a una línea de guardias que intentaban mantener el orden. David nos había dicho que la seguridad no era fuerte dentro de Mu, y tenía razón, pero se hacían excepciones para las actividades que involucraban a los representantes.

Me quedé entre la multitud sintiéndome como si estuviera asistiendo a un evento de alfombra roja. Los representantes y sus invitados VIP marchaban hacia el Salón de los Ciudadanos, mientras que el resto de nosotros, obviamente no al mismo nivel que ellos, nos manteníamos al margen presenciándolo todo.

Era irónico, pero incluso entre los llamados Superiores había diferentes niveles. Los que marchaban eran la élite, los representantes y sus invitados VIP. El resto de nosotros éramos meros espectadores, personas que probablemente habían gastado una pequeña fortuna por el privilegio de pisar Mu. Nuestra función era clara; éramos meros espectadores porque todo el mundo necesita un público.

¿De qué sirve ser poderoso y famoso si nadie grita tu nombre? Sin atención, los humanos nos marchitamos como flores.

La multitud me empujó hacia el frente, pero dejándolos pasar, me escabullí hacia el medio y luego hacia atrás. Si iba a entrar en ese edificio, los pasillos de servicio eran mi mejor opción.

Había sido estúpido volver a la superficie. Con la seguridad como estaba, me arriesgaba a que mi identidad fuese descubierta. Un buen traje había hecho maravillas, pero sabía que no debía ser arrogante y correr riesgos innecesarios.

Corriendo de regreso al hotel, bajé al sótano y a los pasillos de servicio. Los encontré llenos de gente moviéndose en la misma dirección. La evacuación de Rachel y Tina ya estaba en marcha.

Probablemente habían escuchado la noticia, pero parecía que estarían bien. Mover la reunión a las 10am sería bueno para sus planes. Si la seguridad se centraba en el Salón de los Ciudadanos, entonces otras áreas, como el aeropuerto, experimentarían una escasez de personal.

Pero no tenía tiempo de pensar en eso. Abriéndome paso por los pasillos, llegué al ascensor que quería y lo abordé. Cuando presioné el botón que me llevaría dentro del Salón de los Ciudadanos, descubrí que no funcionaba. Un anuncio en la pantalla dentro del ascensor decía que este estaría desactivado hasta después de que terminara la reunión. Era una medida de seguridad.

Tenía que encontrar otra forma de infiltrarme en el edificio.

El tiempo se estaba agotando. El reloj dentro del ascensor mostraba que ya eran las 8:15am. Los representantes pronto estarían dentro del auditorio principal. Una vez allí, nada impediría que David actuara.

Probablemente ya sabía que Jackson y Steven estaban muertos. Eso no inquietaría a un hombre como él; lo consideraría sólo un revés momentáneo. Su objetivo aún era alcanzable.

Llegué al ascensor que me llevaría de vuelta al hotel y me subí a él. Al llegar al sótano, corrí hacia el vestíbulo y lo encontré desierto, excepto por la recepción. Esta vez, una muchacha estaba sentada allí tras su escritorio, aunque su atención se centraba en la pantalla detrás de ella.

Tenía sentido. No había nadie alrededor y la pantalla transmitía los eventos del Salón de los Ciudadanos.

Su distracción podría ser útil para mí.

—Buenos días —saludé—. ¿Está el profesor Man en su habitación?

Ella siguió mirando la pantalla y no respondió. Tosí, aclarando mi garganta y eso llamó su atención.

—Buenos días —contestó—. ¿Cómo puedo ayudarle?

—El profesor Man —le dije—. ¿Está en su habitación?

—Déjeme comprobarlo —respondió y, mirando su computadora, golpeó un par de teclas de su teclado.

Esperé mientras la pantalla detrás de ella mostraba el pandemonio frente al Salón de los Ciudadanos y la esquina inferior derecha de esta me recordaba en silencio la hora.

—No está en su habitación —replicó, devolviéndome a la realidad.

—¿Sabes dónde podría estar? ¿Hay alguna manera de averiguarlo?

—Supongo que está allí —contestó señalando a la pantalla—. Todos los que son alguien están allí.

La transmisión mostraba el interior del auditorio principal, la sede del poder de la Metropole. Era una inmensa sala semicircular llena de asientos para los representantes. Un pasillo que iba desde un par de puertas dobles hasta el centro dividía el lugar en dos mitades. Debajo de la pared del fondo, un escritorio de caoba coronaba la parte superior de un escenario. Era el asiento para quien actuara como presidente del Parlamento de la Tierra en cualquier legislatura. Detrás del escritorio colgaba un enorme escudo de armas de la Metropole y, debajo de este, se podía ver una gran pantalla.

Asentí y di la vuelta listo para salir del hotel. Estaba cerca de la puerta cuando la transmisión anunció el inicio de las actividades del día. Corriendo de regreso al escritorio de la recepcionista, miré la pantalla detrás de ella y noté que el pequeño reloj en su esquina inferior derecha decía 8:30am.

Era demasiado pronto.

La transmisión en vivo mostraba a los representantes sentados dentro del auditorio. Algunos estaban bebiendo, otros estaban desayunando, pero todos estaban allí.

—Pensé que la ceremonia comenzaba a las 9 y la reunión oficial a las 10 —le comenté a la recepcionista.

—Esta es tu primera vez aquí, ¿no? —me contestó encogiéndose de hombros—. No trates de ocultarlo, es obvio. —Miró a su alrededor y se me acercó—. Escucha, te voy a contar un pequeño secreto. Está bien, no estás en condiciones de hacerme daño si hablo demasiado.

—¿Cómo estás tan segura de eso?

—Sencillo. Porque estás aquí y no allá —respondió señalando a la pantalla.

Tuve que admitir que tenía razón.

—Ahora, escucha —dijo—. Casi nada aquí comienza a la hora señalada. Tal vez ayer, ya que era el primer día, lograron seguir los horarios de alguna manera. Pero a estas alturas, la mayoría de nuestros líderes están drogados, borrachos o una mezcla de los dos. Los otros probablemente han tenido una noche loca bajo la falsa luz del sol que proporciona este lugar. Lo que estoy tratando de decirte es que las cosas comienzan cuando los representantes lo desean. Cuanto antes te acostumbres, mejor será para ti.

Se echó hacia atrás y se sentó en su silla, girándola para mirar hacia la pantalla y se perdió en la transmisión de esa mañana. Marché hacia la puerta cuando una voz proveniente de la transmisión en vivo me dijo que algo estaba terriblemente mal.

Era el periodista que cubría el evento. Lo que decía no tenía sentido, pero su camarógrafo continuaba siguiendo los eventos que transcurrían en el interior del auditorio principal.

Y entonces, lo vi.

David estaba allí, caminando por el pasillo con una pistola en la mano apuntando hacia el escritorio principal. Detrás de él, las puertas estaban cerradas, y parecía que permanecerían así hasta que David decidiera lo contrario.

La colombina le cubría la cara, pero yo sabía que era él.

Una multitud se apresuró a entrar en el hotel, inundando el vestíbulo, tratando de encontrar el camino de regreso a sus habitaciones. Detuve a un hombre en medio del pandemonio y le pregunté qué estaba pasando.

—Es una locura —dijo—. Ese hombre entró y las puertas se cerraron detrás de él. Los guardias están tratando de abrirlas, pero no pueden. Te lo repito; es una locura. Escuchamos disparos y salimos corriendo.

La pantalla seguía mostrando escenas desde el interior del auditorio. Los disparos de David habían alcanzado al enorme escudo de armas de la Metropole que colgaba detrás del escritorio principal. Conociéndolo, probablemente se trataba de un gesto simbólico, o tal vez sólo quería llamar la atención de todos.

La imagen que tenía del tranquilo profesor preparando té en su oficina de la Universidad de Asia Oriental en Hong

Kong se hizo añicos. El Man Wencheng que vi en esa pantalla caminaba por la habitación, pistola en mano, haciendo alarde de su posición dominante. Había hecho su tarea, había investigado a la Metropole, encontrado su punto débil y atacado donde sabía que haría más daño.

Subiendo al escenario, cogió al presidente del Parlamento de la Tierra y lo empujó al suelo. Inclinándose, habló por el micrófono cuando vio a algunos de los representantes tratando de huir.

—Creo que les resultará difícil salir de este lugar, damas y caballeros —dijo mientras se relamía los labios—. Y no tienen a nadie a quien culpar más que a ustedes mismos por eso. Querían que este lugar fuera la habitación más segura del mundo. ¿Y adivinen qué? La construimos para ustedes. Una vez que las medidas de seguridad entran en acción, no hay forma de entrar o salir. Esta habitación está construida para aguantar una explosión nuclear de ser necesario, por lo que pueden abandonar las esperanzas de que las insignificantes armas que tienen los guardias de afuera hagan algo para salvarlos.

Se sentó en la silla del presidente y sonrió.

—Están a mi merced.

Los representantes se alejaron corriendo de la puerta y se pararon bajo el escritorio del presidente rogándole a David que los liberara.

Pero él se pasó la mano por la cabeza mientras acariciaba su cabello y dejó escapar una sonora carcajada.

—Es increíble cómo ustedes, las personas más poderosas del mundo, piden misericordia cuando todo está en su contra —señaló—. Y, sin embargo, no han experimentado nada del dolor que sufren algunos de sus ciudadanos. Pero no discutiré más con ustedes hasta que hayan visto lo que tengo para mostrarles. Ahora, siéntense y miren a la pantalla detrás de mí.

Lo escucharon, pero nadie se movió hasta que David disparó una bala al techo.

—Estoy siendo paciente con ustedes —vociferó—. Pero la próxima vez que apriete el gatillo, alguien va a morir.

Un hombre de unos 50 años, un representante de Europa, se levantó.

—¿Qué crees que estás haciendo? —le increpó—. ¿No sabes que nunca saldrás vivo de aquí? Deja tu arma y si te arrepientes, quizás podríamos permitirte dejar Mu con vida.

Pero David se mordió el labio y, dejando su sitio en la silla del presidente, bajó y lo enfrentó.

—¿Arrepentirme? ¿Quién eres tú para decirme que me arrepienta? No he hecho nada malo. Al menos, no todavía. Pero ten la seguridad de que antes de que termine el día, haré muchas cosas malas, me arrepentiré de ellas y pagaré por mis pecados, de los cuales, tú serás el primero.

El representante lo miró confundido, pero la bala de David en su cabeza proporcionó todas las respuestas que necesitaba cualquiera que presenciara la escena.

Había matado a un hombre y, mientras todos gritaban de miedo, pidió silencio llevándose el dedo a los labios.

—Ahora, sean buenos y miren lo que tengo reservado para ustedes —dijo mientras señalaba la gran pantalla detrás del escritorio del presidente.

Reconocí el video tan pronto como lo vi. Era Montrose hablando desde la casa del representante Lee; uno de los muchos archivos que contenía el disco duro que Alex y yo habíamos robado de Seúl.

David estaba dándole una chance a su plan original.

No me quedé a ver el resto de la transmisión. Era innecesario. Estaba en una carrera contra el tiempo y tenía que moverme.

Corriendo hacia el Salón de los Ciudadanos, me abrí paso entre la multitud de personas que estaban junto a su puerta principal. Se habían quedado por curiosidad, mientras que los guardias hacían todo lo posible por mantenerlos apartados de la entrada. Sin embargo, el gentío fue más fuerte y empujaron a los guardias, tratando de echar un vistazo a lo que estaba sucediendo allí. No importaba que las puertas estuvieran cerradas y no se viera nada. La curiosidad humana puede ser ilógica a veces.

Sabía a dónde tenía que ir. Si David estaba transmitiendo la confesión de Montrose, significaba que Shannon había tomado el STG y probablemente todavía estaba allí. Recordando las palabras de David, supe que necesitaba llegar a la cima del Salón de los Ciudadanos. Eso sería fácil si pudiera entrar al edificio, pero la seguridad me lo impedía.

Corriendo alrededor de este, noté una ventana en el segundo piso. No estaba abierta, pero podría romper el vidrio y entrar. O tal vez era a prueba de balas y escalar todo el camino hasta allí sería inútil. No había nadie mirando, así que me arriesgué.

Hundí mis dedos en la pared, en los pequeños espacios donde un bloque de construcción se une a otro. Fue inútil. No podía escalar de esa manera.

Las pantallas de todo Mu mostraban los eventos dentro del auditorio principal. El discurso de Montrose estaba terminando y todavía no había logrado colarme en el Salón de los Ciudadanos. Si David iba a volar todo, sólo deseaba que Tina, Rachel y Alex hubieran encontrado una salida.

Un árbol me dio una idea. Era un enorme roble plantado en medio de un área verde entre el Salón y el hotel. Sus ramas parecían lo suficientemente fuertes como para que yo las escalara y se extendían cerca de la ventana del segundo piso que quería alcanzar. Tal vez podría entrar al edificio de esa manera.

Chequeé la pistola en mi bolsillo, asegurándome de que tuviera suficientes balas, y trepé al árbol. Fue más fácil de lo esperado hasta que llegué a cierta altura. A partir de ahí, mi mente me jugó una mala pasada afectando mi equilibrio, tratando de hacerme caer no a mi muerte inmediata, sino a una dolorosa y, considerando las circunstancias, eventualmente mortal lesión.

Las ramas eran lo suficientemente resistentes y la ventana del Salón estaba a un metro de mí. No parecía a prueba de balas, pero hoy en día con la tecnología moderna, las ventanas no tienen que ser gruesas para ser resistentes a las balas. Era una apuesta arriesgada. Si saltaba, podía romper el vidrio y entrar o podía rebotar y caer al suelo.

Solo había una forma de averiguarlo.

Me arriesgué.

La ventana se rompió cuando la atravesé. Cuando abrí los ojos, el techo del segundo piso estaba frente a mí, y los vidrios rotos yacían a mi alrededor.

Al levantarme, me sentí adolorido. Tal vez algunas heridas del choque contra el Océano Pacífico hace 3 semanas no se habían curado por completo. O tal vez, algunas nuevas heridas habían ocupado su lugar.

La pared a mi costado reflejaba todo y me permitió ver algunos rasguños en mi cara, cuello y manos. El resto de mi cuerpo estaba bien, pero el traje que llevaba puesto había sufrido la mayor parte del daño. Estaba sangrando un poco, pero no era nada que pudiera detenerme. Sacudiendo la cabeza y volviendo a mis sentidos, examiné mi entorno.

Estaba en un largo pasillo con una pared de vidrio a mi derecha; la misma pared de vidrio que cubría toda la fachada frontal del Salón de los Ciudadanos. A mi izquierda estaba la pared que había visto antes; la que reflejaba todo. A medida que avanzaba, noté puertas a varias habitaciones, pero ninguna era la que estaba buscando. El STG estaba en el último piso.

Al llegar a la mitad del pasillo, vi dos ascensores.

Corrí hacia ellos.

No funcionaban. Los protocolos de emergencia los habían desactivado.

Seguí moviéndome y vi varias pantallas colgando del techo cada pocos metros. Al llegar al otro extremo del pasillo, encontré una escalera y subí al tercer piso. El diseño allí era similar. Probé los ascensores de ese piso, pero tampoco funcionaron.

Corriendo hacia el cuarto piso, encontré otra vez el mismo diseño, pero las pantallas aquí estaban encendidas y mostraban que el discurso de Montrose había concluido. Cualquier efecto que sus revelaciones hayan tenido en cualquier ciudadano del globo que las viera era desconocido para nosotros, pero a David no parecía importarle. Les dijo a los representantes que no se movieran y que siguieran observando mientras mostraba varios otros documentos recuperados de nuestro disco duro.

Cuando llegué al octavo piso, noté una luz en uno de los ascensores. Había perdido la esperanza, pero esta vez las puertas se abrieron y me dieron la bienvenida. Presionando el botón que me llevaría a la cima, me derrumbé en el suelo y dejé salir un largo suspiro.

Un fuerte sonido indicó que había llegado a mi destino. Las puertas se abrieron y salí con la pistola apuntando a cualquier enemigo invisible que pudiera estar frente a mí.

La distribución era la misma que las otras plantas, excepto por el techo. Levantando la cabeza, vi que tenía varias aberturas para dejar entrar la luz del sol. Estas me dejaban ver la enorme antena perteneciente al STG que sobresalía del edificio. Estaba cerca de mi destino. Tenía que ser una de las puertas cercanas a mí.

Me moví sobre los pisos alfombrados, pasando por varias habitaciones hasta que aparecieron un par de puertas dobles en mi camino. El letrero junto a ellas indicaba que había encontrado el lugar que estaba buscando. Todo lo que tenía que hacer era entrar y detener la transmisión.

¿O mejor no? ¿No haría eso que David volara todo?

No tuve tiempo de pensar porque un disparo hizo un agujero en la puerta errando por poco mi cabeza. Las astillas volaron por todas partes, y una me hirió la mejilla, un par de centímetros por debajo de mi ojo izquierdo.

No tuve tiempo de sentirme agradecido por mi buena suerte porque más disparos me hicieron rodar a un lado.

Mirando hacia arriba, vi la puerta abierta y a Shannon saliendo, sosteniendo su arma.

—Sabía que llegarías aquí —dijo—. David sabía que sería difícil detenerte. Pero este es el final del camino.

Estaba en el suelo, con la pared de cristal y una larga caída a tierra detrás mío. No había a dónde correr, así que me levanté con las manos en alto. Una rápida mirada a mis alrededores me mostró que mi pistola se había caído y, por ende, estaba desarmado.

Shannon me había capturado de nuevo.

—¿Dónde está ese estúpido *envy* que te acompaña? —preguntó mientras amartillaba su arma.

—Tu amigo Jackson lo golpeó en la cabeza, fracturándole el cráneo, pero sobrevivió —respondí—. Si tenemos suerte, vivirá. Pero primero, tengo que detenerte.

—No creo que eso vaya a suceder —dijo con tono sarcástico burlándose de mí.

Apretó el gatillo y la bala me dio en el brazo izquierdo. Sentí un dolor lacerante, pero una descarga de adrenalina me hizo correr y evadir todos sus disparos restantes.

Shannon disparó hasta que el cargador se quedó sin balas. Al ver que el arma estaba vacía y que no tenía munición de repuesto, la tiró y sacó un cuchillo de combate.

Me paré a 10 metros de ella, con mi brazo izquierdo casi inutilizado y un dolor abrasador recorriendo mi cuerpo. Mi sangre goteaba por el suelo y mi vista se tornaba borrosa; tal vez era por el dolor, no lo sé, pero estaba empeorando.

Se abalanzó sobre mí con el cuchillo por delante, pero mi cuerpo reaccionó a tiempo, evadiendo su ataque. No tenía nada con qué bloquear, pero la pistola que había dejado caer estaba ahora a 20 metros de distancia en línea recta. Corrí hacia ella, pero Shannon me alcanzó y me derribó, tirándome al suelo.

—No creas que va a ser tan fácil —dijo mientras se ponía encima mío con el cuchillo en las manos, presionando hacia abajo, tratando de enterrarlo en mi cuello.

Intenté detenerla con mi brazo derecho, pero apenas era lo suficientemente fuerte como para mantener la hoja del cuchillo lejos de mí. Mi brazo izquierdo yacía a mi costado, inútil en esta pelea. Seguí defendiéndome con el brazo, pero sabía que no duraría mucho. Mi fuerza me estaba abandonando, la adrenalina se agotaba y el dolor que había pasado por alto se estaba volviendo cada vez más difícil de ignorar.

La hoja bajó y su punta hizo contacto con mi cuello. Fue sólo un pinchazo, pero la sangre manaba de él. Shannon aprovechó la oportunidad y, poniendo todo su peso sobre el cuchillo, intentó enterrarlo en mi garganta.

Hacer eso fue su perdición pues cambió su centro de gravedad, dándole a mis piernas algo de libertad. Le propiné un rodillazo en la ingle, y ella cayó a un lado aullando de dolor. Fue una fracción de segundo, pero fue suficiente para alejarme y correr hacia la pistola.

Sentí que algo me rozaba la pierna izquierda y caí al suelo. Era su cuchillo y me había cortado. Mirándola, noté que todavía estaba en su lugar, levantándose, el dolor en la ingle no la dejaba correr.

Esa es probablemente la razón por la que falló el tiro.

Trató de alcanzarme, pero yo estaba demasiado cerca de la pistola. Arrastrándome los últimos centímetros, cogí el arma y, dándome la vuelta en el suelo, le apunté con ella.

Pero Shannon no me tomaba en serio.

—¿Qué vas a hacer ahora? —espetó—. ¿Disparar? No tienes las agallas.

Me levanté y cojeé hacia ella, siempre manteniéndola en la mira.

Estaba sosteniendo el arma con mi mano derecha, mientras mi izquierda colgaba inútil de mi costado. Mi pierna izquierda estaba herida. Algunos cuidados médicos básicos podrían ayudarme con ella, pero mi brazo estaba más allá de toda salvación hasta que visitara un hospital. Los jirones en los que se había convertido mi traje estaban ensangrentados y mi visión me fallaba por momentos.

Shannon se dio cuenta de lo débil que estaba y, sintiendo que tenía una ventaja, caminó hacia mí.

—Detente —le dije—. Dispararé.

Pero ella siguió avanzando.

—Lo digo en serio, Shannon. No me obligues a dispararte.

—No lo harás —dijo dando un paso más—. Eres un cobarde. ¿Qué vas a hacer? ¿Matarme como mataste a Gavin?

La mención de mi compañero en el Departamento de Policía de la colonia me hizo abrir los ojos más que antes.

—Le disparaste, ¿no? Le disparaste a Gavin Jacobs.

La cara de Gavin apareció frente a mí, y yo temblé. Lo había matado a sangre fría. Tina había dicho que había sido en defensa propia, pero yo sabía la verdad; mi verdad. Gavin no merecía morir; él tenía puesto el seguro de su arma, y yo le había disparado; le había disparado al hombre que había sido como un hermano para mí durante años.

—¿Te acuerdas de él? —continuó Shannon—. Sí, trató de matarte, pero sólo estaba siguiendo órdenes. Sabías que no era más que una oveja. Pero tú, detective, tú no eres una oveja, tú tomas todas tus decisiones por tu propia voluntad. Fuiste tú quien eligió disparar la bala que lo mató. Fuiste tú. ¡Tú y sólo tú!

Se estaba acercando, y mi mano seguía temblando. Si hubiera apretado el gatillo en ese instante, la bala habría ido al techo. Pero las palabras de David en nuestra primera reunión en Hong Kong vinieron a mi mente: «Te he hecho enfrentar los demonios que te atormentan, pero eso está lejos de curarte. Sólo tú puedes hacer eso» había dicho y tenía razón.

El recuerdo me infundió con un deseo renovado de luchar. Era irónico, pero en ese momento, necesitaba fuerza de donde pudiera encontrarla.

Shannon siguió acercándose, sonriendo y relamiéndose los labios mientras me miraba. Sus brazos estaban listos para atacar si era necesario y parecía no preocuparse por el arma en mis manos.

—No dispararás —repetía una y otra vez.

Era fácil apretar el gatillo. Podría haberla matado antes de que llegara a mi posición, pero por algún motivo, no pude disparar. Algo, tal vez mi conciencia, me detuvo.

—Mataste a tus amigos; tú causaste sus muertes.

Se estaba burlando de mí.

—Mataste a Julia.

Y entonces, algo se quebró dentro de mí. La mera mención de su nombre me volvió loco. Mis manos dejaron de temblar, mi pulso se volvió firme y apreté el gatillo, no una, sino tres veces.

El primer disparo la golpeó en el hombro derecho, el segundo en el vientre y el tercero en la cabeza. Cayó al suelo en un charco de su propia sangre.

No se podía regresar de eso.

Shannon estaba muerta.

35

Cuando volví a mis sentidos, vi lo que había hecho, pero no me sentí mal por eso. Una sonrisa apareció en mi rostro y me llenó una sensación de satisfacción. Guardé el arma y crucé las puertas dobles que marcaban la entrada a la habitación donde estaba el STG.

Sabía lo que encontraría allí.

Todos estaban muertos y ni siquiera me importaba. Los vi, todos los técnicos inclinados sobre sus computadoras, algunos tirados en el suelo, sus cuerpos acribillados a balazos, pero sólo me detuve a contar su número.

Diez personas.

Diez personas yacían muertas en esa sala, todos técnicos que trabajaban en el STG. Mientras tanto, en el fondo, una supercomputadora con una tarjeta de memoria en ella subía y transmitía toda la información que habíamos tomado del disco duro de Lee.

David lo había planeado bien.

Suspiré ante mi incompetencia. El profesor nos había superado a todos, realizando una maniobra maestra. Y ahora, estaba en el auditorio principal a punto de volarlo todo.

Pero de alguna manera, ya no me importaba.

Las razones de mi loca carrera hasta la cima del Salón de los Ciudadanos se volvieron obsoletas. ¿Qué estaba tratando de hacer? ¿Qué esperaba lograr? Todo parecía tan irrelevante ahora.

Caí de rodillas y miré hacia el panel de vidrio en el techo. A través de él, vi la enorme antena del STG que sobresalía del edificio. ¿Podría transmitirle algo al mundo? ¿Les importaría mi mensaje? ¿Acaso importaba eso?

Sabía la respuesta a esas preguntas.

A nadie le importaba.

Los humanos son una especie interesante. Puedes oprimirlos, pero no se rebelarán hasta que lastimes algo suyo. Mientras les des un buen nivel de vida, tendrás su apoyo leal o tácito. Como gobierno no te importa si te aman, lo que te importa es si son felices. Si lo son, no se rebelarán. A nadie le importa si su vecino desaparece repentinamente durante la noche y nunca más se sabe de él. «A mí no me pasó» decimos y seguimos con nuestras vidas. Nos gustan nuestras cosas y somos felices siempre y cuando los poderes del momento no las toquen.

Ese era yo en *Luna 1* con mi Shiraz y mi Alfa Romeo, haciendo mi trabajo, pero sin preocuparme realmente por el leviatán de un gobierno al que estaba sirviendo. La muerte de Helen Lee cambió eso. Me obligó a abrir los ojos, a ver la verdad y confrontarla. Y ahora, arrodillado en esa habitación, mi viaje llegaba a la amarga realización de que David tenía razón.

—Si todos aquí mueren, el mundo nos lo agradecerá —dije creyendo cada palabra.

Mi conciencia me recordó que personas inocentes como la chica en el mostrador de recepción también perecerían, pero argumenté que hay bajas en toda guerra.

Además, ¿era realmente inocente? ¿No había sido ella, al aceptar trabajar en Mu y ser un testigo silencioso de todo el libertinaje que tenía lugar en esta isla artificial, cómplice de la corrupción de la Metropole? Tal vez el mundo sería un lugar mejor si David lograba hacer volar todo.

—Sí —me reafirmé—. Tal vez volar todo no es una mala idea.

—Sabía que eventualmente verías la luz, detective —me contestó una voz detrás de mí.

Me di la vuelta. Era David.

Su traje estaba empapado en sangre y su camisa estaba fuera de sus pantalones. El corbatín que había usado cuando dejó el *Argo* ya no estaba allí. Los primeros tres botones de su camisa habían sufrido un destino similar, revelando un pecho atlético empapado en sudor.

Había corrido para llegar al STG.

Y de alguna manera la colombina todavía le cubría el rostro.

—Sabía que estarías aquí —dijo—. Shannon me avisó. Ella te vio en las cámaras de seguridad.

Me quedé de rodillas, incapaz de levantarme.

—¿Qué hiciste con los representantes? —le espeté.

—Todavía están atrapados dentro del auditorio principal —respondió relamiéndose los labios—. Pero es su culpa. Diseñaron el Salón de los Ciudadanos para ser el edificio más seguro del planeta, y el auditorio principal para ser el lugar más seguro dentro de él. Una vez que tomamos el control de todo, las fuerzas de seguridad quedaron atrapadas fuera y los representantes encerrados en esa habitación.

—¿Por qué los dejaste allí? ¿No los necesitas?

—No —contestó con esa risa tan típica de él—. Al único que necesito es a ti, detective.

—¿A mí? ¿Por qué?

Pasó por mi lado y se paró frente a la computadora. Suspirando, detuvo la transmisión, recuperó la tarjeta de memoria y la guardó en su bolsillo.

—No sé por qué, pero me caíste bien desde el principio —señaló—. Tal vez fue el hecho de que ambos somos unos rechazados que terminaron viviendo buenas vidas porque éramos útiles para los poderes actuales. No lo sé, pero vi mucho de mí en ti. Y habías pasado por mucho, no como yo, pero a tu manera, habías soportado bastante. Tal vez fue eso, o tal vez las conversaciones que tuvimos en mi oficina, pero algo dentro de mí me dijo que terminarías por ver las cosas a mi manera.

—¿Estás hablando de volar este lugar?

—Quizás —respondió entornando los ojos—. Bueno, técnicamente hablando, eso no es lo que sucederá.

—¿Qué quieres decir?

—Voy a volar algo, pero no todo el lugar.

—¿Algo?

—¿Realmente necesitas que te lo explique? —exclamó—. ¡Vamos, detective, piensa! Si hago estallar todo, ¿cómo voy a escapar? En serio no creerás que me inmolaré en las llamas como un mártir, ¿verdad? Permíteme recordarte que tengo un hermoso Porsche esperándome en Aberdeen.

Me levanté, la sangre goteando de mis heridas, y me acerqué a él.

—Entonces, ¿cuál es tu plan?

—¿Mi plan? Nunca cambió. Voy a volar el giroscopio que mantiene este lugar a flote.

—¿Cómo lo harás?

—Haciendo estallar eso —respondió señalando a la antena del STG—. Has visto este edificio; tiene forma de pirámide, pero en realidad es hueca con los pisos rodeando un centro vacío. El único lugar donde eso es diferente es en el primer piso, donde ese espacio está ocupado por el auditorio principal. ¿Y adivina qué? El giroscopio está justo debajo de él.

—¿Y ese es tu plan? ¿Volar la antena para que caiga sobre el giroscopio?

—No del todo. Volaré la antena, pero sólo después de hacer estallar el auditorio principal. Eso dejará el giroscopio al descubierto y luego haré que la antena caiga sobre él, haciendo que esta isla se hunda bajo las olas.

—¿Y usarás polvo lunar como tu explosivo?

Jugó con su cabello mientras asentía.

—Sí, lo haré.

—¿Cómo lograste meterlo dentro de este edificio?

—¿El polvo lunar? Oh, ese no fui yo. Esos fueron ellos —dijo mientras señalaba una pantalla que mostraba lo que estaba sucediendo dentro del auditorio principal—. Los representantes lo hicieron. Ellos son las bombas. Es gracioso en verdad. No lo saben, pero su vicio será su perdición. Pasaron la mayor parte de la noche drogándose con mi producto. Como probablemente ya sabes, pusimos gasolina en todo ese polvo lunar. Todavía puedes consumirlo así, ya sea que elijas fumarlo o inhalarlo, pero no es bueno para ti. Pero no importa, ¿verdad? Después de todo, no estarán vivos por mucho tiempo más.

No dije nada, pero me preguntaba cómo funcionaba el proceso que David estaba describiendo. Pareció leer mi mente porque lo explicó al detalle.

—El polvo lunar —señaló— no sólo ingresa dentro de uno cuando se consume; sino que también se pega a todo tu cuerpo y ropa. Todos esos hombres tienen una fina capa de mi droga sobre ellos. Algunos incluso dieron una última calada a mi producto antes de entrar en el auditorio. Otros estaban fumando e inhalando hasta justo antes de que interrumpiera su reunión. Se han convertido en bombas humanas. Un sacrificio apropiado, ¿no crees?

—No funcionará —exclamé sacudiendo la cabeza—. El auditorio fue diseñado para resistir una explosión nuclear. Lo dijiste tú mismo.

—Ah —contestó—. Eso es cierto. Pero eso tiene fácil arreglo.

—¿Qué quieres decir?

—El auditorio está rodeado por un campo de fuerza. Eso es lo que lo hace capaz de soportar una explosión nuclear. Todo lo que tengo que hacer es desactivarlo. Y sé cómo hacerlo.

—¿Y la antena?

—Shannon se encargó de eso y colocó algunas bolsas de polvo lunar en ella. Está lista para volar cuando nosotros lo consideremos oportuno.

—¿Nosotros?

Marchó hacia la puerta indicándome que lo siguiera. Una vez en el pasillo, se arrodilló junto al cadáver de Shannon y, derramando un par de lágrimas, cubrió su rostro con un pañuelo. Al levantarse, me guio a la pared de cristal y señaló hacia el mar.

—Me encantaría llorar a Shannon, pero no tengo tiempo. Hay cosas más importantes que discutir ahora. Por ejemplo, está el *Argo*. Pronto estaré en su cubierta alejándome de este horrible lugar, y hay un espacio para ti allí si así lo deseas.

—¿Por qué harías eso?

—Porque tengo un papel especial para ti, detective. Siempre lo he tenido.

—Shannon me dijo que querías culparme por la explosión.

—¿Culparte? No, no te culparé —dijo mientras sacaba un pequeño teléfono de su bolsillo y me lo mostraba—. Lo que quiero es que seas tú el que presione el botón que liberará a la gente de este planeta. —Puso el celular en mi mano—. Mira, es fácil. Si presionas #1 y luego haces clic en Enviar, el campo de fuerza se desactivará y los representantes explotarán. Una vez hecho esto, presionas #2 y haces clic en Enviar una vez más. Eso hará que las bombas de la antena exploten, haciendo que esta caiga y aplaste el giroscopio.

Le di una mirada al teléfono y luego a él.

—¿Por qué yo? —le pregunté.

—Ya te lo dije. Pero parece que no confías en mí. ¿Qué te han dicho Shannon y los demás?

—¿Los demás? ¡Steven intentó asesinarme! Jackson hizo lo mismo y le fracturó el cráneo a Alex. ¡Lo dejó en coma! ¡Eres el líder de un grupo de psicópatas!

—Debería haber elegido a mejores personas —replicó bajando la cabeza—. Pero eran todo lo que tenía. Y supongo que estás aquí por ellos y por lo que te dijeron. Viniste a detenerme porque quieres ganar tiempo para que Tina escape con Alex y las otras personas que conociste bajo tierra. ¿O me equivoco?

No respondí, pero mi expresión debió haber mostrado mi desconcierto porque él me explicó todo.

—Te estás preguntando cómo sé sobre ellos; sobre Tina, Alex y ¿cómo se llama? Ah, sí, Rachel —dijo y se mordió el labio—. Escucha, detective. Sé todo lo que sucede en esta isla. Lo sé desde ayer, cuando tomé el control de todas las comunicaciones.

—¿Cómo?

—Has visto la seguridad aquí. Es inútil contra alguien como yo. Les encanta meterse con aquellos que consideran inferiores, pero no con los que están por encima de ellos. Probablemente ya lo hayas experimentado. Dime, ¿caminar con ese elegante traje que llevas puesto, antes de que se convirtiera en harapos, te permitió experimentar un mejor trato?

No dije nada y él se rio.

—Lo tomaré como un sí. Y eso es exactamente lo que quiero decir. Los guardias tienen tanto miedo de decir o hacer algo malo contra un Superior que dejan que cualquiera que parezca uno haga lo que quiera. Sin embargo, no puedo culparlos. ¿Qué harías en su lugar? Nada es ilegal aquí, así que, en cierto modo, no hay ninguna ley que defender. Bueno, después de entregar el polvo lunar a los representantes, simplemente clonamos sus tarjetas de acceso. ¿Sabes que son? Son tarjetas que usan para entrar en áreas de la isla prohibidas a otros. Estaban tan drogados que no tuvimos problemas para hacerlo. El resto, como dicen, es historia.

David había descrito una secuencia de eventos simple pero plausible.

—Creo que me estás diciendo la verdad —respondí.

—Lo que pienses sobre lo que dije es irrelevante —contestó encogiéndose de hombros—. Creerlo o no, no lo hará más verdadero o falso de lo que ya es.

Miró por la pared de vidrio oteando el horizonte.

—¿Recuerdas a Juvenal? —preguntó—. Discutimos su famosa frase en el *Argo*.

—Dales pan y circo y nunca se rebelarán —repliqué asintiendo.

—En esa ocasión expliqué la frase en el contexto de que se refería a la gente de este planeta o a los pocos privilegiados a los que se les da acceso a Mu. Mantenlos entretenidos y alimentados, y te dejarán hacer lo que quieras. Aliméntalos con falsedades usando los medios de comunicación, y creerán que el cielo es verde si así se los dices. Eso es populismo básico, y es la mentira definitiva en política. Pero no es una mentira para la gente. Es una mentira para los gobernantes.

Suspiró antes de continuar.

—Así es como quiero explicar la frase ahora. Los gobernantes le dan comida y entretenimiento a la gente para evitar que se rebelen, pero pronto se vuelven dependientes de esas medidas. En el momento en que ellos le digan a la gente que se valga por sí misma, tendrán una revolución en sus manos. Es una relación parasitaria. Por ello, nuestros gobernantes tomaron algo de su propia medicina y crearon Mu, un lugar donde pueden tener comida y entretenimiento para que ellos mismos no se rebelen y así sigan haciendo lo que se debe hacer para mantener el sistema en su lugar. Todo está podrido, ¿no? Después de todo, la política siempre ha sido para aquellos naturalmente inclinados a mentir.

—El poder corrompe, y el poder absoluto corrompe absolutamente —sentencié.

—Veo que conoces a Lord Acton —replicó con una sonrisa—. Y aunque lo que dijo es cierto, déjame hacerte una pregunta. No te preocupes —dijo notando mi inquieta mirada —. Tienes el teléfono. Yo ya no puedo volar nada. Está bien esperar hasta que Tina, Alex y los inocentes escapen. Estarán bien. Casi no hay guardias en el aeropuerto. Usamos el sistema de comunicaciones para traerlos a todos aquí.

—Está bien —contesté sintiéndome aliviado—. Hazme tu pregunta.

—Si el sistema está podrido —dijo con una mueca en el rostro—, ¿qué deben hacer unos pocos hombres buenos? Recuerda, "lo único necesario para que el mal triunfe es que los hombres buenos no hagan nada".

—Edmund Burke.

—Efectivamente —replicó—. Es llamado el padre del conservadurismo, pero lo consideraron un liberal en su época.

—Y tú, ¿qué eres?

—No soy aficionado a etiquetarme, detective. Sólo soy un hombre tratando de hacer lo que creo que es mejor. Y para eso, usaré lo mejor que ambos lados del espectro político tienen para ofrecer. Pero, volviendo a mi pregunta, ¿qué podemos hacer?

—¿Defendernos? —Contesté sólo por decir algo, sin entender a dónde me llevaba David. O tal vez lo entendía, pero no quería reconocerlo.

—Sí, pero ¿cómo? Somos una resistencia. ¿Qué podemos hacer?

No dije nada y él entendió la lucha que estaba ocurriendo dentro de mí.

—La gente está perdida, detective. Han sido alimentados con mentiras durante años. Se negarán a aceptar la verdad.

De hecho, se están negando a hacerlo en este mismo instante. Transmití el video de Montrose al mundo y la red está llena de mensajes de apoyo a la Metropole. Cualquier cosa que hagamos es inútil contra estas personas. Harpo vendió a la Resistencia para hacer el trabajo sucio de la Metropole, y yo traté de recuperarla, pero me di cuenta de que éramos una causa perdida, condenada al fracaso, a menos de que tomáramos medidas drásticas.

—¿Cómo hacer volar a los representantes y hundir Mu en el fondo del océano?

—Es la única manera. Estaremos cortando la cabeza de la serpiente y el cuerpo morirá lentamente. La gente experimentará anarquía, pero será de corta duración. Surgirá un nuevo gobierno, o tal vez los viejos países reaparecerán como existían antes de la Metropole. ¿Quién sabe? De cualquier manera, lo que suceda después será mejor que el status quo actual.

—¿Y por qué darme el poder de decidir? —pregunté devolviéndole el celular—. ¿Por qué no presionas tú el botón?

Lo tomó en su mano y me mostró el teclado en la pantalla.

—Veo que todo mi discurso de empatía y de ver algo de mí en ti no funcionará. Para que conste, lo que dije es cierto, pero hay más. Y antes de que te hagas alguna idea, no, no eres visto como un salvador por nadie. La Resistencia está dividida en varias células alrededor del mundo, así que no sé si todos te admiraron por lo que hiciste en la colonia o no. Todo lo que sé es que tener al hombre que encontró a Montrose y trató de exponer a la Metropole compartiendo el video y volándolo todo era una gran idea. Un hombre con tus antecedentes significaba que la gente se identificaría contigo de inmediato. Era buena propaganda.

—Pero tú compartiste el video —le dije no entendiendo su punto—. No lo hice yo.

—Sí. Pero la gente alrededor del mundo no sabe eso. Todo lo que han visto es la grabación de Montrose y lo que mostré en la pantalla. Las imágenes de mí entrando al auditorio no están disponibles fuera de Mu. Además, todos llevábamos colombinas y no hay registro de que yo haya estado aquí. Soy un traficante de drogas, detective. Teníamos reservado un lugar en los muelles, pero no escriben mi nombre en el libro de visitas. O si lo hacen, lo eliminan poco después. Todavía es posible decirle al mundo que fuiste tú el que irrumpió en la reunión de los representantes. Verás, yo controlo la verdad.

—Suenas como Harpo.

Se rio entre dientes y presionó #1 en el móvil.

—¿Debería hacerlo? —preguntó— ¿O quieres ser tú el que haga los honores? De todas formas, obtendrás el crédito por ello.

Me abalancé sobre él, pero mi pierna herida me hizo caer a sus pies. Todo lo que tuvo que hacer fue dar un paso atrás.

—Ya veo, detective. Esa es tu posición. La respeto, pero no te llevará a ninguna parte. —Miró a su alrededor y suspiró—. No te preocupes, yo lo haré —dijo y presionó el botón.

Una explosión sacudió el Salón de los Ciudadanos. A lo lejos, una de las pantallas de noticias que mostraba lo que estaba sucediendo dentro del auditorio principal se quedó en blanco cuando la explosión destruyó la cámara que transmitía desde allí. Rodé por el suelo mientras David se aferraba a la pared.

Todo terminó en un instante.

La señal de la pantalla volvió. Mostraba la puerta principal del Salón de los Ciudadanos. La explosión había enviado a la gente y a los guardias al suelo, pero nadie parecía herido.

—¿Ves, detective? —exclamó David señalando a la pantalla—. La cantidad de polvo lunar que pusimos fue suficiente para destruir el auditorio principal y nada más. He planeado todo cuidadosamente.

Traté de levantarme, pero mi pierna cedió y caí de nuevo.

—Toma —dijo el profesor mientras me arrojaba el teléfono—. Es tuyo ahora. Puedes hacer lo que quieras con este lugar. He cumplido con mi deber; el gobierno está muerto. La gente no aceptará la verdad, pero eso ahora es irrelevante.

Se dio la vuelta para alejarse, pero se detuvo después de unos pasos.

—Y no te preocupes —agregó mientras me miraba—. Tina y Alex deberían estar bien. Como sabes, todo el lugar no explotará hasta que introduzcas el segundo comando en ese teléfono y presiones Enviar.

Me levanté y me cogí de la pared. Mi pierna herida me hacía cojear y mi brazo estaba inutilizado.

—¿A dónde vas? —le pregunté.

—De vuelta al *Argo* —respondió—. Zarparé en 15 minutos. Eres bienvenido a unirte a mí.

Y con esas palabras, Man Wencheng desapareció por el ascensor.

Había sido tan fácil, sólo presionó un par de teclas y todos los Representantes del Parlamento de la Tierra estaban ahora muertos. Sus propios vicios los habían matado. David no estaba equivocado. Tenía metas dignas, pero métodos cuestionables.

Y, sin embargo, una parte de mí se sentía atraída por sus ideas.

Mi visión se volvió borrosa de nuevo. Culpé a la pérdida de sangre en mi brazo. Acostado en el suelo, miré al techo y a las ventanas que me mostraban la antena. El móvil en mi mano indicaba que tenía suficiente batería para durar un buen rato. ¿Estaba a salvo en ese lugar? Tal vez los guardias ya estarían en camino para arrestarme. Encontrarme con el teléfono era evidencia más que suficiente para señalarme como el autor del ataque. Sería una repetición de lo que había sucedido en *Luna 1*; culpar al *envy* por todo.

Los representantes estaban muertos, pero la maquinaria estatal de la que formaban parte seguía viva y cualquier juez me condenaría a muerte o a cadena perpetua en uno de los muchos campos de reeducación alrededor del mundo.

David había dicho que no quería culparme por nada, y yo le creí. Pero luego, en el espacio de unos minutos, me había dicho todo lo contrario.

Al final, estaba solo.

Una sirena me despertó. Era la alarma de emergencia del edificio. Fiel a mis sospechas, los guardias estaban en camino. De alguna manera, reuní las fuerzas que necesitaba para levantarme y avanzar. Ignorando mi brazo, cojeé todo el camino hasta el ascensor.

El coche me estaba esperando.

Lo abordé y bajé hasta el vestíbulo. Al salir del Salón de los Ciudadanos, pasé junto a una multitud de transeúntes que no parecían preocuparse por mi condición.

O eso pensé.

Me dirigí a la puerta principal, tratando de llegar al *Argo* mientras sentía el sonido de pesadas botas acercándose.

—¡Alto! —exclamó una voz detrás mío mientras yo caía de rodillas.

Levantando la cabeza, vi el barco de David. Fiel a su palabra, me estaba esperando.

Qué hombre tan extraño.

—¡Creo que lo encontré! —dijo la misma voz de antes.

Era un guardia.

Pronto, el sonido de más botas de combate llenó el aire, y supe que estaba rodeado.

No podía levantar los brazos, pero vieron el teléfono en mi mano derecha.

—¡Tíralo! —ordenó uno de los guardias mientras amartillaba su arma.

El resto hizo lo mismo.

Respirar se estaba volviendo cada vez más difícil y mi visión iba y venía. Mis heridas y el esfuerzo extra al que había sometido mi cuerpo me habían debilitado. Iba a morir a menos que recibiera ayuda médica pronto.

—¡Tíralo o dispararemos!

Levanté otra vez mi cabeza y vi el *Argo*. Mirando detrás mío, vi a los guardias parados en un semicírculo, con sus armas listas para disparar. En el cielo, un pequeño punto que venía de la dirección del aeropuerto me dio esperanza.

Tenía una cruz roja en su costado.

—Es el avión hospital —dije y me alegré, sabiendo que Tina, Alex y Rachel habían escapado con vida.

—¡Que lo tires! —gritó otro guardia—. ¡No te daremos más oportunidades, maldito *envy*!

Bajé la cabeza y mis ojos vieron la pantalla del móvil. El #2 brillaba intensamente en él.

David ya había presionado esas teclas por mí.

—¡Tíralo!

Miré a los guardias, sonreí y presioné Enviar.

El sonido de una fuerte explosión proveniente del Salón de los Ciudadanos nos envolvió cuando la antena cayó en el agujero dejado por el auditorio. Se estrelló contra el giroscopio, y pronto, el piso debajo de nosotros tembló mientras la isla artificial agonizaba, tratando de mantenerse a flote por encima de las olas.

Los guardias cayeron y yo también. No recuerdo mucho de lo que sucedió después, pero creo que vi al *Argo* zarpar mientras Mu, como la Atlántida, se hundía bajo las olas.

Más explosiones sacudieron el lugar y los edificios empezaron a arder. «David debe haber plantado otras bombas» pensé al ver el hotel, el teatro, las terrazas y otras áreas verdes ser consumidos por esas llamas infernales.

Los gritos de la gente llegaron a mis oídos y vi un enorme muro de fuego que avanzaba hacia mí. De rodillas, incapaz de huir, le di la bienvenida a la muerte y oré para que fuera rápida.

Pero no ardí en ese infierno. En cambio, sentí al océano rodeando mi cuerpo cuando caí en su abrazo y me hundí en sus profundidades.

Mirando hacia arriba, vi una luz. Tal vez era Mu ardiendo y hundiéndose. No lo sé.

Todo lo que sé es que cerré los ojos y la nada me envolvió.

UNA SEMANA DESPUÉS...

Metropole News

Mu – La evidencia encontrada indica que el ataque terrorista al Parlamento de la Tierra fue responsabilidad de miembros de la llamada Resistencia, un grupo clasificado por las autoridades como enemigos del pueblo. La investigación del Departamento de Seguridad Pública (DSP) afirma que los rebeldes colocaron bombas y volaron el centro simbólico de esta, nuestra Tierra unificada.

Las operaciones de rescate han cesado. Se presume que han fallecido todos los presentes, ya sean representantes, invitados o terroristas.

Las autoridades locales de cada sección, siguiendo los dictámenes establecidos en la Carta del Pueblo de la Metropole, han convocado a elecciones internas para elegir nuevos representantes al Parlamento de la Tierra.

El Ejército de la Tierra y el Departamento de Seguridad Pública continuarán investigando y han jurado librar una "guerra total" contra la llamada Resistencia. Los ciudadanos que tengan información sobre los hechos son bienvenidos a acercarse a su oficina local del DPS para cumplir con su deber patriótico.

Londres – Una polémica decisión sobre el arbitraje en un partido de fútbol resultó en algunas protestas en la capital financiera de la Sección Europea. A medida que la primera semana de manifestaciones llega a su fin, Robert Emery, portavoz del Gobierno de la Ciudad, afirma que estos «malos resultados sobre el fútbol» no son nada de qué preocuparse. «Los ciudadanos tienen derecho a manifestarse públicamente y lo están haciendo pacíficamente», declaró, y agregó que «a diferencia de lo que los enemigos del pueblo nos quieren hacer creer, estas manifestaciones no tienen nada que ver con la información falsa arrojada por la llamada Resistencia». Enfatizó que las mentiras lanzadas por los terroristas «no engañarán fácilmente a nuestros valientes ciudadanos».

Lima – Ricardo Rivera, nuestro corresponsal de *Metropole News*, afirma que las protestas masivas que envuelven a la región son el resultado de casos de corrupción descubiertos en el gobierno local. Una investigación realizada por el Departamento de Seguridad Pública descubrió audios que son prueba de una reunión entre el gobernador local y varios colegas poniéndose de acuerdo en un intento de ocultar evidencia a las autoridades de la Metropole. El jefe de Seguridad Pública ha dicho que su departamento castigará a los culpables de traicionar la confianza del pueblo. Mientras tanto, Franco Visconti, un exejecutivo local del DPS, ha sido nombrado "gobernador de emergencia".

Una encuesta entre los ciudadanos mostró que el 80% está a favor de castigar a los criminales y corruptos, mientras que el 90% no considera que las mentiras difundidas por los terroristas sean ciertas. La oficina local del DPS ve estos resultados como una prueba de que «aunque los gobiernos a veces pueden desviarse del camino correcto, el pueblo siempre estará ahí para guiarnos en la dirección correcta».

Hong Kong – Una fiesta a bordo del yate privado del profesor Man Wencheng, el *Argo*, casi terminó en tragedia. Según testigos, un incendio se produjo cuando el barco navegaba a lo largo de la bahía de Shawan, pero fue rápidamente controlado por la tripulación. Sin embargo, un hombre de unos 30 años sufrió quemaduras en todo el cuerpo, notablemente en la cara, la pierna y el brazo izquierdos. El profesor Man ha declarado que hará todo lo posible para ayudar a la víctima a recuperarse.

Se proporcionará más información en breve ya que esta historia aún se encuentra en desarrollo.

SOBRE EL AUTOR

Maurizzio Zamudio nació en 1987 en Lima, Perú; ciudad donde aún vive. Es historiador y analista político, dictando clases en la universidad sobre temas relacionados con la historia del arte, al tiempo que ayuda a dirigir un podcast semanal sobre el mismo tema. Otras actividades incluyen ser un consultor independiente de gestión de crisis. En su tiempo libre, le encanta ver fútbol y es un ávido fanático del Tottenham Hotspurs. Puedes seguirlo en línea en Twitter (@Maurizzio_Z). Siempre está feliz de tener una buena charla.

Printed in Great Britain
by Amazon